산촌 여행의

황홀

자연주의 에세이스트 박원식의 산골살이 더듬기

산촌 여행의 황홀

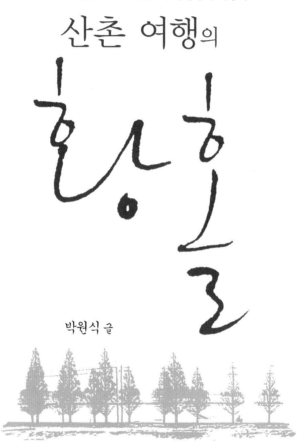

박원식 글

창해

산골살이 더듬기, 그 자유로운 유랑

"여행의 정형화는 여행의 자살이다."

일본의 석학이자 여행가인 다치바나 다카시의 말이다. 틀에 박힌 진부한 여행은 최악의 퇴행이라는 뜻이다. 그렇다면 진부함을 면하기 위해 일단 누구나 흔히 찾는 여행지를 배제해야 하는가? 하지만 새로운 곳이 어디 있으랴.

우리의 좁은 국토 안에 여행자들이 진출하지 않은 장소는 드물다. 유명한 곳은 너무 유명해졌다. 덜 유명했던 곳은 더 유명해졌다. 오지라 일컬어지던 산골짝도 여행계에 데뷔했다. 거의 모든 벽지가 노출됐거나 들통 났다. 빈번히 여행하는 버릇이 있는 사람이라면 빈번히 고충을 느낄지도 모른다. 아아, 이제는 마땅히 갈 곳이 없어, 라고 투덜거리며.

이와 같은 고충은 충분히 납득할 만하다. 그러자 여행업자들을 비롯한 일단의 해결사들이 분발하기 시작했다. 그렇게 해서 등장한 것이 일 테면 '먹을거리 여행'이나 '축제 여행', 혹은 '영화 촬영지 여행' 같은 품목들.

그러나 그런 류의 테마 여행이 진정한 여행일 수 있을까. 온갖 과장된 호들갑을 떨어대는 텔레비전 리포터의 맛집 여행 권유엔 객관적 진실이 결여되어 있다. 지역 축제라는 것도 가서 보면 대부분 잡탕이거나 맹탕이다. 영화 세트장에 인파가 바글거리는 경향은 정말이지 수상하고 허무하다. 이는 여행이 아니라 관광이라 해야 맞겠지만 이미 하나의 트렌드로 정착했다.

내가 생각하기에 여행의 쾌락은 일상적 궤도로부터 일탈하면서 얻어진다. 진부한 생활의 주둔지를 벗어나 낯선 장소에 입장하기. 날뛰는 마음 망둥이를 해방시켜 그 자유 망둥이의 뒤를 밟아 동향을 관찰하기. 이것이 여행의 본질이 아닐까. 그렇다면 여행이란 매우 그럴싸한 사업이다.

'마음 망둥이 해방시키기'는 불가佛家의 고매한 기호로 얘기하자면 참선 행위 같은 것. 그런데 참선처럼 무슨 심오한 화두를 들거나 꽈배기처럼 가부좌를 틀 필요조차 없이 취향대로 실컷 마음의 자유를 구가하는 사업이 바로 여행이니 이는 얼마나 짜릿한 매혹인가. 매혹이 큰 만큼 여행의 욕구는 늘 화급하게 닥쳐온다. 그것은 식욕처럼 맹렬하며 성욕처럼 긴박하다. 그렇다고 욕구가 솟구칠 때마다 여행에 나설 처지가 못 되니 주로 여행을 참을 수밖에 없다.

그러나 밥을 너무 굶으면 위험하듯이 여행도 계속 참을 수만은 없다. 마침내 여행길에 나서게 되는 거다. 어디로 가나? 그건 마음 망둥이의 소관 사항이다. 날뛰고 싶은 마음 망둥이를 날뛰게 놔둔 채 내 몸에 순응하면 그만인데, 이 망둥이는 즐겨 산촌으로 튄다. 아주 오래된 산촌, 그 후미진 변방으로 질주한다.

널리 소문났다시피 마음이라는 물건은 요물이다. 이 발칙한 망둥이가 산촌에 이르러선 양처럼 순해진다. 낮잠처럼 태평해지며 보름달처럼 충만해진다. 일상의 감옥에 갇혔던 망둥이가 산 깊은 벽촌에 이르러 특별사면 된다. 산촌이라는 해방구 안에서 모처럼 쾌재를 부른다. 그렇게 되면 마음 기슭에 동이 튼다. 숨죽였던 의식들이 봄날의 진달래처럼 만개한다. 기죽거나 기막혔던 감각들이 날개를 달고 깨어나 너울너울 배추흰나비로 날아오른다.

그렇다면, 산촌엔 무엇이 있나? 없다. 환락이나 유흥이나 유행처럼 도시에 넘치는 품목들이 산촌에는 없다. 문명적 요소도, 문화적 요소도 결여돼 있다. 젊은 사람들이 드물어 활기도 없다. 그러나 산촌엔 도시에서 찾기 어려운 산촌만의 특허 품목이 있다. 바로 대자연이다.

물론 도시에도 산이 있고 공원도 있다. 하지만 산촌의 자연은 훨씬 수준이 높다. 그것은 순수하고 수려하다. 깊숙한 산골까지 개발의 토네이도가 몰아치고 있지만 일부 산촌의 자연은 여전히 순결하다. 이는 거의 기적이다. 비 오듯 쏟아지는 개발의 총알 세례에 아랑곳없이 목숨을 끈덕지게 건사하고 있으니 말이다. 산촌으로 가는 여행은 어쩌면 자연의 기적적 생존을 예배하는 행사다.

쌩쌩한 야성의 본색을 완연하게 건사하고 있는 자연을 만나면 나는 종종 입맞춤을 한다. 신하처럼 풀숲에 엎드려 뜨거운 자연의 몸에 경이를 표한다. 그러면 자연도 응분의 화답을 해온다. 바람이 스치면 저절로 울리는 하프처럼 숲은 그윽한 음악을 연주한다. 옥수가 구르는 계곡은 진지한 아티스트의 기량을 발휘하며, 숲 속의 만년 가수인 새들 또한 청아한 아리아를 공연한다. 이 모두가 불멸의 멜로디다.

여행자의 귀를 열게 하고 마침내 영혼을 고양시키는 마술적 향연이다. 푸른 산촌의 푸른 자연은 어쩌면 예술의 전당이자 구원의 법당이 아닐까. 잡동사니로 소란스런 내 깡통 머리에 질서가 잡히며, 욕망으로 날뛰는 망둥이 한 마리가 갇힌 마음의 감옥 문이 슬며시 열린다.

산촌 여행의 서막은 이렇게 대자연과 내통하는 일로부터 시작된다.

그리고 그 흥겨운 내통은 산촌 인가로 접어들면서 본격적인 시동이 걸린다. 마을의 수호목인 느티나무가 보초를 서고 있는 동구에 이르면 순한 황구 한 마리가 달려와 꼬리를 친다. 이리저리 뻗친 돌담길이 고색창연한 미소를 만면에 가득 머금고 여행자를 향해 두 팔을 벌린다. 돌담 안엔 고욤나무나 앵두나무가 자라고, 박새들이 나뭇가지에 음표처럼 매달려 지지구 재재구 즐거운 노래를 합창한다.

나무 그늘 아래엔 긴 세월 홍진에 마모된 기와집이 있다. 텃밭엔 감자 꽃이 피고, 밭고랑 사이로 가끔은 화려한 줄무늬 제복을 입은 꽃뱀이 기어간다. 마당에선 수탉 일가가 회합을 한다. 외양간에서 여물을 먹으며 퉁방울눈을 끔벅이는 황소의 표정은 성자처럼 허심하다. 평화로운 정경이다.

이것이 우리의 고향이다. 아득한 고대, 얼굴 모를 선대들의 훈훈한 음성이 아스라이 들려올 것만 같은 이곳이 바로 당신과 나의 모태다. 그렇다면 나는 지금 한 마리 연어. 모천으로 회귀하는, 행복한 한 마리 물고기. 산촌 여행은 결국 모천으로 귀환하는 연어 여행이다.

뒷산의 보호와 앞산의 감독 안에 머무는 산촌의 정경은 아름답다. 그러나 아쉬워라! 산촌의 어버이들은 하염없이 늙었다. 바지런한 장돌뱅이처럼 오래된 산촌을 거듭 돌아다닌 나는 늘 늙으신 어버이들을 만났다.

가끔은 발랄한 청장년을 만나 교제하는 수가 있었지만 산촌 주민의 대다수는 오래된 사진첩처럼 고요한 노인들이다.

늙었거나 젊었거나 산촌 주민들은 그들 특유의 인생을 쟁기질한다. 주민들의 전공은 농업이다. 그러나 진정한 전공은 가난이다. 오늘날의 산촌은 가여운 팥쥐거나 쫓겨난 흥부다. 도시가 피둥피둥 살이 붙은 비육우라면 산골은 쭈그렁바가지 들개다. 도시의 증식에 반비례하는 산골의 침체. 이 기이한 구조를 바라보자면 분한 마음마저 든다. 가난과 맞붙어 고심에 찬 격투기를 펼치는 산촌 주민들의 고단한 삶에 우울해진다. 저항보다는 순응을, 투쟁보다는 인내를 그 대책처럼 여기고 살아가는 그들의 태연함과 무기력에 의혹을 느끼기도 한다.

그러나 산촌의 어버이들은 지혜로운 음성을 발한다. 비록 지구 위의 정세 따위에 둔감할망정 그들은 나름의 정교한 가치관으로 인생을 관조한다. 그들의 취향은 망초꽃처럼 소박하며, 구겨지지 않은 인격은 머루술처럼 향기롭다. 지식은 짧지만 육화된 진실을 솔직하고 단순하게 말할 줄 아는 사람들이다. 그런 그들의 풍모에서 나는 때로 거리의 철학자 디오게네스를 떠올리곤 했다. 산촌으로 가는 여행은 철학 여행이다. 슬기로운 산촌 사람들의 잠언을 청취함으로써 내 안의 난잡한 개똥철학을 청소하는 행사다.

산촌엔 또 무엇이 있는가. 산촌 여행으로 무엇을 얻을 수 있는가. 오, 적막한 산촌의 적막하지 않은 길들이여. 산촌 여행의 길들은 도처로 전개된다. 강으로, 계곡으로, 호수로 길들은 계속 이어진다. 갈 곳도, 볼 곳도, 들을 것도 많다.

양파를 뽑으면 거기에 줄레줄레 수많은 잔뿌리들이 달려 나오듯이 산촌이라는 양파엔 다양한 여행 회로가 내장되어 있다. 면 소재지 장터엔 닷새마다 재래시장이 서며 그건 산촌 사람들의 사교장이다. 면 전체를 통틀어 하나뿐인 다방도 있으니 그건 그 고장의 영빈관이거나 사랑방이다. 늙은 주모가 근무하는 장터 골목통의 선술집 역시 여행자를 매료시킨다. 이것들은 차라리 유적이다. 비록 퇴기처럼 쇠락했지만 산촌의 전통과 서정이 아롱져 흐르기 때문이다.

산촌엔 그리고 또 무엇이 있는가. 역사로부터 상속받은 문화유산들이 있다. 김 첨지, 이 첨지의 맹자 왈 공자 왈 독송이 울려올 것 같은 향교나 서원, 주민들의 내밀한 영적 카타콤인 서낭당, 권위와 해학에 넘치는 장승들, 전설이 스멀거리는 산성, 인걸들의 생가, 신령스런 노거수, 그리고 삭은 단청과 닳은 석탑이 이마를 맞대고 수군거리는 산중 암자들.

이 모든 장소들이 산촌 여행의 광맥을 이룬다. 그것은 산촌이 부여하는 무상의 선물이다. 그러고 보면 나는 산촌에게 정중히 머리 숙여 꾸벅,

감사의 절을 해야만 한다. 나는 산촌의 선물을 받을 만한 선행을 한 적이 없다. 그다지 가치 있는 존재도 아니다. 그저 쌀벌레거나 애물단지에 불과한 인간이다. 하지만 산촌은 아낌없는 선물을 안겨 주었다. 감사! 감사! 산촌 님!

여행은 유랑流浪이다. 익숙한 곳에서 벗어나 낯선 장소로의 떠돎이다. 날뛰는 마음 망둥이를 가이드 삼은 방랑이자 배회다. 이는 매우 품위 있고 자유로운 행위라서 조급하게 서두르거나 망설일 게 없는 활동이다. 이른바 '파시스트적 속도'로 굴러가는 일상의 카오스에 제동을 거는 유목민적 코스모스의 창출 행위다. 그것은 유랑의 여행이며, 프랑스의 유랑 시인 아르튀르 랭보는 이미 이에 관한 한소식을 귀띔한 바 있다.

나는 어디든 멀리 떠나리
마치 방랑자처럼
자연과 더불어
연인을 데리고 가는 것처럼 가슴 벅차게.

랭보가 읊은 「어디든 떠나리」의 그 어디가 내게는 한동안 산촌이었다. 산촌의 모든 황홀한 길들이 남모를 감동의 지평으로 나를 인도했다.

그것은 그윽하고도 자유로운 유랑의 여로였다. 지상에서 누릴 수 있는
쾌락 가운데 참말 어엿한 것이었다. 그렇기에, 나는 다시 인사해야 한다.
감사! 감사! 산촌 님!

2009년 여름
박원식

• 차례 •

서문 _ 산골살이 더듬기, 그 자유로운 유랑 _ 5

가
을
秋

———

비경, 산촌 풍경에 젖다

경북 김천시 증산면
깊어가는 가을 볕은 산골에서 길을 잃고 _ 20

경북 포항시 장기면
해풍이 자맥질하는, 적요한 산촌 풍경 _ 40

강원 영월군 하동면
일몰의 산정山頂에서 황홀하네 _ 58

겨울 冬

____

적막, 산중 고요로 마음이 열리다

전북 부안군 상서면
산중의 그 노인은 차라리 무명 시인 _ 74

경북 상주시 화남면
우복동牛腹洞 사상 박힌 순결한 산촌 _ 92

강원 영월군 수주면
저 소나무 끝에 오르면 도솔천이 보일까 _ 110

충북 청원군 문의면
누이처럼 순결한 산길 끝엔 후미진 삼천냥골 _ 128

전남 담양군 용면
라디오가 있는 풍경, 또는 두메산골의 겨울나기 _ 146

여름 夏

————

교감, 산촌에서 하나되다

강원 횡성군 청일면
반가워라, 계곡의 끝엔 주막이 있다 _ 166

강원 양양군 서면
산골이라는 바보 굼벵이, 퀵! 퀵! 전진 스텝을 _ 180

경북 영양군 수비면
산의 음성에 귀 기울이는 그들의 행복 _ 200

경북 문경시 산북면
구름도 더욱 가벼운 산중 불국 _ 220

충북 괴산군 연풍면
'염소 눈' 그 남자에게 산촌은 지상 낙원 _ 232

경남 하동군 청암면 청학동
청학靑鶴이 날면 천하가 태평하다 _ 250

봄
春

매혹, 세속이 멀어지다

강원도 인제군 기린면
산에 사는 그들, 안녕하네! 자족하네! _ 268

강원 정선군 임계면
장날의 주점은 갑론을박이 춤추는 댄스홀 _ 288

충북 보은군 회인면
앞산 소나무와 뒷산 바위는 그들의 사촌 _ 308

충남 청양군 대치면
선율처럼 흐르는 산길, 푸른 산촌의 매혹 _ 322

전남 곡성군 오산면
초록 호수가 있는 오솔길, 그리고 산중락山中樂 _ 344

전북 진안군 정천면
꽃 핀 봄 나무 아래에 앉으면 당신도 봄꽃나무 _ 362

가을 秋

일몰의 산정山頂에서 황홀하네

해풍이 자맥질하는, 적요한 산촌 풍경

깊어가는 가을 별은 산골에서 길을 잃고

비경, 산촌 풍경에 젖다

깊어가는 가을 볕은 산골에서 길을 잃고

— 경북 김천시 증산면 —

먼 길을 달린다. 도시를 벗어나 고속도로를 달린다. 국도를 거쳐 지방도를 따라 추수가 끝난 들판 사이를 지난다. 이윽고 늦가을의 산촌과 만난다. 경북 김천시 증산면甑山面에 들어선다. 풍경의 급전急轉이라 할까. 증산에 접어들자 별안간 산수가 생동한다. 암팡지고 탱탱한 산들이 테니스공처럼 통통 튀어 오른다. 산과 산 사이로 흐르는 냇물이 찰랑찰랑 발랄한 악보를 연주한다. 우아하고 소담한 산촌이다.

면내 식당에 들어가 식사부터 한다. 증산 양조장에서 사 온 막걸리 한 통을 곁들인다. 고장마다, 양조장마다 다 다른 맛을 내는 게 막걸리다. 막걸리 맛과 그 고장의 풍정엔 뭔가 기막힌 함수 관계가 있다는 게 내 생각이다. 지금 내 목으로 감미롭게 넘어가는 막걸리는 이 고장 산천만큼이나 개운하고 담백하다. 이 길로 날이 다하도록 주저앉고 싶은 유혹을 떨치고 일어서 면사무소를 방문한다. 증산의 이런저런 뉴스를 듣기 위해 면장을 만난다.

천상 산골 사람답게, 사람 좋게 생긴 면장. 그는 점잖기가 경로당 노장과도 같다. 말수가 드물어 한동안 갑갑한데 문득 재미있는 귀띔을 한다.

그 뭐냐, 우리 면사무소 자리가 원래는 절이었지요. 쌍계사라고 굉장히 커다란 절이 있었다 합니다. 그 뭐냐, 저기 수도산 기슭에 있는 수도암이나 청암사보다 규모가 더 큰 절이었다고 하대요. 그런데 우리는, 그 뭐냐, 수도암에다가 임차료를 내고 있어요. 면사무소 자리뿐만 아니라 부근의 인가 땅 대부분이 수도암 사유지거든요.

흥미롭다. 돌아다니다 보면 옛날 절터에 교회가 들어앉아 있는 이색을 보는 경우가 있지만 면사무소가 폐사지에 앉아 있는 정경도 자못 희한하다. 세상에 변하지 않는 게 무엇이랴. 제행무상諸行無常이다. 스님네들이 독경하던 자리에서 이제 공무원들이 서류를 뒤적인다.

면사무소를 들어설 때 보인 주차장의 노송부터 심상치 않긴 했다. 무너진 탑신의 잔해인 석물 조각들도 범상치 않았다. 듣자

하니 부근엔 부도도 여러 점 남아 있다고 한다. 절에서 쌀 씻은 뜨물이 멀리 있는 냇물까지 허옇게 흘렀다 하니 매우 웅장했을 옛절의 규모를 짐작할 만하다. 쌍계사가 사라진 것은 한국전쟁 때였단다.

세월이 다시 흐르고 흐른 뒤 이 자리는 또 무엇으로 변할 것인가. 광포한 세월의 롤러코스터에 실린 이 산촌은 어디로 가며, 나는 또 어디로 흘러갈 것인가.

증산의 어머니산은 수도산(修道山, 1,317m)이다. 그런데 무슨 산이름이 이토록 심오한가. 도를 닦는 산 아닌가. 세상에 '도道'라는 단어처럼 거대하고 심각한 품목이 다시없을 텐데 산 이름이 통째로 도의 도가니다. 이 산 자락에 동거하는 수도암과 유래를 함께하는 지명이지만 그 고고하고도 유유한 산 이름이 마음 변죽을 탕! 울린다.

사는 일의 이치를 도도하게 알아차려 도덕을 밝게 하고 도량을 배양하는 본분을 생각나게 한다. '도개걸윷모'의 도도 아니고 '도레미'의 도도 아닌 오직 도리의 도를 구현하는 데에 사람된 본연이 있음을 새삼 헤아려 보게 된다.

수도암 가는 산길은 탐스럽다. 순수하고 그윽하다. 자연다운 품위와 체면이 그대로 살아 있다. 한 낮의 늦가을 햇살이 화사하게 쏟아져 내려 어여쁜 산중 경관을 세심하게 조명한다.

7일간 춤을 춘 도선의 희열

　수도암 가는 산길은 탐스럽다. 순수하고 그윽하다. 자연다운 품위와 체면이 그대로 살아 있다. 산들의 체구는 기획된 디자인처럼 적당하고 조화롭다. 이 어엿한 산들이 흥부네 기특한 자식들처럼 의좋게 어우러져 흥겨운 율동을 펼쳐 보인다. 어느 산자락이든 아늑하고 폭신하며, 어느 산 갈피든 싱싱하고 생생하다. 한낮의 늦가을 햇살이 화사하게 쏟아져 내려 어여쁜 산중 경관을 세심하게 조명한다.

　덤불 사이로 얼굴을 내민 들꽃들이 초롱처럼 밝다. 꽃보다 더 꽃 같은 주황 감을 주렁주렁 매단 감나무들이 단풍 시든 허전한 산허리를 센스 있게 채우고 있다. 저문 가을아 잘 가거라, 하듯 향기도 좋은 노란 들국화들이 산언저리에 늘어서서 살랑살랑 가녀린 몸을 흔들어댄다. 이 모범적이고 매력적인 풍경의 파노라마에 심취한 채 소로를 달리고, 언덕길을 오르고, 산모롱이를 거듭 휘어 돌아 이윽고 수도암에 도착한다.

　고요하여라! 한가하여라! 경내에 들어선 나는 남모를 탄성을 속으로 터뜨린다. 자그마한 암자겠거니 하고 들어섰지만 막상 호방하고 웅장한 규모라서 끔벅끔벅 의아해진 두 눈을 크게 뜬다. 이 작지 않은 산사에 어린 편안한 정적과 무심한 한적함이 또한 이승의 것 같지가 않다. 이 아연한 적막 속 어느 골방엔가 부처의

고요하여라! 한가하여라! 자그마한 암자겠거니 생각했던 수도암은 호방하고 웅장한 규모로 그곳
에 있었다.

목을 벨 기세로 용맹 정진하는 산승 하나쯤 웅크렸으리라.

법당 앞, 뜰의 난간에 서서 남쪽 산록을 내려다본다. 수도암은
해발 1,000미터의 고지에 자리한 산상 사찰이다. 눈으로 들어오
는 산 물결이 현란하다. 저 멀리 합천 가야산이 아련하고도 우뚝
하다. 높고 낮은 산들이 주름주름 낮은 포복 자세로 천의 선단, 만
의 군단 같은 늠름한 항진을 한다. 장관이다. 압권이다.

여기에서 우리 산하의 장쾌한 미학 한 대목이 거칠 것 없는 완
성을 보고 있는 게 아닌가. 출중한 산수화 한 폭이 이곳에서 태어

나고 있으니 지금 절정의 붓질을 일필휘지하는 이는 누구인가. 산경이 장쾌하므로 수행 작풍도 호연하겠다. 7일간 덩실덩실 회심의 춤을 추어댄 도선의 희열을 납득할 만하다.

비구니 스님의 깊고 서늘한 눈빛

산을 내려간다. 수도암 사하촌인 수도리 동구의 팽나무 그늘 아래에 서자 꽃잎처럼 애잔한 낙엽이 발등으로 내려앉는다. 팽나무 그늘 저쪽에 식당이 하나 있다. 매우 허름한 가게라서 장사되기에는 애초에 틀린 것 같아 애석한 마음이 든다. 그러나 가만 다시 보니 그런 게 아니라 운치 있고 정감 넘치는 목로주점이다.

가게 앞 우물가에선 모녀로 보이는 두 여자가 물을 끼얹고 앉아 있다. 젊은 딸이 늙은 어머니의 머리를 감기고 있다. 딸의 용모가 헌칠한가 하면 어머니 박성향(68) 씨의 모습 역시 고운 태가 여실하다. 박 씨의 얘기 또한 고소하고 짭짤하다.

"수도암에서 기도하면 마음이 깨끗해진다"는 그녀는 주로 뭘 기원하시느냐 묻자 "그냥 자식들 건강을 비는 것이제 딴 거 머 있을까예?"라며 싱긋 웃는다. 그러더니 기도 효험 많은 절이 바로 수도암이라며 이렇게 들려준다.

수도리마을 목로주점. 운치 있고 정감 넘치는 목로주점에 이르러 젊은 딸과 늙은 어머니를 만났다.

정치인들도 입후보하면 새벽 기도하고, 했다 하면 털컥 국회 의원이 된다 카더라고예. 대통령 후보 마누래들도 툭 하면 여 기 와서 새벽 기도하고, 그라믄 털컥 된다 카더라고예. 그런 게 좌악 소문이 나서 대핵교 섬칠 때면 아지매들이 많이들 오 고예, 공일날엔 관광버스들이 막 올라댕기고 그러는 거라예.

이제 나는 수도산의 아랫자락에 내려와 있다. 청암사에 들어선 다. 청암사 역시 도선이 창건한 절이라고 하는데 수도암과 비슷한 발생 내력을 지니고 있다.

창건 이래 이런저런 화재를 당해 다시 짓기를 네댓 차례쯤 거듭했다. 수도암보다 한결 규모가 큰 이 절은 비구니를 양성하는 승가대학을 운영한다. 그래서인지 널찍하고 시원한 터전은 남성적이지만, 정갈하고 살뜰한 분위기는 누가 보더라도 여성적이다.

소나무 푸른 그늘 아래에 서서 경내의 잠잠한 풍경을 바라본다. 비구니 스님 하나가 총총히 걸어 내 앞을 지나간다. 휘익 스치는 그녀. 무표정에 어린 그녀의 풀빛 안광. 비구니 스님과 시선이 마주친 짧은 순간, 나의 가슴이 저리다. 방금 스친 게 꽃향기였는가. 한줄기 몽롱한 바람의 숨결이었는가. 머리를 흔들어 정신을

정갈하고 살뜰한 분위기가 누가 보아도 여성적인 청암사. 창건 이래 수 차례 화재를 당해 다시 짓기를 네댓 차례 거듭했다.

수습한다. 그러나 내 가슴은 바스러질 듯 이미 허하다.

깊고 서늘한 눈빛을 가진 비구니 스님은 어디론가 무심히 사라지고 없다. 통탕통탕 법당에서 들려오는 목탁 소리만 홍두깨 난타처럼 요란하다. 방하放下! 방하! 헛된 사념, 삿된 공념일랑 부리나케 내려놓아라, 목탁이 독촉해 온다.

산촌에 사는 미망인은 고독하지 않다

늦가을의 여문 감은 그 붉은 열매의 신비를 어디서 가져오는가. 증산의 산간을 탐승하는 중에 어디서고 탐스러운 주황 감을 줄레줄레 매단 감나무들이 눈앞에 튀어 오른다.

쪽빛 하늘에서 내려치는 하오의 햇살을 담뿍 머금은 저 선정적인 과실. 탱탱 무르익은 저 농염. 극치의 인테리어 효과를 연출하는 저 천연스런 감나무들의 기발한 기교. 만개처럼 한살이의 절정을 영위하는 주황색 땡감들의 팡파르로 말미암아 증산의 산촌은 그 어디나 화사하고 따사롭다. 주황 눈알들 부라린 찬연함으로 곳곳이 밝고 붉다.

길에서 길로 이어지는 감나무들의 휘황한 절정을 감상하는 것만으로도 이 여행은 판타지가 있는 로드무비. 그리고 영화는 계속된다. 대가천을 따라 산골짝으로 들어간다. 거물리에 이른다. 거

돌담과 골목, 고가와 고목으로 이루어진 오지 산촌, 거물리. 고색창연해서 오히려 그윽하고 후미져
서 차라리 애틋한 마음이 절로 든다.

물이란 옛날부터 거머리가 많아서, 혹은 거북의 토템 신앙이 웅골진 마을이라서 얻어진 지명이다.

돌담과 골목, 고가와 고목으로 이루어진 오지 산촌이다. 고색창연해서 오히려 그윽하고, 후미져서 차라리 애틋한 이 마을엔 주로 고로古老들이 살아간다. 30대에 청상 신세가 되어 홀로 자식 셋을 기르며 세상의 파도를 견뎌온 김병옥(58) 씨는 노인들 일색인 거물리에서 그나마 젊은 축에 속한다. 그녀는 지금 마당에 혼자 앉아 콩 타작을 하고 있다. 혼자 일하는 아낙. 저 홀로 나는 기러기처럼 쓸쓸한 모습이다.

그녀의 청춘은 저 거칠고 버거운 노동의 세월강 너머로 부질없이 흘러버렸을 것이다. 세파를 건너며 얻은 상심의 옹이로 내면의 그늘도 깊을 것이다. 하지만 눈부신 가을 햇살 아래에 드러난 얼굴은 화창하고 말끔하다. 이 독신녀는 고독하거나 고달프다고 말하지 않는다. 오지 산골의 지난 한평생이 그럭저럭 무난한 것이었다고 고백한다.

딴마음 안 먹고, 도무지 한눈 팔 겨를 없이 자식들만을 건사해왔다는 거다. 이웃을 위해서도, 마을을 위해서도 나름의 노릇을 다했다고 한다. 증산면 부녀회장을 13년간 맡으며 남의 일이 내 일이거니 분발했다고 자부한다. 그녀는 황영조와 이봉주 같은 마라톤의 귀재들을 배출한 증산면 출신의 고故 정봉수 감독의 기념비를 건립하는 일에도 앞장을 섰다.

증산면 부녀회장을 13년간 맡아온 김병옥 씨. 고단하지만 활달한 생애를 살아온 사람 특유의 대범한 여유가 엿보였다.

제가요, 면장님 상도 탔고요, 김천시장님, 시의회의장님 상
도 탔고요, 에 또, 도지사 상은 세 개를 받았고요, 행자부장
관님 상도 받았어요.

주고받는 대화 중에 그녀의 얼굴엔 짙은 자부심이 어린다. 고
단하지만 활달한 생애를 살아온 사람 특유의 대범한 여유가 엿보
인다.

뭐니 뭐니 해도 자랑스러운 건 아이들이지요. 애들이 말해
요. 우리는 엄마만큼 열심히 살지는 못합니다, 라고요.

이 미망인의 살이가 어이 순탄한 것일 수만 있으랴. 시련과 고
독이 쌍으로 덮치길 거듭했을 테니, 때로는 세상을 싹둑싹둑 가위
질하고 싶은 심정이었을 게다.
그러나 모든 수난을 감내하고 순응하고 홀로 앓아 내면서 인생
이란 한 존재의 힘을 총동원해야만 하는 비장한 드라마라는 걸 알
았으리라. 그녀의 얼굴엔 난관을 통과한 자가 갖게 마련인 허심한
미소가 눅진하다. 돌담 위로 늘어진 주황 감처럼 그 얼굴에 곱살
한 홍조마저 어린다.
이렇게 거물리엔 참신한 여자 하나가 살아간다. 앞산의 보호와
뒷산의 감독을 받으며 독신의 나날을 끄떡없이 항해한다. 누가 그

녀에게 신의 이름을 알려주지 않았지만 그녀는 사람다운 도리를
다해 신의 요구에 부응한다. 어느 남자하고도 은밀한 사랑에 빠지
지 않았지만 나름의 사랑을 다해 세상을 보듬는다.

이런 그녀의 순정한 삶은 이곳이 기막힐 산골이기에 가능한 것
인가. 경쟁과 욕망의 거친 수레바퀴가 구르는 도시라는 정글에선
도무지 가당치 않을 이변인가.

경북 김천시 증산면

경북 김천시 증산면은 산간 지구의 견본이다. 수도산(1,317m), 단지봉
(1,321m), 형제봉(1,022m), 목통령, 삼방산 같은 고산준령으로 둘러싸인 분
지로 산의 면적이 전체 땅덩이의 86.5%를 차지한다. 김천서 제일의 산간
오지다.

북의 황항 및 부항리에서 발원된 남암천과 서의 수도산에서 발원한 대가
천, 그리고 남의 황점 및 장전리에서 비롯된 목통천이 흘러 면 소재지 아
래에서 합수, 옥류천을 이루어 성주군 방면 동쪽으로 흐르고, 이들 하천
양안에 좁은 들이 이루어져 있다.

증산 답사는 수도산을 중심으로 펼쳐진다. 유서 깊고 볼거리도 많은 천
년 고찰 수도암과 청암사를 관람한다. 수도암을 창건한 이는 도선국사.
도선은 이 절을 개창한 뒤 "앞으로 수많은 수행자들이 여기에서 쏟아질

수도암 삼층석탑

것"이라며 덩실덩실 7일 동안 춤을 추어 자축했다고 전한다. 실제로 수도암에서는 걸출한 화상들의 다양한 행장이 서려 있다.

이 절의 약광전 석불좌상(보물 제296호)은 금오산 약사암의 석불, 직지사 약사전의 석불과 더불어 '3형제 석불'이라 부른다. 3형제 중 어느 하나가 하품을 하면 다른 두 석불도 덩달아 재채기를 한다는 전설이 있다. 한편, 수도암 삼층석탑(보물 제297호), 수도암 석조비로자나불좌상(보물 제307호)으로도 유명한 이 절에는 더욱 유명한 명물이 하나 있으니 다름 아닌 나한전의 나한 부처다.

전설에 따르면, 이 나한은 공양미를 힘겹게 등짐 지고 올라오는 신도를 마중 나가 쌀가마를 대신 울러메기도 했다. 스님들의 장작 울력을 돕기 위해 뒷산의 집채만 한 괴목을 통째 뽑아다 마당에 던져주기도 했단다.

나한을 향한 불자들의 절절한 신앙에서 파생한 설화이겠지만, 오늘날까지 생동하는 수명을 누려 요즘도 많은 신도들이 나한 부처의 신통방통한 기적을 믿어 의심하지 않는다. 싹싹 비는 대로 척척 협찬하고 협동하는 친절한 부처님이라 믿는 사람들이 많다.

수도암 사하촌으로 형성된 수도리도 눈여겨볼 만한 산촌이다. 해발 900여m의 고지에 자리한 마을이라서 겨울엔 몹시 춥고 여름밤엔 적당히 춥다. 모기도 살지 못한다. 평촌리의 '김천옛날솜씨마을'은 김천시가 공들여 조성한 테마 관광 마을이다. 농경유물전시관이 있으며, 갖가지 전통놀

이와 산촌 문화 체험 프로그램이 마련되어 있다.

봄철의 고로쇠를 비롯하여 손두부, 흑염소 요리, 약단술 같은 음식도 만들어 판다. 황점리 쪽으로 접어들면 전형적인 산촌이 곳곳에 산재한다. 거물은 포근하고 아늑하고 정겨운 마을이며, 아주 깊은 산골에 박힌 황점은 과거에 황을 채취했던 마을로 천주교 순교 성지이기도 하다.

경부고속도로 김천나들목을 나와 김천 시내를 거쳐 거창 방면 3번 국도를 따르다 지례면 속수교에서 903번 지방도를 달린 뒤 증산초등학교 삼거리에서 우회전, 30번 국도를 타고 달려 증산면에 닿는다.

수도암과 청암사 부근에 식당과 민박 집이 많이 있다. 수도리에선 김종태 씨(☎054-437-0834), 청암사에선 최원경 씨(☎054-437-0380) 댁에 민박을 문의한다. 면사무소 앞 수도산식당(☎054-437-0009)도 맛깔스런 한식집으로 찾는 이가 많다.

가 볼 만한 산길

수도암에서 산행 1시간 30분쯤이면 수월하게 정상에 닿는다. 청암사에서 산행을 시작, 수도암을 거쳐 오르는 코스도 있다. 정상인 신선대에 오르면 멀리 황악산, 덕유산, 금오산이 한눈에 들어온다.

해풍이 자맥질하는, 적요한 산촌 풍경

― 경북 포항시 장기면 ―

세찬 바람이 분다. 11월의 추풍이 너울거린다. 바람은 바다 쪽에서 불어온다. 동해의 소금기를 실은 해풍이 쏜살같이 내닫는다. 바람이 온몸에 휘감긴다. 허수아비처럼 두 팔 벌려 바람을 맞는다. 펄렁이는 외투 자락이 얼굴을 말아 감는다. 거친 바람이다.

하지만 이 바람은 산을 넘지 못한다. 산마루의 옛날 성벽을 타넘지 못한다. 밀려왔다 쓸려가는 조수처럼 덧없이 스러진다. 좌절한 바람은 산정山頂의 산마을 움푹한 터전에 머리를 쿵쿵 들이박는다. 성은 그만큼 높다. 고성古城의 위엄으로 바람을 제압한다.

장기읍성이다. 나는 지금 해풍이 자맥질하는 장기읍성을 바라보고 서 있다. 포항시 장기면 동악산東岳山 기슭이다. 장기읍성은 삼국시대에 축조된 것으로 추정된다. 동해에서 서라벌로 이어지는

고대로부터 군사 요충지였던 장기면에는 삼국시대에 축조된 것으로 추정되는 장기읍성이 있다. 읍성은 근래에 복원을 했지만 읍성 안 동리는 여전히 퇴색한 마을로 남았다.

중간 지대 산마루에 쌓아올린 돌덩어리 산성이다. 왜구를 제압하기 위한 장치였다. 바다로 기어드는 저 섬나라 도적들을 방어하기 위한 군사적 설비였다. 장기면은 고대로부터 군사 요충이었던 거다.

덕분에 후미진 산간이라지만 지역의 위세가 만만치 않았다. 조선 시대가 저물도록 줄곧 현縣, 또는 군郡의 명패를 걸었으니 지금 이 고장 안색이 파리하다 해서 마냥 얕볼 일이 아니다.

장기읍성은 오랫동안 잔해만 남았다. 무너지고 으깨어졌다. 그 잔해를 근거로 근래에 복원했다. 읍성 안통엔 동리가 번성했단다.

얼마 전에 복원한 장기향교. 후미진 산간이라지만 지역의 위세가 만만치 않아 조선 시대에도 장기면은 줄곧 현 또는 군의 명패를 걸었다고 한다.

하지만 지금은 허무하게 피폐하고 퇴색한 마을이다. 원래의 관아 건물들은 종적 없이 사라졌다. 얼마 전에 복원한 장기향교만이 그 옛날의 성세를 기별해 온다.

　나는 향교에 걸린 자물통을 바라보다가 까치발로 서서 담 너머 향교 건물을 들여다본다. 고리타분한 김 첨지 박 첨지의 공자 왈 맹자 왈, 웅웅거리는 음성이 들려오는 것 같은 기분에 젖는다. 꼿꼿하고 날카롭기가 독수리보다 사나웠을 조선 선비들의 안광이 미간에 박혀오는 환幻을 느낀다.

향교 아래 저편 산기슭엔 조선 때의 형장이 있다. 죄수들의 목을 매달아 억지로 세상 밖으로 떠나보낸 사형장이었다. 원혼들이 간간이 귀곡성을 내지른다는 곳이다. 어느 시대이고 어찌 억울한 죽음이 없었으랴. 저 시퍼런 가을 하늘에 어찌 무심한 기러기만 끼룩끼룩 날아가고 있으랴. 억울한 넋들이 아직도 허공을 떠돌아 하늘빛이 저토록 시린 것인지도 모른다.

무희의 춤만 춤일까, 산수가 춤춘다

성곽 아래 오솔길 옆 감나무 둥치에 촌로村老가 대롱대롱 매달려 있다. 대나무 장대를 휘젓는다. 감을 딴다. 늙어 병든 아내에게 감을 갖다 주시려는가. 장대를 저어대는 노인의 간절한 동작에는 비장함마저 서려 있다. 아내는 병중이고 남편은 그게 애달프다. 이게 별 근거 없는 추측이지만 노인의 모습에서는 뭔가 처연한 사연을 가진 이의 깊은 실의 같은 게 보인다.

노인은 자기의 의무를 다해 꽃 같이 탐스런 홍시로써 사랑의 헌화를 하려는 것인지도 모른다. 나는 감나무 꼭대기에 위태롭게 매달린 노인의 거동을 바라보다가 길섶에 피어난 들국화 몇 떨기를 꺾어 든다. 두 손으로 향기로운 산국山菊을 받쳐 들고 J에게 상납한다.

J는 장기 옆댕이에 사는 오래된 벗이다. 그윽한 국화 향기처럼

청명하고 정갈한 친구다. J가 기꺼이 동행해 주지 않았다면 나 혼자 털레털레 장기 일대를 돌아다녀야만 했을 것이다. 나홀로 여행은 자유롭지만 쓸쓸하다는 폐단이 있다. 한 사람쯤 동행이 있는 여행은 협연처럼 정겹다. 들국화를 받아든 J의 얼굴에 소리 없는 미소가 번진다.

읍성을 내려와 장기 면소面所 거리에 이른다. 조용한 저잣거리를 걷는다. 휑해서 을씨년스럽다. 거리도, 상가도 빈혈처럼 창백하고 핼쑥하다. 밖으로 나와 돌아다니는 행인조차 드물다. 이 조촐한 산촌 저자에선 아무런 활기를 찾아볼 수 없다. 하지만 나는 무한한 호감을 느낀다. 나는 매사 제법 영리한 척하며 세상을 산다. 하지만 실상은 맹하고 꺼벙한 인종일 뿐이다. 그래서 영리한 신사 숙녀들의 서식처인 도시가 내겐 불편하다.

내 친구 가운데 하나는 자신을 일러 "날건달"이라 말하는 버릇이 있다. 아마도 영리한 자들의 난세를 나름의 배짱으로 건너는 처세법을 암시하는 메타포가 아닌가 싶다. 내게도 뭔가 그럴싸한 처세라는 게 있다. 하지만 요상하게도 그게 늘 불발이거나 오발이 된다. 그렇기에 나는 이곳처럼 어수룩하고 허름한 산촌에 살아야 분수에 맞다.

별반 아무런 하는 일도, 할 일도 없는 채 그냥 세월 먼지만 뒤집어쓰며 고요히 늙어 가는 게 도리와 사리에 맞다. 길가 이발소 앞 우체통처럼 얌전히 정좌한 채 세사의 파란을 조용히 직시하면 그만이지 않겠는가. 여기라고 삶의 쇼와 서커스가 면제되는 것은 아니겠지만 도시보다야 한결 소탈한 양상이 아니겠는가.

산과 산 사이로 뻗친 적막한 도로를 달린다. 장기면 읍내리邑內 里를 벗어나 방산리芳山里 산길로 접어든다. 길은 춤을 춘다. 구불탕 구불탕 몸을 꼬아대며 춤을 춘다. 산들도 덩달아 얼싸덜싸 부화뇌동 춤을 추어댄다. 길을 따르는 강줄기도 흥청흥청 스텝을 밟는다.

흥겨워라. 무희의 춤만 춤이더냐. 산과 들, 길과 강의 댄싱 안에서 오붓한 쾌감을 느낀다. 싱그러운 산천경개에 마음을 빼앗긴다. 암탉 품에서 삐악거리는 노랑 병아리처럼 안도한다. 야트막한 산 덩어리들과 밋밋한 들판들이 합주하는 의외의 절창에 자지러진다.

범상하고 단출한 풍경 재료들의 조합으로써 마침내 우리 산수의 간결 담백한 진수를 과시해 보이는 자연의 예술 공법! 나의 입은 노래를 흥얼거린다. 두서없는 가락을 아무렇게나 읊어댄다. 이 순간의 나에게 나는 만족한다. 별다른 여념이 없다.

방산리 산수 풍광은 그렇게 진실하고 유유하다. 산과 내와 들이 결탁해 이룬 저 조화! 저 평온한 상생! 그러나 이는 서막에 불과하다. 클라이맥스는 다른 데에 있다. 고석사古石寺라는 암자에서 본 산중 비경은 비로소 화룡점정의 묘를 완성한다. 강을 건너자마자 시작되는 산문山門의 들머리에서부터 풍경은 점프처럼 고양된다.

튀거나 달리는 게 없는 암자

산사로 향하는 오솔길은 순하게 물매진 언덕을 타고 오른다. 길섶 나무들은 물든 잎사귀들로 붉거나 노랗다. 꽃만 꽃이런가. 단풍든 가을 잎사귀도 차라리 꽃잎이다. 곱고 애틋한 추화秋花, 분분히 떨어져 내린다. 이카루스처럼 타 죽은 정염의 잔해인가.

추락하는 홍단 잎사귀에는 뭔가 총체적 종식의 기미가 어려 있으니 애잔한 아름다움의 극치다. 황천 가는 길도 오솔길일까. 다시는 못 돌아올 황천길에도 조경이 있고 환경이 있을 텐데, 그 길은 이 길을 닮았을까. 산사로 향하는 조붓한 오솔길이 몹시 유현한 나머지 저승으로 뻗친 그 알 수 없는 길마저 예감되어 야릇하고 황홀하다.

이윽고 고석사 경내에 이르자 어디 다른 곳에 견주어 평할 길 없는 가경佳境이 완연하다. 암자의 사위는 단풍 화염으로 일렁거린다. 홍엽의 불길을 받은 탓인가. 뒷산 능선의 바윗덩이조차 주물러 놓은 반죽처럼 축축 휘늘어진 공예품이다. 이 현란하면서 심오한 산경의 한복판 옴팡진 둔덕에 암자가 들어앉아 있다.

전각의 아담한 치수는 적당해서 튀거나 딸리는 게 하나 없다. 산경과 동화된 인위인지라 건물들의 고졸한 멋 역시 차라리 천연이다. 이것을 하나의 그림으로 본다면 그야말로 신운神韻이 깃든 화풍. 이를 보지 못한 눈은 참 억울한 눈이겠다.

고석사는 무척이나 간소하고 소박하다. 세월의 장난 속에서 일어나고 시들고, 다시 일어나고 다시 시들기를 거듭한 덕분이다. 옹색한 법당 하나, 성냥 통 만한 삼성각, 그리고 객사 한 동棟이 있을 뿐이다. 어디서나 볼 수 있는 작은 산중 암자이니 천년 고찰의 권세라는 것도 일순에 사라지는 티끌인가. 흥망이 유수하니 추초秋草 아래 구르지 않을 운명을 모면할 재주를 부여 받은 품목이 이 세상에 무엇일 수 있으랴.

하지만 나의 눈은 표피만 보는 쓸모없는 눈일지도 모른다. 전각의 약세弱勢에서 세월의 무상을 읽는 이 졸렬한 타성. 불가의 법화란 사라져 몸 지우는 것들, 작아져 몸 낮추는 것들의 뒤꼍에서 더욱 영롱한 빛을 발하는지도 모른다. 그렇다면 산사 풍경의 저 찬연한 발광은 시간이 증류하며 뒤에 남긴 법화의 아우라인가.

암자는 텅 비어 있다. 스님들은 출타 중인 모양이다. 오직 바람만이 경내를 휘적휘적 거닌다. 키 큰 노목, 키 작은 관목들이 제각각 그림자를 늘어뜨리고 있다. 나무들은 깊은 사색에 잠긴 것처럼 보인다. 머잖아 부질없이 추락할 팔자이면서도 극렬한 붉음으로 번져 오르는 제 몸뚱이 위 잎사귀들의 직풍을 어떻게든 납득해 보겠다는 투다. 나무에게도 마음이 있다면 번뇌 또한 있으리라.

그렇다면 가을날의 낙엽은 번뇌를 벗는 나무의 기법인가. 살면서 모를 일은 많고도 많지만 이 번뇌라는 놈은 정말 모를 난적이다. 그것은 내 피부처럼 여실한 것인가 하면, 피부 뒤에 숨은 종양

고석사는 천년 고찰의 권세가 무색하게 무
척이나 간소하고 소박하다. 시간이 증류하
며 뒤에 남긴 듯한 고석사의 탱화는 신비롭
기만 하다.

처럼 은밀하게 번식한다. 분명한 것은 내 정신이 번뇌의 종합선물 세트 같은 것이라는 점이다. 그러므로 별수 없다. 성罰이 어리는 순간마다 고해하고 기원해야 한다.

법당으로 들어간다. 백회를 잡숫고 계신 석불 앞에 머리를 조아린다. 고석사 신령이시여, 고매한 부처시여, 부디 이 아둔한 석두를 난타해 주세요, 참된 사랑에 눈뜨게 해 주세요, 벅찬 사랑으로 눈멀게 해 주세요, 멀리 가는 깊은 강물 같은 사랑으로 세상을 건널 수 있는 묘법을 설하여 주세요, 저 자신을, 그를, 그녀를, 온 세상을 맘껏 사랑할 수 있는 묘한 재주를 나누어 주세요…….

나는 그렇게 예배한다. 번뇌가 끓는 머리를 추욱 늘어뜨리고 방망이 맞을 태도를 취한다. 이런 순간의 경건한 몰입이 나는 흡족하다. 짐승의 탈을 벗고 잠시나마 제정신으로 돌아간다.

J는 뜨락을 거닐고 있다. 마치 심해의 물고기처럼 조용한 거동으로 산사의 적막 속을 산보한다. J가 걸어 나간 뒷자리로는 투명한 가을볕이 쟁강쟁강 떨어져 내린다. 그는 지금 빛처럼 밝고 해맑은 마음속 비단 양탄자를 밟아 나가는 것인지도 모른다. 고요한 암자의 허공에 울리는 부처의 음성을 애써 경청하는지도 모른다.

제 나름의 파란으로 굴곡도 많은 중년 사내지만 정숙도 깊어 J의 눈길을 맞받으면 나는 찔린 듯 들킨 듯 그렇게 켕긴다. 오호, 정든 벗이여! 나는 경탄하며 홀린 눈으로 J의 뒷모습을 바라본다.

월산마을 김 할머니의 가슴 짠한 외로움

"오지라 했능교? 월산마을을 가 보이소!"

오전에 면사무소를 들렀을 때 총무계장은 그렇게 귀띔했다. 거기 월산이 후미진 장기면 안에서도 된통 후미진 산촌이라는 얘기였다. 그래서 나는 이제 산서리山西里의 월산마을에 들어서고 있는데, 월산은 다만 집 세 채로 이뤄진 정말이지 벽촌이다. 세 채 가운데 두 집엔 사람이 살지 않는 빈집들. 말하자면 월산엔 달랑 단한 가구가 살아가고 있다. 더 말하자면 그 한 가구에 사는 주민은 오직 한 사람이 있을 뿐이며, 김순옥(80) 할머니가 바로 월산의 유일한 주민이다.

이런! 이 아름답고도 기막힐 벽촌에 어쩌다 노인네 한 분만 살아가시나? 산으로 꽉 막힌 오금팽이 산골짝에 홀로 남은 할머니의 섭섭할 사연이 곧장 맘에 집혀 온다. 노인의 고독과 고충이 마음에 콱 박혀 온다. 아니나 다를까, 김 할머니께서 대뜸 나의 손을 붙들고 반색하며 반기신다. 모처럼 사람 구경을 하는 사람다운 절실한 반가움을 표하며 낯선 길손을 선선히 맞이한다.

외손자 대하듯 감이며 찐 감자며 음식부터 내온다. 덕분에 나는 월산마을의 심상치 않은 길상吉相과 복상福相과 미를 음미할 여가를 얻지 못한 채, 할머니와 말동무를 할 수밖에 없다. 할머니가 한평생 엮은 인생 다큐멘터리를 청취하는데, 노인의 음성은 독백

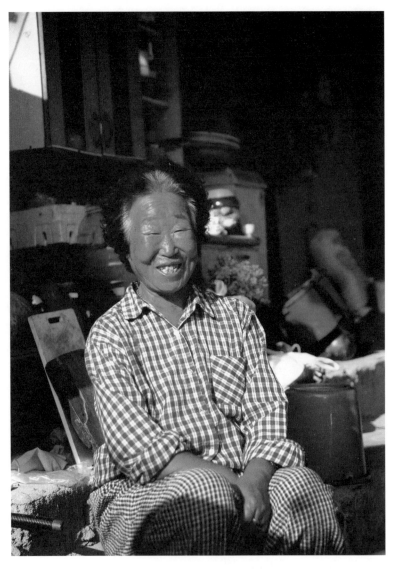

월산마을 김 할머니. 월산마을은 다만 집 세 채로 이루어진 벽촌이다. 세 채 가운데 두 집은 사람
이 살지 않는 빈집들. 말하자면 월산마을의 유일한 가구이자 유일한 주민은 김 할머니뿐이다.

처럼 허탈하고 눈자위엔 물기가 눅진하다.

가여운 양반! 그녀는 평생의 동지였던 남편을 딴 세상으로 배웅한 지 겨우 한 달 남짓 지난 쓸쓸한 여인! 체호프의 잠언인가. "한 사람을 사랑할 수 있다는 것은 모든 것을 할 수 있다는 것"이라는 아포리즘. 그러나 사랑의 대상을 잃은 노인에게 세상이란 도대체 뭐하자는 장소란 말인가.

어머니의 젖을 물고 잠들던 행복한 유년으로부터 노인은 얼마나 먼 길을 건너왔나. 간신히 잎사귀 몇 점을 붙이고 선 돌담 아래 고목의 표정이 피로하고 우울하다. 독신의 노경이란 고목처럼 외로울 것인데 우리는 누구나 이 지경에 당도하게 되어 있는 게 아닌가. 어이하나. 삶이란 참 허망한 여로다.

도시에 사는 자제들에게 가시지 그러세요. 이렇게 혼자 지내지 마시고요.

밖에 나가서 어이 정 붙이고 사누. 내 구뎅이가 그래도 낫지.

할아버지께선 좋은 곳으로 가셨을 거예요.

흥! 날 두고 갔는데 좋은 데 가믄 뭐하누!

할아버지 생전에 할머닐 많이 아끼셨나 봐요. 이렇게 그리워하시는 걸 보면 말예요.

이젠 무서워. 밤이 무섭고, 낮도 무서워! 무섭고 외로워! 할배 가시기 전에 3년을 내가 똥오줌 수발했어. 힘들었지만 그래도 그 냥반 있을 때가 좋았어. 이젠 사는 게 무서워! 구찮어!

노인은 "무서워! 외로워!"를 진저리치듯 거듭 내뱉는다. 어련하랴. 산중 독거의 고독과 불안을 무엇으로 떨어내랴. 나는 할머니의 풀잎 같은 손을 부여잡고 그저 하소연을 귀담아 듣는다. 굵은 눈물이 촛농처럼 흐르는 뺨을 수건으로 닦아 드린다.

마침내 할머니는 하루를 묵어가라고 권해 온다. 뼈가 시린 외로움을 하루나마 좀 덜어 보고 싶으신 게다. 하지만 이제 곧 해 넘어갈 시각. 나는 돌아가야만 한다. 그림처럼 예쁘고 탐스런 월산마을을 뒤로하고 도시의 아수라로 귀환해야만 한다. 도시라는 이름의 정글 속 레이서로 다시 변신하게 되어 있는 것이다. 골방에서 홀로 떠드는 라디오에선 태풍의 눈이 북상 중이라 예보한다. 태풍이 올라온다고? 어이하나. 태풍이 몰아치는 밤을 노인은 또 무슨 수로 견디시나.

허! 잔인한 인생이여! 헛된 시간 여행이여! 할머니는 오지 산골짝에서 "무서위! 외로워!"를 연발한다. 실상 노인과 나는 닮았다. 나 역시 도시의 짐승으로 돌아간 순간, 남모를 비명을 내지르게 되어 있는 게 아닌가. 내 안의 여린 짐승 역시 수시로 외로워! 괴로워!를 읊어대는 게 아닌가. 세라비 C' est la vie!

인생이란 실로 태풍 속 난항이다. 삶은 무참하고 시간은 빠르고 인식은 흐리다. 사랑은 떠나고 희망은 느리고 욕망은 뻑뻑하다. 세라비! 삶이란 뒤엉킨 밀반죽이다. 저물녘의 까칠한 햇살이 마당을 뒤척인다. 노인의 눈가에 다시 물기 어린다.

경북 포항시 장기면

장기면은 포항시 안에서 가장 뿔 빠진 변방이다. 가장 약세한 면이다. 하지만 과거엔 현 또는 군이 설치되었던 깊고 오랜 유서를 지닌 고장이다. 한편 오지인 만큼 유배지이기도 했다. 우암 송시열과 다산 정약용이 이 고장에서 귀양살이를 하기도 했다.

장기면에 도착하면 우선 면사무소를 옆에 끼고 이어지는 산길을 따라 올라 장기읍성과 장기향교를 답사한다. 장기면사무소 마당에는 대원군척화비가 있다. 장기초등학교 교정에는 우암과 다산의 사적비가 조성되었다. 계원2리엔 회재 이언적의 시비가 있다.

모포리에 있는 모포牟浦줄도 볼거리다. 조선 태종 4년(1404)에 제작된 국내 최고最古의 줄다리기용 칡넝쿨로 길이는 58m에 이른다. 이밖에 지역 도처에 서원, 비각, 정자 등이 다수 산재한다. 장기면의 역사성을 입증하는 문화유산들이다. 고석사는 면내 장기천 다리에서 우회전하여 20리쯤을 달려가면 나온다.

고석사에는 전해지는 얘기가 있다. 신라 27대 선덕여왕은 어느 날 서라벌 왕궁에 들이치는 세 줄기 신비한 서광에 정신이 아뜩했다. 그래 신하들을 시켜 그 빛줄기의 정체와 출처를 조사토록 분부했고, 결국 장기 땅의 어느 산기슭 바윗덩이에서 출발한 서광인 것을 알게 됐다. 이를 부처의 오묘한 계시라 여긴 선덕여왕은 그곳의 발광發光 바윗돌을 깎아 불상을 만들도록 지시했다. 아울러 분황사 주지 혜능국사慧能國師를 시켜 거기에 절을 짓게 하였다. 이것이 고석사 창건 설화다.

장기의 아름다운 오지 산골인 월산마을은 산서리로 접어들어 만난다. 비포장 농로의 끝자락에 월산마을이 있다. 귀로엔 동해변의 31번 국도를 타고 해안 경관을 만끽한다. 대진리 해안, 신창 바위섬 등이 해변 명소다.

경부고속도로를 통해 영천으로 진입, 포항 시내를 거쳐 오천읍까지 간 뒤, 906번 지방도를 따라 장기면에 닿는다.

가 볼 만한 산길

장기읍성이 위치한 읍내리의 동악산은 해발 252m의 낮은 산이다. 가벼운 산행으로 시원한 조망을 즐길 수 있다. 장기면사무소를 끼고 산으로 뻗은 길을 따라 오른다. 장기읍성을 답사한 뒤 20분쯤 걸어 정상에 오르면 동해가 바라보인다.

해풍이 자맥질하는, 적요한 산촌 풍경

일몰의 산정山頂에서
황홀하네

— 강원 영월군 하동면 —

　나는 지금 남한강의 푸른 물결을 바라보고 있다. 영월 땅 하동
면河東面 각동리 강변에 서서. 강물의 흐름은 도도하고 유유하다.
이곳의 남한강은 어쩌면 이 나라의 모든 강들 가운데서 가장 호연
하며 가장 장쾌한 물줄기다. 여기 각동리에 이르기 직전인 영월읍
어귀에서 동강과 서강 두 강물이 하나로 몸을 합치는 뜨거운 혼례
를 치르면서 태어난 강이다. 그래서 더 싱싱한가. 그래서 더 후끈
한가. 강물의 더운 생명감이 진동한다.

　각동리 남한강변은 유서 있는 나루였다. 뱃나드리라는 이름으로
부른 강변 터미널이었다. 지난 1950년대까지만 해도 뗏목이 흐르고
황포돛배가 정박하던 유력한 강항江港이었다. 저 위쪽 정선에서 출
발한 뗏목이 열 대 혹은 스무 대씩 줄을 이어 뱃나드리에 나타났다.

〈정선아리랑〉을 노래하며 도착한 뗏목 사공들은 이곳에서 지친 몸을 추스른 뒤 다시 뗏목을 부려 보통은 열흘 만에 서울 뚝섬에 당도했다. 영월 지방의 농산물을 가득 실은 돛단배도 광나루를 향해 출항했다.

하지만 덧없는 세월. 시간 강물에 실려 뗏목도 돛단배도 떠나갔다. 아리랑 가락도, 나루터 색주가의 질탕한 웃음소리도 흩어진 구름처럼 사라졌다. 아무런 유서도 유품도 남기지 않은 채 시간 유령의 등에 업혀 증발했다.

그러나 강물은 태연히 흐른다. 그게 뭐 대수냐는 듯 무심히 굽이친다. 시간의 농간조차 강에겐 아무런 상처를 입히지 못한다. 끊임없이 흐르고 흘러 영속함으로써 시간을 초월한다.

강물은 시퍼렇다. 손 담그면 묻어날 것 같은 초록이다. 초가을의 강변 숲 역시 짙푸르다. 강 따라 흐르는 산들의 의상도 초록이며, 하늘도 두레박을 내려 초록을 긷는다. 온 산천이 시퍼렇다. 천지가 싱그럽다. 생명 열기로 팽창하고 집중한다.

나는 이 성성한 강가에 서서 오랫동안 자연의 생명 연주를 관람한다. 도시의 늑대 굴에서 벗어나 자연계의 한 부품으로 참하게 복원된 내 의식의 숨통 트인 변주를 자각하며 내밀한 쾌감에 젖는다. 이렇게 강물과의 교제는 깊은 만족을 야기한다. 강가에 머물게 한다. 하지만 다시 바람이 등을 떠민다. 산모롱이로 마중 나온 길이 어서 오라고 손짓을 한다. 이윽고 길들이 나를 데리고 산속으로 들어간다.

와석리 노루목은 마대산(1,052m) 서쪽 기슭에 자리한 산촌이다. 와석리는 옛사람들의 유토피아 사상이 서린 곳이다. 풍수학의 유력한 텍스트인『정감록』과 조선 명종 때의 기이한 지리학자였던 남사고가 지은『남격암 산수십승보길지지』는 이곳 일대를 10승지의 한 곳으로 등기했다. 그 어떤 세속의 난리도 피할 수 있으며 삼재三災를 면제받을 수 있는 천혜의 길지라 기록했다.

이 신기한 소식에 매료된 많은 사람들이 일찍부터 와석리에 들어왔으니, 조선 중종 때의 도학파 우두머리 조광조의 후손들이 흘러들어 조촌趙村이라는 씨족 마을을 이루기도 했다. 와석리 여기저기에 점점이 산재하는 와인, 거석, 싸리골, 곡골, 노루목 같은 촌락들은 주로 화전촌으로 발생한 마을이지만 승지 소식에 이끌려 찾아든 비결파들에 의해 마을의 역사가 작동하기도 했다.

고라니 눈을 가진 남자

하동면의 산수는 선발대회에서 신중을 다해 뽑아온 경승들의 집합인 양 빼어나고 우뚝하다. 어느 곳을 가더라도 산과 물의 정겨운 소통이 벌어진다. 오래된 산촌과 더 오래된 산 덩어리들의 이상적인 동거가 전개된다. 하동의 이름난 계곡들 가운데 가장 소문난 내리계곡을 지날 때는 붉은 수수밭의 사열을 받느라 흐뭇하다. 눈처럼 새하얀 꽃을 피운 메밀밭 역시 연도에 늘어서서 길손의 행려를 반겨준다.

이제 나는 조제마을의 산굽이에 박혀 사는 농부 배문일(49) 씨와 마주 앉아 있다. 조제는 하동면 안에서 가장 아득한 변방이다. 배 씨가 이 멀미날 것 같은 오지에서 처자를 건사하며 살아온 것은 그에게 오지를 즐기는 독특한 취향이 있어서가 아니라 이곳을 떠나서는 딱히 대책이 서질 않기 때문이었다.

그러나 묘하게도, 대책이 없어 떠나질 못했지만 지내고 보니

조제마을 배문일 씨 부부. 배 씨는 순한 고라니 눈을 가졌을망정 실은 불곰보다 강인한 야생의 뚝심을 발휘해 왔다.

그것이 실상은 상책이었다는 게 배 씨의 결론이다. 말하자면 배 씨 일가는 지금 오지의 삶에 자족하는 것인데, 이 가족들의 정경을 바라보자니 흰자에 둘러싸인 달걀노른자가 생각난다. 그들은 안전하고 평온한 것이다. 배 씨의 노른자 같은 안정은 물론 거저 얻어진 것이 아니다.

순한 고라니 눈을 끔벅이던 배 씨는 문간에 놓인 검정 고무신 한 컬레를 들어 보이며 "이 꺼먹 고무신의 정신으로 살았어요!"라고 말한다. 이게 무슨 얘기인가. 배 씨는 배를 곯으며 살았던 어린 시절, 사시사철 너덜너덜 해어져 실로 꿰매고 여민 검정 고무신을 신고 살았다. 즉 검정 고무신은 그가 겪었던 가난의 상징이며, 육박전으로 가난을 물리친 승리의 표상이다.

그래서 그는 지금도 검정 고무신을 신는다. 검정 고무신의 정신으로 생계의 오지를 벗어난다! 이것이 배 씨의 인생철학이다. 그는 고라니 눈을 가졌을망정 실은 불곰보다 강인한 야생의 뚝심을 발휘해 온 것 같다. 그는 급기야 바람 소리와 새소리의 영롱한 음악을 경청하는 심미적 감흥을 두런거림으로써 매우 내향적인 사내라는 이미지를 재확인하게 만들어 준다.

순수한 야성과 풍부한 감성으로 오지를 살아가는 이 남자의 삶이 도시의 보편적인 삶들에 비해 한결 영감 넘치는 것이라는 생각이 든다. 어떤 생각으로 어떻게 실천하느냐에 따라 삶의 빛깔이 귀결되는 진실을 여기서 다시 알아볼 수가 있다.

하동의 이름난 계곡들 가운데 가장 소문난 내리계곡을 지날 때는 붉은 수수밭의 사열을 받느라
흐뭇하다.

망경사의 황혼

모운暮雲마을에 이르자 주름주름 산안개가 피어오른다. 해발 700미터의 고원에 자리한 모운은 언뜻 보아도 이색적인데 다시 눈여겨보자니 더욱 이채로운 산촌이다. 그도 그럴 것이 이 마을은 비운의 쇠망사를 걸치고 있다. 모운마을이 안겨 있는 멧부리, 망경대산(1,088m)이다.

이 산은 석탄 광산과 더불어 한동안 널리 성가를 떨쳤다. 덩달아 모운의 전성기가 도래했다. 팔도에서 몰려든 탄광 노동자들로 버글거렸고, 극장, 카바레, 병원, 금은방 등이 들어서 영월군의 으뜸 상권을 형성했다. 이 골 저 골 모운 안팎에 거점을 둔 주민 숫자는 자그마치 1만여 명(유동 인구 포함)에 이르렀다. 그러나 석탄 산업의 붕괴와 함께 산중 탄광 도시는 순식간에 사라져 버렸다.

이 허망한 전락의 결과 오늘의 모운엔 겨우 60여 명의 주민들이 남아 있을 뿐이다. 풀덤불에 뒤덮인 폐교와 폐가들이 세월의 희롱을 증명하고 있을 뿐이다. 그런데 모를 일은 이 폭삭 망한 산촌에 엉기어 흐르는 따스한 기운이다.

고산 속 구릉지라는 원천적 안정감만으로는 설명할 수 없는 어떤 화기가 감돈다. 그건 어쩌면 스러져 나뒹구는 과거의 잔해들이 발신하는 뜨거운 육성이 전해지는 것인지도 모른다.

가망 없어 보이는 미래를 향해 안쓰러운 구명 신호를 타전하는

망경대산 정상부에 자리한 망경사의 소나무 그늘 아래 서서 뉘엿뉘엿 저무는 저녁 해를 배웅한다. 소나무의 수수한 향이 몸으로 스민다.

잔해들의 숨결! 흐릿한 골목길과 비틀린 담들이 토하는 영탄! 모운의 한줄기 온기는 시든 사물들의 비감과 그 비감 안에 스민 새로운 꿈들의 합창에서 유래하는 것일지……. 사물들조차 영욕의 기억을 지우지 못한 채, 절망을 건너는 희망의 따뜻한 여정을 몽상하는 모양이다.

　이제 나는 산중 암자의 뜰에 서 있다. 망경대산의 정상부에 자리한 망경사의 소나무 그늘 아래 서서 뉘엿뉘엿 저무는 저녁 해를 배웅한다. 암자의 주지 스님과 나란히 뒷짐을 지고 서서 저 아득한 하늘 아래 한쪽 어귀에서 출렁거리는 산들의 파도를, 산들의 바다 너머로 퇴장하는 일몰의 놀라운 장관을, 저무는 황혼녘의 눈부신 연분홍 세상을 바라보고 있다.

그저 산중에 조용히 묻혀 공부하는 납자衲子일 뿐이죠, 라고 자신을 소개했던 주지 스님은 조용한 사람 특유의 간명하고도 신중한 언술을 통해 망경대산과 망경사의 미덕과 후덕을 얘기해 준다. 파랑처럼 일렁거리는 저 백두대간의 식솔들이 사람을 살리고 뭇 중생을 깨우는 불법의 보장寶藏이라고 설명한다. 나의 귀가 솔깃해진다.

조용한 스님의 정갈한 얘기로 귀가 맑아진다. 장려한 일몰의 황홀에 젖어들면서 서서히 열리는 의식의 수로를 더욱 활짝 열어젖히는 효과를 자아낸다. 나는 이 순간 잎사귀처럼 온순하고 가벼워진 자신을 느낀다. 나를 틀어쥔 갖가지 욕망의 편린들이 씻겨나간 것 같은 평온함을 느낀다. 소나무의 순수한 향이 몸으로 스민다.

강원 영월군 하동면

강원도 영월군 하동면은 볼 것도 느낄 것도 즐길 것도 많은 알토란 산촌
이다. 거창하고도 준수한 산들이 지천이며, 곳곳의 산 갈피마다 계곡의
미인들과 하천의 미남들이 미모를 겨룬다.

4억 년의 신비를 담고 있는 석회동굴인 진별리의 고씨동굴은 너무 유명
해서 어쩌면 식상한 명소일 수 있지만 흥미를 느끼는 답사자들이 여전히
줄을 잇는다.

근래에 유명 탐승지로 발돋움한 와석리의 김삿갓 묘역 일원에는 묵산미
술관, 민화박물관, 김삿갓문학관 같은 문화 공간이 산재한다.

김삿갓은 조선의 방랑시인 김병연(金炳淵, 1807~1863)이다. 전해지는 김삿
갓 이야기는 마치 소설 같다.

김병연은 나이 스물에 영월 고을의 과시에 응시해 장원을 했다. 당시의 시
제는 '홍경래의 난' 때 반란군에게 투항한 선천 부사 김익순의 죄를 개탄하

▲ 김삿갓 생가
▼ 김삿갓 기념관

라는 것이었는데, 김병연의 시는 익순의 죄과를 문책하는 비수와 같았다.

그러다 뒤늦게 모친에게서 익순이 바로 자신의 조부라는 사실을 알게 된 김병연은 충격을 받고 가출해 이후 유랑의 한 생애를 살게 되었다. 김병연이 늘 삿갓으로 얼굴을 가리고 살아간 것은 역적의 씨앗이라는 불충의 수치와, 자기 조부를 시로써 능멸한 불효의 욕됨이 겹으로 아리고 쓰렸기 때문이었다.

김삿갓의 봉분 안에서 쉬고 있는 인물은 살아생전 쉽다운 쉼이 없는 고단한 팔자를 착실하게 지속했다. 평생을 구름처럼 떠돌았다. 삿갓 차양에 홑옷을 걸치고 죽장을 그러쥔 심플한 패션으로써 조선 팔도를 정처 없이 헤매었다. 때로는 비렁뱅이로, 때로는 바람둥이로, 때로는 익살꾼으로. 그러나 무엇보다도 김삿갓은 걸출한 시인이었다.

계곡의 맑고 푸른 물을 즐기는 버릇이 있는 사람이라면 내리계곡에서, 후미진 오지의 사람살이를 경험하고자 한다면 봉화군 춘양면과 접경을 이룬 내리의 조제마을에서 여행의 보람을 누릴 수 있다.

망경대산 아래의 아름다운 산촌인 예밀리는 최상품 포도의 집산지다. 이색적인 산촌은 역시 모운마을이다. 산중 탄광 도시로서 번성을 누렸던 과거의 잔해가 널브러진 야릇한 벽촌이지만 풍경의 묘한 이색부터가 감흥을 야기한다.

사진으로 세상을 담기를 즐기는 사람이라면 모운이 바로 적다. 망경사에 오르기 위해서는 30여 분쯤의 산길을 걷거나 지프로 주차장까지 진입한다. 망경대산의 코끼리 눈 자리에 있는 암자에서 바라보는 전면의 산 풍경은 가히 압권이다. 망경대산 여기저기로 뻗어나가는 소로를 드라이브하며 감상할 수 있는 산천경개도 특유의 것이다.

영동고속도로 만종분기점에서 안동 방향 중앙고속도로로 접어든 뒤 제천 나들목으로 나와 38번 국도를 타고 영월읍을 거쳐 하동면에 도착한다. 하동 일원엔 수많은 숙식업소들이 산재한다. 와석송어양식장(☎033-374-9361)은 최상의 송어 요리를 내는 집으로 알려졌다. 깨끗하고 차가운 계곡수로 양식을 하기에 송어의 육질이 단단하고 쫄깃하다. 하동의 오지인 조제에서 묵을 경우엔 과수원산동네펜션(☎033-378-4346)을 권한다.

가 볼 만한 산길

마대산은 봉화 땅 선달산과 고치령으로 뻗어가는 백두대간에서 가지 쳐 나온 지맥으로 남한강에 가로막혀 더 이상의 행보를 멈춰 버린 명산이다. 동쪽 계곡에 김삿갓 유적지를 품고 있는 이 산의 선낙골 단풍은 아름답기로 유명하다.

노루목 김삿갓묘 ➡ 김삿갓 거주지 ➡ 안부 ➡ 정상 ➡ 전망대 ➡ 처녀봉 ➡ 선낙골 ➡ 노루목 김삿갓 묘(산행 시간 4시간 30분)

겨울 冬

라디오가 있는 풍경, 또는 두메산골의 겨울나기

누이처럼 순결한 산길 끝엔 후미진 삼천냥골

저 소나무 끝에 오르면 도솔천이 보일까

우복동牛腹洞 사상 박힌 순결한 산촌

산중의 그 노인은 차라리 무명 시인

적막, 산중 고요로 마음이 열리다

산중의 그 노인은
차라리 무명 시인
— 전북 부안군 상서면 —

　　겨울 산중은 뭐니 뭐니 해도 눈이 소복하게 쌓여 있어야 제 맛이 난다. 이 산간 고장은 지금 눈에 뒤덮여 있다. 얼마 전에 내리고 또 내린 폭설의 여파로 아직도 눈 천지다. 전북 부안군 상서면上西面. 약간의 평야 지대 외엔 온통 산으로 점철된 녹색 지구. 영토의 80퍼센트 가까이가 '변산반도국립공원'의 명함을 새긴 청정 지대.

　　이 청결하고 수려한 산촌의 겨울이 적설 속에서 깊어 간다. 새하얀 눈으로 화장하고 분장한 채 절정의 겨울을 대변한다. 들에도, 산에도, 민가의 지붕에도, 골목에도, 백설기 떡시루처럼 켜켜이 흰 눈이 겹치고 엉기고 뭉쳐 있다. 오직 찻길만 뻐끔히 뚫렸을 뿐이다. 영락없는 설국이다.

면 소재지는 가오리嘉五里에 있다. 어느 시골이나 그렇듯 상서
의 다운타운도 활기를 잃어 을씨년스럽다. 주민들에게 정말 긴요
한 관공서나 몇몇 가게들만이 생기를 띠고 있을 뿐, 조붓한 직선
도로 양편으로 펼쳐지는 면내 풍경은 쓸쓸하고 적적하다.

면사무소 옆 골목 입구엔 간판은 달려 있지만 폐업한 지 오래
인 식당이 하나 있다. 식당 옆에는 토굴 같은 다방이 박혀 있고,
다방 맞은편에는 오래된 이발소가 보인다. 성냥갑처럼 납작하고
골동품처럼 고색창연한 이 가게는 상서면 내에 단 하나뿐인 이발
소다.

이발소 주인 남자는 오늘 매우 한가하다. 창가에 오소리처럼
붙어 앉아 한 뼘쯤 열어둔 창문 틈으로 연기를 훅훅 내뿜으며 담
배를 피우고 있다.

손님이요? 몇 명이나 오시냐고요? 별로 없구만요. 하루에
단 한 명도 없는 날이 있고요, 한 명 있는 날도 많고요잉,
워디 보자, 평균하면 하루 세 명이나 될랑가?
그거 참, 다들 어디 다른 데서 이발을 하는 걸까요?
그게 아니고요잉, 인구가 겁나게 줄어 버린 것이지라. 다녀
보면 아시겠소만 남은 사람들이랬자 주로 노인들인디 그 양
반들이사 이발할 일이 드물제라.
예전에는 이발소가 많았겠군요?

성냥갑처럼 납작하고 골동품처럼 고색 창연한 이발소. 아무렇지도 않게 바닥에 흩어져 있는 하얀 머리 터럭이 세월의 흔적을 실감케 한다.

많았지요. 아마 다섯 개 정도는 되았었죠. 허벌나게 줄어 버렸당게.

허, 완전한 사양길이군요?

맞소! 사양길이요! 끙.

이발소 말고 또 어떤 가게들이 사라지고 있을까요?

워디 보자, 긍게 그거이, 정미소도 싹 사라졌고, 막걸리 집 도 사라졌고…….

다방도 사양길인가요?

다방은 외려 더 늘어났습디다. 암튼 되는 것이 없는 판국이
요. 인구 자체가 말라붙었응게.

이발소를 30년이나 운영하신 베테랑인데 일등 이발사는 어
떤 실력으로 손님을 모시나요?

그 점으로 말한달 것 같으면, 친절 아닐께라?

아, 친절…….

사라지는 것들이 어디 이발소나 정미소뿐이랴. 이발소 바닥에
머리 터럭을 떨어뜨리고 간 남자들의 흑발도 빛바래 백발이 됐을
것이다. 못 믿을 시골 경제에 넌더리를 낸 토박이들이 이향離鄕과
탈향脫鄕의 대오에 편승해 도시로 떠나갔을 것이다. 향리의 고왔
던 풍정도 물정도 인정도 덩달아 퇴색하는 것일 테니, 날로 번쩍
번쩍 비대해지는 도시의 자동 증식에 반비례한 시골의 추레한 퇴
락은 이 시대의 블랙코미디인가, 미스터리인가.

물질과 자본 숭배를 축으로 쿵쾅쿵쾅 돌아가는 오늘의 세태에
서 중·노년층만 남은 시골은 어쩌면 사라질 운명에 처한 품목들
의 대기실인지도 모른다. 도시의 속도전과 자본력에 녁 아웃될 수
밖에 없는 서글픈 변방. 그러나 사라질 운명에 처한 것들이 서서
히 사라지고, 사라져서는 안 될 것까지도 덩달아 사라지고 있는
곳이 오늘의 시골이지만, 새롭게 등장하거나 느닷없이 출현하는
종목들도 적지 않다.

한 줌 크기의 스산한 상서면을 벗어나면, 거기 준수한 산자락 여기저기엔 모텔이 보이고 대형 식당이 날렵하게 들어앉아 제아무리 시골이라 하지만 시속의 무풍지대일 수만은 없는 좀 난해한 운명을 증명하고 있는 게 아닌가.

원초적 상상력을 깨우는 우금암

상서면 소재지 외곽의 23번 국도 변에 자리잡은 '원숭이 학교'도 근래에 유입한 신품종이다. 원숭이 학교? 원숭이도 학구심을 발휘해 공부를 한단 말인가? 엉덩이 빨간 원숭이들도 공부를 해야 밥을 얻어먹을 수 있는 기묘한 세상이 도래한 것인가? 물론 아니다.

이곳은 원숭이들이 조련사의 지시에 따라 쇼를 하는 사설 공연장이다. 영리하고도 영악한 원숭이들의 기막힐 재주로 관광객들을 배꼽 빠지게 웃기는 신종 쇼 업소다. 열다섯 마리의 원숭이들이 "선생님"으로 호칭되는 조련사 세 명과 손발을 맞춰 관중들을 웃긴다. 사람들은 왜 원숭이를 보면 웃게 되는 것일까. 조련사는 말한다.

원숭이 지능이야 개보다 약간 더 똑똑한 정도지만 사람과 닮은 모습 때문에 일단 코믹해 보이죠.

말은 잘 듣나요?

아뇨. 뺀질이들이 많아요.

가끔 속 터지겠군요?

아니죠. 말을 너무 잘 들으면 오히려 재미없죠.

아하!

돌발 상황이나 엉뚱한 해프닝 자체가 볼거리니까요.

원숭이가 인간보다 나은 점도 엿보이나요?

물론이죠. 단결심과 조직력이 인간보다 우월하죠. 욕심이
없다는 점도 인간이 배울 만합니다.

산중 도로로 접어들어 개암저수지를 지나 개암사開巖寺를 찾아
간다. 경내 어디에고 눈이 가득하다. 순백의 눈 외투를 입은 산사
의 청결함에 속이 씻긴 듯 맑아진다. 겨울 산사의 내향적 향훈이
설경 속에서 짙어진다. 뽀득뽀득 밟히는 눈 소리를 듣는 나의 귀
가 반색을 한다.

개들은 색맹이라는데 하얀 눈을 어이 그토록 좋아하는가. 진순
이, 진돌이라 부르는 백구 두 마리가 눈밭을 종횡무진 뛰어다니며
암수 한 쌍다운 질탕한 희롱에 여념이 없다. 대웅보전(보물 제292호)
을 비롯하여 응진전, 월성대, 종각 등이 들어선 경내 분위기는 한
적하고 차분하다. 경쇠 소리도 염불 소리도 끊긴 겨울 산사의 정
적이 우물 속처럼 깊고 태연하다.

그러나 고즈넉한 산사의 공간 가득 뭔가 생기가 흐른다. 암팡지고 호방한 에너지가 허공으로 들이치는 걸 느낄 수 있다. 이 청정하고도 견고한 기운은 어디에서 발원하는가? 오호라. 저거다. 대웅전 지붕 너머 저기 뒷산에 솟은 저 바위다. 도발처럼, 봉기처럼 봉긋이 치솟은 뒷산의 바윗덩어리로부터 세찬 기운이 쏟아져 나오고 있다.

저 늠름한 암봉이 만약 거기에 있지 않았다면 사뭇 허전하리라. 절의 풍치도 기운도 한결 밍밍한 쪽으로 추락하리라. 마치 자루 없는 도끼처럼 말이다. 예사롭지 않은 형상으로 돌출한 뒷산 바윗덩이로 말미암아 개암사의 힘과 미학이 완결되고 있는 게 아닌가.

저 암봉엔 우금암禹金巖이라는 이름이 붙어 있다. 울금바위라는 별명도 있다. 개암사라는 절 이름은 우금암에서 유래했다. 개암開巖이란 열 개開, 바위 암巖으로 '바위가 열렸다'는 뜻이 된다. 우지끈! 도끼로 깨서 연 듯한 우금암의 형상에서 개암이라는 사명이 비롯된 것. 태초에 반고盤古가 도끼를 휘둘러 혼돈을 깨고 천지를 개벽했다던가.

우금암의 형세는 원초적 상상력을 일깨운다. 바위가 지닌 비범한 형상에서 태초의 메타포 같은 걸 생각하게 하며, 자연이 암시하는 신비의 실루엣을 느끼게 된다.

들판 어디에고 새하얀 눈이 가득하다. 순백의 눈 외투가 뽀득뽀득 밟히는 소리에 나의 귀가 반색
한다.

거석마을 김 할머니는 차라리 시인

이제 나는 술상을 앞에 놓고 앉아 있다. 여기는 상서면의 으뜸 가는 오지인 청림마을이다. 그게 탁주든 청주든 술이라는 이름을 갖고 있기만 한다면, 애주가에게는 목으로 넘어가는 온갖 음식 중 가장 참신한 음식.

지금 술상에 오른 팔선주는 과연 참신하다. 우슬, 창출, 위령 선, 마가목, 석장포 같은 여덟 가지 천연 약재들로 만드는 팔선주 는 청림마을의 전통 가양주다. 이 마을 이장 이정수(59) 씨는 팔선 주를 잘 만들기로 소문이 자자한 분이다.

이게 원래 술이면서 가정 상비약였당게요.
좋은 약재들로 만든 술이니 그럴 수밖에 없겠는데요.
자셔 보니 어짜요? 맛과 향기가 기막히지 않소?
맞습니다. 아주 좋은데요.
그란디, 이 술을 마시면 누구나 앉은뱅이가 돼 뿔고 맙니 다. 일어설라고 하덜 않는 것입니다.
하하! 어쩔 수 없는 폐단이겠습니다.
한정 없이 퍼마셔도 몸에서 술 냄새가 안 납니다요.
신통방통한 술이네요.
근데, 서울의 그 뭐시냐, 거시기 호텔서 팔선주 특허권 따갖고 즈그들끼리 막 장사를 하고 있어요.

아, 허망한 일이네요.

맞소, 겁나 허무하죠잉.

술은 첫물에 취하고 사람은 끝물에 취한다던가. 이장과 낙낙한 한담을 나누는 사이 정이 든다. 그래도 여정이 남았으니 일어서야 한다. 대문 바깥까지 배웅을 나온 이장이 눈밭을 바라보며 투덜거린다.

하이고! 그나저나 이제 눈 좀 안 왔음 좋겠네. 아주 징상스럽소.

그러게 말예요. 여기 와서 보니 폭설 무서운 게 실감납니다.

하이고! 말도 마시오. 내 생전에 이런 눈 피해는 첨이랑게요!

보라, 저 눈부신 은빛 산야와 신비한 설원을! 이렇게 우아하게 읊어대는 이가 있다면 그는 철부지이거나 망나다. 적어도 올 겨울 이 고장에 내린 폭설은 재앙일 뿐이다. 자연도 가끔 횡포한 충동에 사로잡혀 심술을 부리는가. 비닐하우스가 무너지고 축사가 으스러지고 집이 부서졌다. 청림보다 더 깊고 외진 거석마을의 김 할머니(79)는 소리쳐 울고 싶은 심정을 억누르며 하소연한다.

에고 에고, 징허요, 징해! 지붕 채양이 날아갔제, 기왓장이
무너졌제, 오양간도 내려앉았제, 징허당게, 징해!

눈은 거의 폭격처럼 쏟아졌던 것 같다. 산간 오지의 연약한 노인네가 무슨 수로 이를 감당하랴. 김 할머니는 옆집에 사는 정 할머니(70)와 함께 부침개를 해 먹기 위해 부지런히 드르륵! 드르륵! 맷돌에 녹두콩을 갈고 있다.

설해雪害의 뒤치다꺼리를 잠시 미뤄둔 망중한이다. 마당에 두 터이 쌓인 눈 더미에 살처럼 박혔다 튀어 오른 햇살 막대가 노인의 야윈 등허리를 응석처럼 콕콕 찔러댄다. 다사롭고 포근한 정경이다. 하늘을 원망하던 노인의 언설에도 어느덧 부드러운 가락이 붙는다.

옛날 같았음 눈에 갇혀 진즉에 굶어 죽고 얼어 죽고 그랬을
것인디. 그래도 밥은 안 굶고 몸도 성한 거이 다행이지라.
맞아요. 할머님이 건강해 보이셔서 참 다행입니다.
그라요? 고맙소잉. 흠. 우리 마을이 공기 하나는 겁나 좋긴
하제라. 덕분에 요러콤 몸 성히 사는갑다 하제라.
네. 참 정답고 포근한 마을 같아요.
워매, 맞소. 잘 보셨소잉
눈에 덮여 경치를 제대로 볼 수 없는 게 아쉽기만 한데요.

드르륵! 드르륵! 옆집에 사는 정 할머니와 함께 부침개를 해 먹기 위해 부지런히 맷돌에 녹두콩을 갈고 있는 김 할머니의 망중한. 다사롭고 포근한 겨울 정취가 물씬 배어 나온다.

그라믄, 가을에 다시 한 번 와보쇼잉.

가을엔 더 좋은가요?

하믄. 가을에 봐야 진짜제. 감이 다글다글 달려 갖고, 머시
냐, 꼭 다홍치마 걸쳐진 거 같당게. 헤—.

이런! 김 할머니는 시인이어라. 주황색 가을 감이 소담하게 여
물어 가는 경치를 다홍치마 걸쳐진 것 같다고 얘기하는 김 할머니
는 차라리 벽촌의 무명 시인. 벽지 산촌의 신산고초 한평생을 온
몸으로 살아내 바야흐로 생의 하구에 이른 노인의 앙가슴 속엔 얼
마나 많은 양의 더운 시가 고여 있을 것인가.

삶의 숙성된 발효물이 시라고 한다면 79세 노인이 걸어온 인생
여로에도 수많은 시적 경개가 어렸을 것인데, 나는 지금 그 내밀
한 마음 한 자락을 바라보며 시큰한 감명을 받는다. 코끝이 찡해
온다.

전북 부안군 상서면

산이면 산, 바다면 바다, 어디 하나 흠잡을 데 없이 수려한 풍치를 자랑하는 부안군. 변산반도 국립공원을 끌어안은 땅. 여기저기 두루두루 볼 것도 많고 먹을 것도 많은 전북 제일의 명승지. 이런 부안군의 중앙부에 위치한 상서면은 산투성이 고장이다. 삼예봉, 덕성봉, 상여봉, 옥녀봉 같은 해발 500m 이하의 산지들이 국립공원의 명패를 달고 산지 특유의 청정한 승경을 과시하고 있다.

상서의 으뜸가는 명소는 역시 개암사다. 고려 말 1314년에 원감국사가 개암사에 들어와 폐허가 되다시피 한 불전과 당우를 중수하여 불사를 크게 일으켰다.

이 절은 원래 저 아득한 과거의 부족 국가였던 변한弁韓의 왕궁터였다. 계곡의 동편에는 묘암궁을 짓고, 서편에는 개암궁을 지었다고 한다. 그러다가 백제 무왕 35년(634)에 묘련妙蓮 왕사가 원래의 궁전을 절로 리모델링

개암사

할 때 개암궁을 개암사라 부른 데서 이름이 유래했다.

천년 고찰의 향기를 음미할 수 있는 이 절의 응진전 16나한상은 불교미
술의 걸작으로 평가된다. 조선 숙종 3년(1677)에 조성된 것으로 나한들의
익살스런 모습이 압권이다. 우금암을 오르는 일도 포기하지 않는다. 개암
사 입구에서 좌측으로 2km 지점에 있는 월정약수는 물맛도 약 성분도 탁
월한 광천수로 멀리서 일부러 물 뜨러 오는 사람들이 많다. 약수터에 이
르는 주변 풍치도 추억거리가 될 것이다. 내변산의 심원한 내장을 이루는
청림마을 가는 길은 얼마 전까지만 해도 통행이 불편했지만 이젠 아스팔
트 도로가 헌칠하게 나 있다.

우슬재를 넘으면 나타나는 수련마을부터 산촌의 빼어난 경관이 펼쳐지기
시작한다. 절경지로는 천총봉 자락인 유동의 가마소 일대가 꼽히지만 폭
설이 내린 겨울에는 접근이 불가능한 상황. 상서초등학교 사거리 쪽에는
구암리 지석묘군이 있으며, 감교리 재각마을에는 정유재란 때 이 지방 의
병들이 왜군과 치열한 전투를 벌였던 호벌치 전적지가 있다.

서해안고속도로 이용시에는 부안나들목으로 나와 30번 국도를 타고 부안읍을 거쳐 곰소 방면으로 진행하는 23번 국도를 따라 상서면에 도착한다. 호남고속도로의 경우에는 정읍 나들목으로 나와 29번 국도를 타고 부안에 닿는 게 빠르다. 대중교통으로 부안읍에 도착했을 경우에는 군내버스를 타고 상서면에 닿는다.

개암사 입구 쪽과 청림리에 몇몇 민박 집과 모텔, 식당들이 있다. 그러나 평일이나 비수기엔 철시를 하는 집이 많다. 상서면사무소 부근의 청림식당(☎063-582-2808)은 맛깔스런 해물탕, 갈치탕, 백반 등속으로 찾아드는 단골이 많은 대중식당이다. 좀 푸짐한 식사와 편안한 잠을 자려면 부안읍내나 변산해수욕장 쪽을 이용한다. 부안군 내 많은 식당들에선 향토 별미인 바지락죽을 맛볼 수 있다. 영양도 맛도 빼어나다. 변산면 대항리 변산온천산장(☎063-584-4874)이 전문점으로 알려졌다.

가 볼 만한 산길

개암사에서 바라보는 우금봉은 한 폭의 동양화다. 개암사 경내 동쪽으로 난 등산로를 500m쯤 오르면 우금봉에 닿는다. 다소 가파르지만 20분 안짝에 도착할 수 있다. 원효 스님이 수도했다는 자연동굴 원효방을 둘러본 뒤 우금산성을 따라 이어지는 능선 길을 걷는 묘미가 뛰어나다.

산중의 그 노인은 차라리 무명 시인

우복동牛腹洞 사상 박힌 순결한 산촌

— 경북 상주시 화남면 —

면 소재지 복판으로 국도가 지난다. 보은과 상주 사이를 오가는 차량들로 제법 부산해 보이는 도로다. 그러나 이 도로변에 가득한 것은 적막이다. 대략 2~3분 간격으로 한 대의 차량이 나타나 쌔앵! 소음을 내지르고 사라지는데, 예리한 엔진 음은 일순에 잦아들고 다시 둔한 정적이 엉겨든다. 주기적으로 울리는 차량의 소음으로도 깨지지 않는 원천적 고요가 여기에 견고하다.

나는 조금 전인 오전 10시경 화남면化南面에 도착했다. 도착 즉시 화남이 진정한 깡촌인 것을 알아차릴 수 있었다. 검푸른 겨울 산이 사방으로 펼쳐지는 구릉지에 주먹만한 면 소재지가 얌전하게 앉아 있다. 다만 한줄기 국도가 뻗어 있으며, 인적은 끊겨 초원처럼 적적하다. 그러니 이곳이 얼마나 한적하고 외로운 벽촌인지를 곧바로 눈치챌 수 있다.

　산촌의 고적은 늘 내 마음을 어루만져 준다. 일상의 번잡을 벗어나 근원의 자리로 복귀한 것 같은 만족을 가져다준다. 나는 지금 가벼운 흥분마저 느낀다. 마치 이제 막 시작된 영화 속으로 들어가듯 가만히 국도 변에 서서 조용하고 정숙한 산촌 경관의 서막을 바라보고 있다.

　명색이 면 소재지이지만 화남의 중심 지구를 이루는 품목은 극도로 심플하다. 관공서로는 면사무소와 보건지소가 있을 뿐이다. 어디에나 있게 마련인 농협도 우체국도 없다. 경찰지서조차 없이 경관 한 사람이 고독하게 앉아 있는 파견 사무소가 보일 뿐이다.

　학교도 단 한 곳이 없으며, 납작한 구멍가게와 겨우 간판만 달린 작은 식당이 각각 있다. 그밖에 연탄난로 연통이 처마 밑에서 덜렁거리는 다방이 하나 보인다. 그리고는 아무 것도 없다. 그저 낡고 허름한 인가가 여기저기 산재해 그나마 사람 사는 조짐을 증명할 뿐이다. 약도처럼 간략한 풍경이다.

　생략법처럼 차라리 절묘한 구성이다. 이렇게 소소하고 미미한 구색을 걸친 면 소재지란 어디에도 다시없다. 그렇디면 니는 지금 매우 이색적인 여행지에 도착한 게 틀림없다. 고도로 압축되고 극도로 정제된 풍경 속에 들어온 셈이다. 혹은 지나치게 남루하고 형편없이 침체한 경관 속에 놓여 있다. 어쨌거나 이색이며 이채다.

　북풍이 달려와 앙칼진 한기를 끼얹는다. 그 써늘한 한풍으로 내장까지 맑게 씻기는 기분이다. 간밤의 술자리로 탁류처럼 흐려졌을 뱃속이 서서히 진정되고 이제 식욕이 입을 벌린다. 국도 변에 붙은 식당에 들어가 늦은 아침을 먹는다.

오전 시간에 뜬금없이 등장한 낯선 나그네를 위아래로 눈여겨 훑어보던 쥔장이 이 시골엔 무슨 일로 왔느냐고 묻는다. 여행 중이라고 답해 준다. 그러자 쥔장이 다시 말한다. 화남에 뭐 볼 것이 있다고, 여긴 유명한 것이 하나도 없는데, 라고. 다시 내가 말한다. 저는 유명한 곳보다는 안 유명하거나 덜 유명한 곳을 좋아합니다. 그런 곳이 더 순수해서 즐겁더라고요.

의아해진 쥔장이 눈을 끔벅이다가, 그럼 제대로 찾아오셨네요, 라며 너털웃음을 웃는다. 우리 고장을 찾아 줘 아무튼 고맙다는 치사도 잊지 않는다. 쥔장은 적적한 산골을 좋아한다는 별난 여행자에게서 일테면 자폐적 취향 같은 것을 느끼고 실소를 터뜨렸을 수도 있다.

그러나 나는 고독이 많은 사람이지만 고립이나 자폐를 옹호할 까닭도 없다. 나를 유폐시키려는 듯 덮쳐오는 도시의 잡답雜沓에 가끔 환멸을 느낄 뿐이다. 소음과 풍문이 들끓는 도시에서 놓여나 고요한 산촌에 들어온 지금, 웅크렸던 의식이 환하게 열리는 걸 느끼고 있다.

식당을 나와 산중으로 뻗친 도로에 오른다. 적막한 소로를 달려 화남의 산 깊은 안통으로 들어간다. 눈이 내리려나. 우우우 바

람이 사납게 몰아친다. 덩달아 허공을 뭉그적거리던 먹구름이 세
찬 발길을 놀려 하늘 기슭 여기저기를 쥐어박는다. 날씨마저 선심
을 쓰는 모양이다. 바람 불고 비 오거나 눈 내리는 날의 여행은 얼
마나 더 농밀하고 오붓한가. 이는 말 그대로의 감성여행이다.

바람은 등을 밀어 자유로운 행보에 이바지하고, 분분히 흩날리
는 눈보라는 치어걸의 꽃술처럼 감각적이다. 그래서 친절한 여행
의 신은 이 겨울 한낮의 여행자를 위해 바람에 소용돌이치는 눈보
라를 퀵서비스 하는 것인지도 모른다.

그러나 이건 웬 변덕 날씨? 눈 대신 잠깐 빗물이 흩날리더니
이내 햇살이 쨍 내리친다. 그러자 짙은 구름 아래 우울하게 엎
드려 있던 겨울 산에 화색이 어린다. 헐벗은 활엽수들과 푸르고
성긴 소나무며 잣나무의 우듬지에 조명 같은 빛살이 부서져 내린
다. 겨울산도 이렇게 생동한다. 쏟아지는 햇살을 담뿍 머금고 고
달픈 겨울나기의 망중한을 누린다. 싱그러운 산기山氣를 뿜어낸
다. 평온리를 벗어나 동관리로 들어가는 산중 소로 일대엔 이렇게
겨울산의 청명한 운치가 자욱하다.

3년간 내리 잠만 잔 토굴살이 승려

동관2리의 절골마을에 당도한다. 후미진 화남면 안에서도 진

정 후미진 고샅이 바로 절골이다. 절레절레 체머리를 흔들다 골골 낮잠이나 자게 생긴 벽촌이라서 절골이라는 이름이 붙은 건 아니다. 그 옛날에 절이 있었다고 해서 절골이다.

그런데 이 골짜기의 경치가 참말 희한하다. 수려하고 장려하다. 속리산의 식솔인 형제봉(803m)이 12폭 병풍을 늘어뜨린 가운데 절골의 헌칠하고 말쑥한 정경이 일목요연하게 좌악 펼쳐진다.

진절머리 나게 깊은 산골짝이지만 그 터전은 뜻밖에 널찍하며, 지세는 온화하고 유순하다. 늙을수록 굳센 육송들이 사방팔방에 우거져 있다. 마을 양옆 골짜기로는 수석이 미묘하고, 흐르는 계

그 옛날에 절이 있었다고 해서 절골마을이 되었다. 진절머리 나게 깊은 산골짝이다.

대문도 울짱도 없는 인가에서 부동 스님을 만났다. 요지부동 3년간 들입다 잠만 잤다는 부동 스님의 눈빛은 들풀처럼 싱싱했다.

류의 리듬은 은은한 아리아다. 여기저기 바위 벼랑이 보기 좋게 기립해 있고, 거칠게 몰아치던 바람도 덤불 베개를 베고 언덕배기에 누워 잠잠한 오수에 잠겨 있다.

    편한 마을이다. 옹골찬 산골이다. 겨울에도 심신이 따뜻해지는 산촌이다. 언제든 어디든 잘 돌아다니는 들개처럼 자주 나다니는 취미를 타고난 나에게 사람들은 가끔 묻는다. 당신 생각에 어디어디가 개중 살 만한 산골들인가, 하고. 이제 나는 그렇게 묻는 사람에게 다시 말하게 될 것 같다. 여기 절골이 또한 부평초 한살이의 믿을 만한 정처定處가 아닐까 싶다네.

절골에는 여섯 가구가 살아간다. 그렇다면 이곳 주민들은 이 실팍하고 암팡진 산동네에서 어떤 오동통한 재미를 누리며 살아가나. 이 아득하고 아찔한 벽촌에서 무엇으로 생계를 이어가나. 이런 생각을 하며 대문도 울짱도 없는 인가에 들어서 목청을 돋워 주인을 부르는데 빡빡 야무지게 머리 깎은 남자 하나가 방문을 열고 걸어 나온다.

무성한 수염 장식과 먹빛 복장으로 보아 그가 토굴살이를 하는 승려임을 한눈에 알아차릴 수 있다. 그는 '부동不動'이라는 법명을 가진 스님이다. 부동 스님이 절골에 들어온 것은 3년 전이다. 바람을 길잡이 삼고 뜬구름을 들러리 삼아 흐르고 흐르다 보니 이곳에 이르게 되었단다.

그냥 기약 없이 여기서 토굴살이를 하는 겁니다. 여기든 저기든, 도시의 저잣거리든 산골짝 토굴이든 어디든 다 법당이며 도량이 아니겠어요? 굳이 어디가 좋고 어디가 안 좋은가를 골라서 들어앉을 일은 아닌 것이죠.
부럽습니다. 그 태연한 마음이 말예요. 그렇게 머문 3년 동안의 수행이니 큰 공부를 하셨을 것 같군요.
수행이랄 게 달리 있을까요. 도道라는 것도 그걸 일부러 찾을 일이 아니니, 애당초 도라는 게 없는 것이구, 이 지구라

는 것도 꿈을 깨고 보면 허상인 것이구, 그저 만물 만상이
다 허상이지 않겠어요? 전 그저 지난 3년간 내리 잠만 잤습
니다 그려. 하하하.

요지부동 3년간 들입다 잠만 잤다는 얘기지만 부동 스님의 눈
빛은 들풀처럼 싱싱하다. 그의 얘기가 게송처럼 묘하지만 토굴에
사는 산승 나름의 포부가 가슴에 닿아와 그 여운은 정갈하다. 뭔
가 순진이 엿보이는 눈길과 정에 무르고 약할 천성이 비치니, 깊
은 오지의 토굴살이가 만만찮은 시련 장정임을 알겠다.

그러나 다행히 혈색도 좋고 보행도 당당하다. 한 달 생활비래
야 단돈 5만 원이면 족하다는 대목에선 옳거니, 무릎을 탁 치게
된다. 이 젊은 스님은 마침내 도를 이루려나. 이룬 도로 다시 바람
이 되고 구름이 되려나. 부동의 묘리로 동動한 것들의 허虛를 벗어
나려나.

부동 스님은 절골의 옛날 소식을 들려준다. 절골 여기저기 수
풀 속에 뒹구는 부도, 비석, 맷돌, 석탑 등의 석물 잔해들을 보여
주며 이곳에 지난날 큰절과 암자들이 많았다고, 그 번성했던 불도
의 나날들이 부질없이 저물고 이제 스산한 폐허만 남았다고 두런
거린다.

우복동은 어디에 있나

　폐사지란 쓸쓸한 장소다. 빛바랜 추억의 앨범처럼 허망하다. 그러나 한줄기 향이 남아 과거의 법화를 반추하게 만든다. 절골에서는 지금도 땅을 파면 오래된 기왓장이 나온다. 이미 도굴꾼과 골동 업자들이 훑고 뒤지고 파헤친 나머지 반듯한 유물은 남아 있질 않은 형편이지만 곳곳에 암자 터가 건재하며 갖가지 석물들이 나뒹군다. 말하자면 절골은 산중 불국佛國이었다.

　아울러 이 은밀하고도 아름다운 산골은 이른바 '우복동牛腹洞'으로 일컬어지기도 했다. 우복동은 전통사회에서 은밀히 숭상하고 사모했던 삶의 유토피아다. 신선 사상이 생산한 궁극의 이상향이다. 비결서秘訣書들이 암시한 수수께끼 낙원이다. 속리산 북동쪽 어딘가에 있다고 전해진 이 '우복동 사상'의 추종자들은 속리산 기슭의 화북면 산골짝을 우복동으로 간주했는가 하면, 어떤 이들은 이곳 절골이 바로 우복동이라는 믿음을 가졌다.

　이런 '우복동 신앙'은 지금까지 수명을 누려 현재 절골에 사는 여섯 가구 주민들 가운데 대다수는 실상 우복동에 관한 믿음으로 이주해 온 비결파들이다. 겉보기엔 평범한 산골살이를 하는 것 같지만 그들은 나름의 진지하고도 고상한 사유 세계를 가진 구도자들이다.

　절골 복판의 오래된 고가에 사는 강홍규(85) 옹은 60여 년 전에 우연히 절골로 스며들어 지금까지 붙박이로 살아간다. 강 옹은 절

절골 복판의 오래된 고가에 사는 강홍규 옹 부부. 강 옹은 그저 내 마음이 하늘 마음이겠거니 하며 60여 년간 순하고 조용한 일상을 영위해 왔다.

골의 토박이인 셈인데 그는 어쩌면 이젠 이방인이다. 강 옹 외의 주민들 모두가 근래에 유입된 수도자들이기 때문이다. 이웃 사람들이 제각각 나름대로의 신을 섬기며 고집스런 수도의 나날을 사는 것에서 생의 의미를 찾는 반면, 강 옹은 그저 내 마음이 하늘 마음이겠거니 하며 순하고 조용한 일상을 영위한다.

허리는 부질없이 휘어져 버들가지처럼 힘을 잃고 말았지만 강 옹의 눈빛은 소년처럼 맑고 시원하다. 그런 그가 느닷없이 찾아든 나그네를 막내 조카 맞이하듯 살뜰한 정성으로 응대한다. 평생을 깊고 밝은 산골에서 살아온 사람 특유의 순박함과 질박함이야말로 강 옹의 과소평가할 수 없는 매력일 텐데, 시종일관 입가에 미소를 머금은 노인은 늙어 오래 사는 것이 영 쑥스럽다는 투로 겸양에 찬 모습을 보인다.

예전엔 그저 화전을 붙여 근근이 살았지요. 옥수수, 조, 콩 같은 걸 거둬 세 남매를 어렵사리 키웠어요. 여기야 예나 지금이나 별로 달라진 건 없구만요. 길이 좀 좋아지고 전기가 들어온 게 발전이라면 발전이겠지만. 동네 사람들이 모두 마음씨 고운 분들이라 서로 믿고 의지하며 그럭저럭 살아온 것이구.

생의 하구에 이른 강 옹이 누리는 요즘의 낙은 평생 반려 양택린(83) 할머니가 반주 삼아 따라 주는 소주 한 잔에 젖어드는 일이다. 도시에 사는 자제들이 찾아오면 늘 "그저 마음이 고와야 한다"고 거듭 당부할 뿐이라는 강 옹에게는 고민 한 가지가 있다.

> 어휴, 너무 오래 살아서 걱정예요. 옛날 같으면 벌써 죽었을 텐데 어째 안 죽어지고 오래 사는 건지…….

생사 문제가 어찌 인력의 소관이랴. 오래 사는 게 어떻게 불만사항일 수 있으랴. 노인의 죽음 타령은 해학이거나 생에 대한 애착, 미처 못 이룬 꿈에 관한 역설적 영탄일까. 혹은 노경에도 여전히 덮쳐 오는 파란을 향한 은근한 저항의 언표일까. 주름살 위로 물결처럼 번지는 노인의 미소가 쓸쓸하다.

사람 정들게 만드는 강 옹과 아쉬운 작별을 하고 절골을 빠져나온다. 그리고 아까 올라오던 길에 눈여겨 두었던 달마선원에 찾아든다. 선원의 원장인 범주梵舟 스님을 만난다.

홍익대 미대를 졸업하고 곧장 입산한 그는 달마도의 대가다. 몇 해 전 부산에서 열린 아시아태평양경제협력체APEC 행사 때에 그는 각국의 퍼스트레이디들이 지켜보는 가운데 가로 5미터, 세로 6미터 종이 위에 대형 붓으로 비질처럼 일필휘지한 달마도를 그려 보이기도 했다. 이 널리 이름난 달마도의 대가는 줄기차게 달마도를 그리는데, 그는 왜 줄기차게 달마도를 그리는 것일까.

범주 스님은 달마도의 대가다. 홍익대 미대를 졸업하고 곧장 입산하여 지금은 달마선원의 원장으로 있다.

달마도는 참선 수행의 한 가지 방편입니다. 마음 닦기가 선의 요체인데 달마도 그리기를 통해 승려는 선의 궁극에 도달하고자 하는 것이지요. 요즘의 기복적이고 미신적인 달마도 유행 풍조는 그런 점에서 문제가 심각합니다. 달마를 모독하고 불교를 매도하는 행위라는 얘깁니다.

산촌의 겨울 해는 빠르게 저문다. 산자락 동굴에 매복해 있던 어둠이 슬금슬금 출병을 해 면내 거리에 검은 휘장을 드리운다.

덜렁거리는 연탄난로 연통을 처마 밑에 매단 복다방은 화남에 있는 유일한 다방이다. 나른한 정태, 혹은 고즈넉한 온기. 산촌의 옛날 다방이 야기하는 이 쓸쓸한 서정이야말로 내 여행의 귀소이다.

살갗으로 파고드는 맵찬 냉기가 얼음 표창처럼 삼엄하다. 이제 화남의 짧은 하루 여행을 마치고 돌아갈 시간이다. 그러나 '복다방'이 뒷덜미를 움켜쥔다. 나의 몸은 뜨거운 차를 마시고 싶어 한다. 덜렁거리는 연탄난로 연통을 처마 밑에 매단 복다방은 화남에 있는 유일한 다방이다.

문을 열고 다방으로 들어간다. 흐릿한 백열등 조명 아래에 주인 아주머니가 덩그마니 홀로 앉아 있다. 손님들은 다 어디로 갔나. 어쩌면 종일토록 아무도 이 집을 찾아들지 않았을 수도 있다.

낡은 소파에 앉아 공간을 둘러본다. 형편없이 시대에 뒤쳐진 구닥다리 내부 장식, 그리고 정적.

　이 다방에는 시대가 권장하는 치레나 호들갑 같은 게 전혀 없다. 나른한 정태情態, 혹은 고즈넉한 온기로써 뭔가 내밀한 우애를 표할 뿐이다. 산촌의 옛날 다방이 야기하는 이 쓸쓸한 서정이야말로 내 여행의 귀소이거나 삶의 어쩔 수 없는 궁극일지도 모른다. 이것에는 깊이를 알 수 없는 환幻이 어려 있다. 끝끝내 해명하기 어려운 우수, 혹은 황홀이 아롱져 있다. 몸의 피로가 조수처럼 쓸려 나간다.

경북 상주시 화남면

경북 상주시 화남면은 전국에서 가장 약세한 면이다. 상주시 서북부에 남
북으로 길게 형성된 산간 지역으로 백두대간이 통과한다. 봉황산, 시루
봉, 형제봉, 천택산에 둘러싸여 자연경관이 수려한 지역이다. 충북 보은
군과 인접, 생활권이 경북과 충북에 걸쳐 있는 탓에 말씨도 경상도와 충
청도 말씨가 혼용된다.

겨우 900여 명의 인구가 살아가는 이 산촌엔 널리 알려진 명소나 명승이
없다. 아는 사람이 드문 산골이다. 그래서 보잘 게 없는 곳으로 오해하기
십상이다. 그러나 널리 알려지지 않은 바람에 화남의 산수는 한결 순수하
고 순결하다. 사람들의 심성 역시 한결 온순하고 후덕하다. 도대체 때 묻
지 않은 자연경관과 도무지 야박하거나 각박한 구석이 없는 인심을 누릴
수 있는 여행지다.

화남의 돋보이는 청정 자연 중에서 단연 빼어난 곳은 역시 절골이다. 옛

사람들이 왜 이곳을 우복동으로 치부했는지를 짐작할 수 있는 길지다. 절골 아래의 달마선원도 꼭 들러볼 만하다. 달마도 달인 범주 스님의 작품 세계를 즐길 수 있는 전시장이 마련되었으며, 방문객 누구에게나 달마도 얘기를 친절하게 들려준다.

화남 남부에 있는 임곡리도 답사한다. 임곡리 역시 우복동이라 일컬어지는 산촌이다. 이 마을 주민들은 진짜 우복동은 절골이나 화북이 아니라 바로 임곡리라고 주장한다.

경부고속도로 청주나들목이나 옥천나들목으로 나와 보은읍에 이른 뒤, 25번 국도를 타고 30여 분 만에 화남면 소재지에 도착한다. 화남에는 숙박업소가 전혀 없다. 보은읍이나 법주사 상가 지구의 모텔을 이용한다.

가 볼 만한 산길

상주시 화북면과 화남면 그리고 보은군 내속리면에 걸쳐 있는 형제봉은 백두대간 상에 봉긋 솟은 산으로 등산객들의 발길이 줄기차게 이어진다. 절골을 기점으로 오른다. 낙수암터와 움막터를 거쳐 약 1시간 30분 만에 정상에 오를 수 있다.

저 소나무 끝에 오르면
도솔천이 보일까

— 강원 영월군 수주면 —

저는 방금 강원도 영월 땅 수주면水周面에 도착했습니다. 먼 길을 달려 산들의 제국에 들어선 겁니다. 산과 산 사이 굽어진 도로를 휘휘 돌고, 강변길을 씽씽 누비어 겨울 산국山國에 마실 나온 것이지요. 날씨는 유난히도 청명합니다. 새파란 하늘빛은 유리처럼 투명하고, 쏟아지는 햇살은 황금 파편처럼 눈부십니다.

산 너머 너머 저기 어디선가 벌써 봄의 정령들이 스멀거리는 걸까요? 부드러운 대기가 오감을 일깨우는군요. 은밀한 미풍이 그 손길을 놀리어 섬세한 애무처럼 온몸을 간질이는군요. 더할 나위 없이 좋은 날씨입니다. 아주 흐뭇한 여정입니다.

먼저 찾은 곳은 법흥사法興寺입니다. 경내에 이르자 소나무 오솔길이 나그네를 반겨 줍니다. 적멸보궁寂滅寶宮에 이르는 언덕길

법흥사 경내에 이르자 소나무 오솔길이 나그네를 반겨 준다. 적멸보궁에 이르는 언덕길 양편에 현기증이 돌 정도로 아스라한 장신의 소나무들이 하늘을 가린 채 짙은 향을 흩뿌린다.

양편에 낙락장송이 휘늘어져 있습니다. 대나무처럼 길차게 자란 소나무들이 하늘을 가린 채 짙은 향을 흩뿌리고 있는 겁니다.

이곳의 키다리 소나무들은 제가 알기로는 이 나라 안에서 가장 키가 큰 양반들이지요. 현기증이 돌 정도로 아스라한 장신이라서 아름드리 몸통은 오히려 가느다랗게 보이는 분들이지요. 이 유별난 키다리 소나무 꼭대기에 기어오르면 혹시 도솔천이 보일까요? 밝은 길을 가리키는 부처의 손가락이 보일까요?

적멸보궁 문간엔 신발들이 가지런히 놓였군요. 털신에 운동화에 등산화 등등 수십 켤레 신발들이 3열 종대 열병식처럼 얌전히 배열되었군요. 법흥사는 갸륵한 신심을 지닌 불자라면 누구나 평생에 한 번은 순례하고 싶어 한다는 국내 5대 적멸보궁의 한 곳입니다. 그렇기에 이런 한겨울에도 신도들이 잇달아 찾아드는 것입니다. 법당 안에는 그 신발을 신고 온 임자들이 포복하듯 엎드려 있습니다.

땅에 몸을 붙인 겸손한 신발처럼 마룻바닥에 하심下心으로써 납작 엎드려 불단을 향해 절을 올립니다. 절실하고 경건해 아름다운 모습입니다. 불단엔 불상이 없지요. 불상 대신 저 바깥, 부처의 진신사리가 봉안되었다는 연화봉을 향해 기도하는 것이지요. 이게 적멸보궁의 범례입니다.

적멸보궁 뒤편엔 자장율사가 도를 닦았다는 토굴이 있군요. 사람 하나 겨우 드나들 구멍이 뻥 뚫렸을 뿐인 흙구덩이지요. 옹색

한겨울에도 신도들이 잇달아 찾아드는 법흥사. 불자라면 누구나 평생에 한 번은 순례하고 싶어 한다는 국내 5대 적멸보궁의 한 곳이다.

하고 뒤숭숭하고 퀴퀴한 땅굴이지요. 이 오소리 굴 같은 구덩이에 들어앉아 자장이 도를 이뤘다는 겁니다. 빈대와 쥐벼룩에 피를 내주며 용맹 정진한 나머지 쩌렁! 한소식을 하셨다는 겁니다.

저는 문득 저 토굴에 머리를 들이밀고 싶은 심정을 느낍니다. 거기 토굴서 튀어나올 법한 무슨 몽둥이에 탕! 탕! 이마가 으깨지도록 시원한 일격을 당한 뒤 그만 기절하고 싶은 마음에 사로잡힙니다.

제 정신의 해이와 나태에 마음이 닿은 때문이지요. 툭하면 덮쳐오는 고민과 망상으로 뒤척이는 제 정신의 궁색한 오소리 굴이

야말로 시급히 타파해야 할 병소病巢임을 느낍니다. 이마저 잠시 스치는 상념에 불과하겠지만 뭔가 반성을 촉구해 오는 자장의 토굴 앞에서 옷깃을 여밀 수밖에 없습니다.

가난하지만 만족스런 최 씨 부부의 산중 살림

법흥사를 뒤로하고 남南으로 남으로 길을 갑니다. 법흥천 개울 길을 따라 30리 길을 내려가 무릉리 요선암邀僊岩에 오릅니다. 요선암은 법흥천과 저 서쪽에서 굴러 나오는 서만이강이 만나는 두물머리 갈피에 끼인 강변 암벽이지요. 조선 중엽의 문사 양사언이 암벽 귀퉁이에 "邀僊岩요선암"이라는 글씨를 새기면서 붙게 된 이름이지요. 요선암 산꼭대기엔 고려 시대의 유산인 마애석불(높이 7m, 폭 3m)과 숙종, 영조, 정조 임금의 친필 어제시御題詩 현판이 걸린 요선정이 있습니다.

볼 것도 느낄 것도 즐길 것도 많은 곳이지요. 저 아찔한 벼랑 아래로는 합수하는 두 물길의 교접이 절경이고, 바윗덩어리의 풍염한 사태기에 굳센 뿌리를 박고 진저리를 치는 거목 소나무의 심오한 방중술 또한 눈부신 경치입니다.

그래, 근엄한 마애부처마저 슬쩍 돌아서서 슬며시 웃어 젖히는 것처럼 보입니다. 어느 한 서린 석녀가 베어 먹었는지 반나마 뭉

요선암은 법흥천과 서만이강이 만나는 두물
머리에 있는 암벽이다. 요선암 꼭대기에는 고
려 시대 유산인 마애석불과 요선정이 있다.

툭 떨어져나간 코를 움켜쥐고 돌부처께서 실실 웃고 계시니 일대의 분위기가 마냥 밝기만 합니다.

이제 저는 서만이강을 따라 다시 풍경의 변주 속으로 들어갑니다. 고요한 겨울강과 강변 숲의 더 고요한 경관을 두 눈에 쓸어 담으며 물 깊고 산 깊은 오지로 접어듭니다. 엄둔계곡으로 들어가 산골짝 벽지의 순수한 풍치를 만끽합니다. 점터, 피두리, 가매월을 지나 엄둔에 도착합니다. 개 어금니처럼 울퉁불퉁하고 양의 내장처럼 구불구불한 비포장 소로를 20리쯤 달려 수주의 제일가는 벽촌인 엄둔마을에 닿습니다.

이런! 저는 황당한 기분으로 별안간 속이 갑갑해집니다. 거기 길 끝나는 엄둔의 끄트머리에 기다리고 있는 게 뜻밖에도 대형 펜션이라서 말입니다. 엄둔은 20~30년 전만 해도 70여 가구의 주민들이 오순도순 정을 나누고 살던 마을이었으나 이젠 무인지경이지요.

분교도 오래전에 폐쇄되었고, 주민들은 뿔뿔이 흩어져 고작 서너 가구가 이 골짝 저 골짝에 산재할 뿐인데, 이 쓸쓸하고 적적한 산중에 거창한 펜션이 들어앉아 새 주인 노릇을 하고 있는 게 아닙니까.

자본의 위력과 순발력이지요. 전 국토에 창궐한 상업주의의 기민한 전이이지요. 경제에 쫓긴 원주민들이 탈출한 자리에 자본이 진입해 경제를 탐식하는 역리逆理의 현장이지요. 하긴 이는 우리 시대의 놀랍고도 보편적인 병리가 아니던가요. 자본이 쥐락펴락

엄둔마을에서 거의 유일한 원주민인 최상한 씨. 최 씨는 한때 배를 타고 바다를 돌아다니기도 했으나 결국 정든 고향인 엄둔으로 귀환했다.

자연 산수의 명줄을 틀어쥔 세상이니까요. 자연을 정벌하는 자본의 공격에 일쑤 어처구니없는 갈채가 쏟아지는 시절이니까요.

화려하고 현란한 펜션 옆댕이엔 으스러진 폐교가 남아 있습니다. 폐교 옆 산중턱엔 뼈대만 앙상히 남은 고가 한 채가 있고, 그 이웃엔 조립식 가옥 한 채가 들어앉아 있습니다. 이 집에 엄둔의 거의 유일한 원주민인 최상한(50) 씨 부부가 살아가고 있군요.

최 씨는 한때 배를 타고 바다를 돌아다니기도 했으나 결국은 정든 고향인 엄둔으로 귀환한 사람이지요. 뒤늦게나마 엄둔으로 복귀해 그리 섭섭할 게 없는 나날을 살아간다고 하지요. 최 씨 부부는 농사엔 큰 관심이 없어 보입니다. 돈벌이에 무슨 뾰족한 대책 따위도 갖지 않은 것처럼 보입니다. 그렇다면 이 부부는 원래 가진 게 많은 사람들일까요? 그렇기에 저토록 태평한 걸까요? 최 씨는 이렇게 말합니다.

> 우리 부부는 거의 빈손으로 산에 들어왔지요. 돈이 있어서가 아니라 자연이 좋아서 여기서 사는 건대요, 살아 보니 돈 들어갈 일도 별로 없더라고요.

최 씨는 선한 본성이 곧바로 드러나는, 그렇게 사람 좋아 보이는 인상과 어조와 눈빛을 가진 인물입니다. 어디서 얻어온 것인지 알 수 없는 낙천적인 사고를 하는 사람입니다. 악착스런 구석이 보이질 않으니 최 씨 자신의 말대로 진정한 가난뱅이일 게 분명해 보입니다. 어쩌면 120만 원을 주고 구입했다는 서너 평짜리 조립식 주택이 그의 유일한 재산일지도 모를 일입니다.

하지만 최 씨 부부는 가을 들판처럼 평온하군요. 포식한 암소처럼 태연하군요. 홈런 날린 이승엽처럼 자신만만하군요. 지금 그들은 새로운 집을 짓기 위해 부지런히 준비합니다. 산판 현장에서 버려진 목재를 열심히 주워 모아 3월이면 황토를 버무린 통나무 집을 두 부부의 손으로 반듯하게 세울 거라는 겁니다. 최 씨의 아내는 다음처럼 말합니다.

왜 도시에서 노숙을 하고 그러는지 모르겠어요. 그분들에게 권해드리고 싶어요. 산골에 오시면 빈집도 있고 먹을 것도 조달이 된다고 알려드리고 싶거든요. 우리는 주로 산나물 반찬을 해먹고 사는데요, 온 산이 나물 천지라서 봄에 부지런히 뜯어다 말려 두면 1년 내내 찬거리 걱정을 덜 수 있잖아요.

산이 적성에 맞는다면 별문제 없이 살 수 있을 거 같아요. 우리는 그냥 편하게 만족하며 살거든요.

그녀의 느긋한 발설을 저는 경청하였군요. 그러면서 뭔가 켕기는 기분이었군요. 편해요, 만족해요, 하는 고백에 저 자신을 돌아보며 찔리는 심정이었군요. 저로 말하자면 별로 편할 것도, 만족할 것도 없는 채로 도시를 떠도는 사람이니까요. 노숙을 모면하고 산다지만 실상 노숙자의 심리와 크게 다를 바 없는 허기와 한기로 낑낑거리는 화상이니까요.

갖가지 번거로운 욕망의 부대를 양어깨에 짊어진 채 사는 일의 고충을 좀체 벗어나질 못하고 있습니다. 편한 척, 만족한 척 품을 잡아보긴 하지만 진정한 경지란 실로 아득하기만 합니다.

최 씨 부부는 인동초차를 내왔습니다. 약초 술과 잔대 장아찌 안주도 대접 받았죠. 손을 흔들며 헤어질 적엔 이런저런 산약초를 담은 꾸러미를 건네주는군요. 이게 도대체 과분한 호의입니다. 인정을 쓰는 일에 인색한 저의 가난한 마음을 다시 돌아보게 하는 역습이었군요. 그래, 속으로나마 덕담을 중얼거릴 수밖에 없었군요. 착하고 당당한 당신들이시여, 부디 몸 성히 산중의 만족을 누리세요, 라고.

참 친근한 이름, 서만이강江

엄둔계곡을 돌아 나와 다시 서만이강을 따릅니다. 겨울 강은 꽝꽝한 얼음장에 뒤덮여 있습니다. 아직은 봄이 멀었나 봅니다. 그러나 그리 먼 것은 아니라서 한낮의 훈풍이 강상江上을 스치며 얼음강을 녹이고 있습니다. 잔설을 떡고물처럼 허옇게 뒤집어쓴 얼음장이 서서히 풀어지고 있습니다. 군데군데 얼음 녹은 수면에 초록 강물이 여울을 일으킵니다.

여기저기 드러나고 있는 강물의 초록빛은 강변의 단애와 강 숲과 강 길에 활기를 전합니다. 떨어져 내리는 햇살을 타고 올라 허공조차 순한 초록빛으로 물들입니다. 마침내 제 마음도 싱그러운 초록에 젖어듭니다. 겨울 강의 서정에 사로잡힙니다. 강상에서 발원한 밝고 푸른빛의 청명함에 심신을 헹굽니다.

서만이강! 참 친근한 이름입니다. 동만이 동생 서만이일까요? 정겹습니다. 어이, 서만이! 잘 있었나? 하고 인사하면, 아무렴, 잘 지냈다네, 하며 으허허허! 너털웃음을 터뜨릴 것만 같습니다. 그래서 저는 두산리로 넘어가는 말굴이재 언덕배기에 서서 저 아래로 내려다보이는 강에게 속으로 외쳐봅니다. '어이, 서만이! 잘 있었나?' 하고.

하지만 막상 서만이의 반향은 그리 신통치가 않군요. 그도 그럴 것이 예전의 서만이에 비해 지금의 서만이는 좀 피폐해진 겁니다. 강변 일대에 영업집들이 줄기차게 늘어나 예전의 순수한 미모가 퇴색하고 있는 것이지요. 그렇더라도 저는 서만이강이 좋습니다. 여전한 우정을 느낍니다. 여전한 그 미색에 감동을 느낍니다.

그나저나 서만이강의 이름은 어디서 유래했을까요? 이 강의 본류는 횡성 땅 강림면에서 굴러 내려오지요. 그러다가 두산리에 이르러 치악산 남부 산록에서 달려온 황둔천을 합솔하면서 한바탕 세차게 굽이쳐 호弧를 그리게 되지요. 이때에 생긴 섬과 같은 물동이 동洞이 바로 '섬안' 마을이며, 이 섬안에서 서만이강의 이름이 생겨난 것이지요.

두덕동에 이르러 두산교를 통해 서만이강을 건너 두산리의 벽촌으로 들어갑니다. 옛날 사람들은 두덕나루에서 배를 타고 강을 건너 산중 고샅으로 들어갔다고 합니다. 그들은 화전을 일구어 생계를 이어갔습니다. 새막골은 화전민들의 집단촌이었지요. 억새로 이엉을 올린 움막이 많았던 데서 얻어진 지명이지요.

잔설을 떡고물처럼 허옇게 뒤집어쓴
얼음장이 서서히 풀어진다. 군데군데
얼음 녹은 수면에 초록 강물이 여울을
일으킨다.

두산리의 산중은 자못 험준해서 자동차가 나뒹굴기 십상이군
요. 그래도 저는 길 끝까지 지프를 몰고 들어갑니다. 끄덕끄덕
털렁털렁 날뛰는 자동차를 신중히 몰아 산 첩첩한 고샅을 섭렵합
니다. 몇 해 전에 여기 산중에서 만났던 그림 같은 옛집들과 순
결하고 순박했던 주민들을 다시 만나고 싶다는 바람을 가지고 말
입니다.

하지만 가당찮은 바람이었군요. 풍경이 너무도 변해 버렸군
요. 예전의 화전 가옥도, 토박이들도 모두 사라지고 그 자리에 영
업집과 도시인의 별장이 들어섰군요. 전래의 산촌은 쇠퇴하거나

소멸하고, 위대한 도시의 자금이 부활의 노래를 불러대는 판국이로군요.

현실이 이러한데, 오지를 순례한답시고 틸레틸레 들개처럼 돌아다니는 저는 도대체 제정신이기나 한 걸까요? 길 끝에 서서, 변해도 한참 변한 풍경을 바라보자니 허전합니다. 따스하고 소박했던 토박이들이 그리워집니다. 헛물을 켠 듯 헝클어진 경관에 낭패스럽습니다. 숲에서 홀로 우는 산새의 낮은 선율이 가슴을 적십니다.

강원 영월군 수주면

강원도 영월군 수주면水周面은 '물이 돌아가는 곳'이라는 지명이 암시하
듯 어디서나 강물과 냇물과 계곡을 만날 수 있는 지역이다. 물이 많다는
건 그만큼 산이 깊고 높다는 뜻이기도 하다. 아울러 서만이강을 비롯해
이런저런 지천들의 미모가 빼어나며, 산 덩어리들 또한 저마다 명산이니
길산이니 하는 평론을 듣고 지낸다.

십여 년 전만 해도 서만이 강변엔 오늘날과 같은 포장도로가 없었다. 이
고장 지명 중에 무릉리와 도원리가 있지만, 예전 미개발 시대의 수주면은
실로 무릉도원에 맞먹을 순수하고 수려한 경관을 자랑한 오지였다. 도로
가 뚫리면서 영업집들이 들어서고 관광객들이 들이닥치게 되었는데, 이
제 한여름엔 피서객이 버글거리는 장소로 변하고 말았다.

하지만 여름 한철을 빼면 그래도 한적한 편이다. 더구나 겨울엔 도통 인
적이 듬성하다. 인파를 즐겨하지 않는 버릇이 있는 여행자라면 겨울 여정

황정골 황장금표비

을 택할 일이다. 답사 코스는 법
흥사를 먼저 둘러본 뒤 요선정
을 오르고, 서만이강을 따라 상
류 쪽으로 오르다가 엄둔계곡으
로 들어선다. 엄둔을 답사한 뒤
엔 다시 서만이강을 따라 두덕
동에 이르러 두산교를 건너서
두산리의 산간을 탐승한다.

두산2리 황정골에는 황장금표
비黃腸禁標碑가 있다. 왕실이나
고관들의 관재棺材로 쓰였던 황
장목이 산출되었던 황정골을 감
독하고 보호하기 위해 세운 빗
돌이다.

영동고속도로 만종분기점에서 중앙고속도로로 갈아탄 뒤 신림 나들목으
로 나와 88번 지방도를 20분쯤 달려 황둔삼거리서 좌회전, 10분쯤을 더
달리면 수주면 섬안마을과 서만이강이 나타난다. 답사 구역 곳곳에 음식
점과 찻집, 모텔과 펜션이 산재한다. 도원리 말구리재의 초연관광농원(☎
033-374-8841)은 비수기에도 주말엔 예약을 해야 할 정도로 많이 알려졌
다. 요선정 부근 청솔가든(☎033-372-7308)에서는 공들인 토종닭 요리를
맛볼 수 있다. 가슴살 튀김과 모래주머니, 간, 염통 철판구이가 먼저 나온
뒤 백숙과 누룽지죽이 상에 오른다. 비수기에는 철시한 식당들이 많은데,
무릉리의 토지식당(☎033-372-7266)은 연중무휴로 문을 연다. 오리 요리와
민물매운탕 전문집이다.

가 볼 만한 산길

법흥사가 안겨 있는 사자산(1,181m)은 원래 사재산四財山이라 불렀다. 옻, 꿀, 산삼, 먹는 흙 등 네 가지 보물이 난다고 해서다. 법흥사 계곡 옆 임도를 따라 20여 분 오르면 작은 폭포가 있고, 그 뒤로 웅장한 치마바위가 나타난다. 계속 계곡을 오르다보면 허공다리폭포가 나오는데 여기서 수통에 물을 채운 뒤 가파른 오르막을 올라 정상에 이른다. 하산 때는 같은 코스를 역으로 밟아 내려온다.(산행 시간 4시간, 산행 거리 약 7km)

저 소나무 끝에 오르면 도솔천이 보일까

　새파란 겨울 호수가 발아래 전면으로 펼쳐진다. 대청호다. 철새 한 무리가 수면 위를 편대 비행한다. 호수 사방에선 높고 낮은 산들이 너울너울 춤사위를 흐느적거리며 거울 같은 수면에 그림자를 드리운다. 지금 내가 서 있는 곳은 문의면文義面의 진산이자 명산인 양성산(壤城山, 350m) 언덕배기. 산기슭에 들어앉은 문의문화재단지 안의 모퉁이에 서서 저 아래의 대청호 물길을 내려다보고 있다.

　문의는 원래 사람들로 버글거리던 대처였다. 조선 후기까지 현縣의 명패를, 혹은 군郡의 이름표를 붙인 너른 바닥이었다. 그러나 운세가 뒤집혀 현대에 이르러선 창자에 붙은 맹장처럼 허무하게 줄어들었다. 지난 1980년의 수몰 이후엔 더욱 꺼칠한 향토사를 기록해야만 했다.

문의면의 수몰사엔 흥미로운 사화史話 한 토막이 딸려 있다. 고려 초기의 승려 일륜 선사는 도력이 높은 걸승傑僧. 일륜은 일찍이 문의면을 다음처럼 일컬었다.

사방의 정기가 명명明明하도다. 장차 문文과 의義가 크게 일어나 널리 숭상되리라. 육로와 수로가 사통팔달하니 마을과 인물이 공히 번성하리라. 오오! 그러나 어이하나. 향후 천년 뒤의 운세가 물 밑에 잠겼도다!

일륜 선사의 예언은 적중했다. 과거의 토실토실했던 문의마을은 댐이 들어서면서 물 밑 용궁이 되었다. 다시는 돌아갈 수 없는 수장水葬을 치렀다. 그나마 다행하게도 거기 옛 마을에서 수습한 일부 역사 유물들을 양성산 기슭으로 옮겨 오목조목 복원하거나 재현해 두었다.

충북 안에 유일하게 남은 조선 시대의 객사客舍 문산관文山館을 비롯해 고가, 성황당, 석물石物 등등 과거의 물증들이 문의문화재 단지 안에 산재해 있는 것이다. 물속에 가라앉은 문의의 본색 일부가 부활한 셈이니 불행 중 다행이다.

면내의 식당에 들러 점심을 먹는다. 홀 안 가득 단체 손님이 들어앉아 있다. 여기저기서 웃음소리가 터진다. 사투리가 출렁거린다. "워메, 모처럼 놀러댕기니께 겁나 좋소이!" "긍게말요." "날씨

까장 징허니 좋아뿌요잉!" 구수하고 푸짐한 남도 사투리가 넘실거
린다. 충북의 외진 산골인 여기 문의까지 먼 고장의 사람들이 떼
지어 드나들기 시작한 것은 아주 근래의 일이다. 몇 해 전 청남대
가 일반인에게 개방된 이후부터의 현상이니까.

청남대는 문의면 신대리의 대청호 변에 자리했다. 청남대는
"남쪽에 있는 청와대"란 뜻. 1983년부터 20여 년 간 대통령들의
휴양지로 이용되었다. 그러다가 본래의 용도를 바꾸어 일반에게
개방하게 되었다.

국가 1급 경호시설로 4중의 경계 철책이 설치되는 등 삼엄하고
살벌하기 그지없었던 청남대로 말미암아 수몰 지구 문의의 안색
은 오랫동안 더욱 썰렁하고 스산했다. 그러다가 빗장이 열리면서
관광버스에 실린 탐방객들이 들이닥치기 시작했고, 이로써 문의
의 표정에 화색이 돌게 되었다.

소전리로 이어지는 순결한 산길

청남대를 뒤로한 채 더욱 깊은 산중으로 들어간다. 굽이굽이
휘어지고 에워 도는 구룡리와 신덕리의 산간 도로를 거쳐 월리사
月裡寺에 도착한다. 적막하기가 우물 속 같은 절이다. 동면하는 겨
울 짐승처럼 뭔가 둔감한 인상을 자아내는 암자다.

적막하기가 우물 속 같은 월리사. 뒷산의 무성한 솔숲이 인상 깊은 월리사는 건축 양식으로 보아 조선 중기에 지어진 것으로 짐작된다.

월리사 사적비에 따르면 이 절은 조선 효종 8년(1657)에 원학 대사라는 스님이 인근에 있던 신흥사를 옮겨 지으면서 창건됐다. 지금은 살림채로 쓰이는 기와집이 원래 이 절의 법당이었는데, 건축 양식으로 보아 조선 중기의 소산인 것으로 평해지고 있다. 암자의 뜰을 거니는 중에 김창규 목사가 말을 건네 온다.

"저걸 봐! 뒷산 소나무 숲이 참 멋지지? 정말 좋잖아? 안 그래?"

내가 답한다.

"그렇군. 참으로 굳세게 잘 자란 소나무들이네. 장관이구만."

적막, 산중 고요로 마음이 열리다

김 목사의 감탄에 맞장구를 치고 보니 뒷산의 저 무성한 솔숲 외엔 그다지 인상에 새겨지는 게 없는 절집임을 알 수 있다. 법당 처마에는 그 흔한 경쇠 하나 걸려 있지 않아 한 줌의 소리조차 들려오는 게 없으니 더욱 막연하다. 그러나 절집의 경치며 분위기라는 게 절의 본연과 무슨 큰 상관이랴. 절의 외양이 허술할망정 정작 이 절의 임자 되는 스님께서는 피 말리는 수행의 정오를 지나고 있을지도 모른다. 번뇌의 빙하를 꿰뚫을 심오하고도 빛나는 정신의 검무를 추어대고 있을 수도 있겠다.

다시 산길을 달린다. 샘봉산(461m) 서쪽 골짜기에 있다는 소전리所田里를 찾아 차를 몰아간다. 관목들이 밀집한 숲 사이로 가르마처럼 조붓하고 오붓한 오솔길이 줄기차게 이어진다. 정겹고 순한 길이다. 어린 누이처럼 순결하며, 숨겨 놓은 정인情人처럼 살풋한 소로다.

헐벗은 겨울나무들은 하오의 햇살을 머금어 멱을 감은 듯 깨끗하다. 바람에 흔들리는 검불더미들은 가볍고 우울해 애틋하다. 눈길을 멀리 던지면 거기엔 일렁이는 창해와도 같은 산들의 군무가 싱그럽다.

하염없이 유정한 눈길로 풍경의 내면까지 바라보게 되는 이 오래된 길을 가는 나는 지금 몽유夢遊처럼 즐겁다. 마음은 무념 속에서 훤하게 열린다. 정갈한 오솔길을 닮은 삶의 궁극은 어디에서 어떻게 열리는가. 겨울 오솔길의 낮고 깊은 숨결이 느껴진다. 거기엔 존재의 슬픔을 응시하는 따뜻한 시선 같은 게 서려 있다. 길은 들어갈수록 정겹다. 월리사에서부터 장장 20여 리에 걸쳐 계속 이어지는 산중 소로의 서정과 향취. 이런 길을 어디서나 흔히 만날 수는 없는 법이다.

"아! 참 좋지? 이런 곳이 다시 또 어디에 있겠어? 아! 참 좋아!"

김 목사가 연방 쾌재를 부른다.

"아하! 맞아. 참 좋군. 그냥 눈에 집어넣어도 아프지 않을 풍경이구만."

내가 김 목사에게 화답한다. 사진가 준식 씨도 감탄한다. 김 목사가 다시 톤을 높인다.

"소전은 말이지, 봄철엔 더 좋아. 온갖 봄꽃들이 길가 곳곳에 다투어 피어나거든. 들꽃 세상으로 변한단 말이야. 이렇게 아름다운 오지는 아마 강원도에도 없을 거야. 안 그래? 이만한 곳을 강원도에서 본 적이 있어?"

김 목사는 오래된 벗이다. 세사의 명암과 굴곡을 시로써 규명하기를 소명으로 여기는 시인이다. 광주 5월 항쟁에 뛰어들어 옥살이를 하기도 했던 그는 순수하고 단순하기가 마치 소년과도 같다. 그런 그의 순박함 앞에선 흐렸던 마음 한구석에서조차 먼동이 튼다. 나는 이 늙어 가는 사내를 '봄처녀'라는 별명으로 부른다. 세월의 장난에도 마모되지 않은 심성의 순결성 같은 게 미더워 붙인 별명이다.

그런 김 목사의 눈에 비친 세상 풍경은 어느 하나 보기에 좋지 않은 게 없겠지만 지금 연달아 내지르는 "아! 좋지? 참 좋지?" 하는 찬사에는 한결 오롯한 감흥이 실려 있다.

그의 눈을 통해 체내에 입장한 조화롭고 순후한 산중 경관이 뇌 세포를 일깨워 시인의 감성을 자극한 것이겠다. 이렇게 세 남자는 오솔길 위에서 즐겁다. 풍경의 미감과 진실에 기탄없는 갈채를 보내며 길의 끝을 향해 달린다. 이윽고 소전 1구 마을회관 앞 공터에 차를 세운다.

'고독'이라는 산중 선물

소전마을을 가득 채우고 있는 것은 역시 산 덩어리들이다. 도회의 아파트 숲처럼 사방팔방에 오로지 산들이 넘실거린다. 게다가 산들의 키꼴이 껑충하다. 장중하고 삼엄하다. 그래서인가. 어쩐지 온몸이 눌리어 납작해지는 기분이 든다. 벽과 벽 사이에 몸이 낀 것 같은 압박감이 느껴진다. 이끼 낀 우물 바닥에 굴러 떨어진 듯 습한 기운마저 엄습한다. 이는 나의 소심한 체질이 발하는 과민 반응일지도 모르겠다.

소전 주민들은 꿋꿋하고도 어엿한 삶을 누리고 있는 게 아닌가. 이 기막히게 후미지고 비좁은 산골짝에도 수백 년 이어지는 사람살이의 늠름한 역사와 전통이 아롱져 있다.

유별난 벽촌이라서 유별난 가난을 짊어지고 살아온 게 아니라, 오히려 유독 사는 것처럼 반듯하게 잘사는 마을로 이름을 드날리기도 했다. 이 마을은 예로부터 알아주는 이가 많은 명품 산촌이었다.

마을 가운데로는 냇물이 흐른다. 마을 복판에는 아주 오래된 우물이 있다. 지금도 식수로 쓰인다. 옹색한 골짜기 사이의 그나마 조금 너른 평지를 따라 옹기종기 집들이 들어서 있다. 야트막한 돌담과 토담들의 곡선이 골목의 흐름에 리듬을 부여한다.

수백 년, 혹은 수십 년 묵은 고가들의 지붕 위를 스치는 골바람의 낮은 선율은 거의 음악이다. 서산마루에선 누런 햇살이 따사로이 부서진다. 평화롭고 고요하다. 도시의 아수라와 야단법석에서 벗어난 해방감이 밀려든다. 펄떡펄떡 살아 숨 쉬는 산들의 체취가 짙어 나의 몸조차 향을 머금는다.

마을회관에서 할머니들이 걸어 나온다. 사진쟁이 준식 씨가 잽싸게 달려가 카메라를 들이댄다. 그러자 할머니들이 달아난다. 뭔 사진이냐며, 남세스럽다며 냉정하게 돌아서 휘적휘적 내뺀다. 준식 씨가 살살 꼬드기며 따라붙는다. 줄레줄레 뒤를 쫓아 기어이 사진에 담으려 노력한다.

놀란 할머니들의 퉁명스러움이 오히려 귀엽다. 산골 노인들의 순진한 낯가림은 당연하다. 그이들을 돌려세우기 위해선 한껏 재

뭔 사진이냐, 남세스럽다며 냉정하게 돌아서던 소전리 할머니들. 사진쟁이 준식 씨의 눈부신 활약(?)으로 간신히 사진 촬영에 응해 주셨다.

롱을 떨며 매우 분발해야 한다. 진땀 빼는 준식 씨를 바라보자니 킥킥 웃음이 난다. 그는 마침내 성공할 것이다. 나는 소전의 고로 古老 김철수(76) 옹을 찾아간다.

　김 옹은 일찍이 대학까지 공부한 인텔리다. 지금은 도시에 처자를 놔둔 채 7대째 조상들의 숨결이 어린 고향집에서 홀로 살고 있다. 김 옹은 소전리가 예로부터 '삼천냥골' 혹은 '오복동五福洞'으로 불렸던 괜찮은 산촌이라고 자랑한다. 그러나 이제는 '생활'이 아니라 '생존'에 급급한 마을로 추락하고 말았단다.

일찍이 대학까지 공부한 인텔리 김철수 옹의 집. 지금은 도시에 처자를 놔둔 채 고향집에서 홀로 살고 있다.

한지와 과일과 산나물로 각각 1,000냥씩 도합 3,000냥을 거뜬히 손에 쥘 수 있는 시절이 있었지요. 혼기를 앞둔 처녀들은 누구나 소전으로 시집을 오고 싶어 했을 정도였어요.

김 옹은 외지의 자식들이 보내주는 용돈으로 근근이 살아가는 노인들만 남은 소전의 현실을 안타까워한다. 그러나 김 옹 자신은 매우 만족스런 노년을 누리노라 자부하고 있다.

산골 생활의 보약은 역시 고독이지요. 고독해야만 사색도
하고, 독서도 하고, 그렇게 되는 게 아니겠소. 말하자면 고
독이란 사람이 즐길 만한 최고의 선물이오.

김 옹이 고독을 벽촌의 선물로 여기며 사는 것에 비해, 화가 이
종국(42) 씨는 소전의 자연계가 들려주는 심오한 묵시에 쫑긋 귀
기울이며 살아가는 사람이다. 신중하고도 진지한 표정을 가지고
있는 이 씨가 소전에 들어온 것은 10년 전. 단돈 6만 원을 손에 쥐
고 이 골짜기에 들어왔으니 만만찮은 깡이다.

그는 오두막에 홀로 살며 텃밭을 일구어 자급자족해 온 한편
미술 작업에 전념해 왔다. 그렇게 세월이 흐르는 사이 뒤숭숭했던
그의 오두막은 에너지가 넘치고 산중 미학이 농축된 '자연 속 둥
지'로 진화했다. 이 씨의 이마에 깊게 새겨진 주름살이 그간의 몸
고생을 증거하고 있지만, 어언 그는 소전의 자연과 동화한 채 그
만의 고유한 인생을 즐긴다. 그는 아마도 도류道流다. 명상 수행을
일상의 중심에 두고 산다.

사람이 자생력을 얻을 수 있는 곳은 역시 자연이 아닐까요.
자연 속에서 오감을 발달시키고 본성을 바라보는 기회를 자
주 가짐으로써 본연의 생명력을 키울 수 있다는 생각이죠.
자연에 내 몸을 합일시키기, 이게 살아갈 길이라고 봅니다.

화가 이종국 씨는 소전의 자연계가 들려주는 심오한 묵시에 귀를 쫑긋 세우고 살아가는 사람이다. 그는 소전을 '한지 테마 마을'로 가꾸는 일에 매진하고 있다.

　우리는 달팽이가 아니지만 누구나 저마다 존재라는 무거운 집을 등에 지고 산다. 이 씨는 이 존재라는 난제를 산에서 해결할 수 있다고 본다. 편리성과 기능성만을 중시하는 도시의 물적 속성이 삶의 품위를 훼손한다고 읽는다. 도시적 관점에서 산골을 개발하고 관광하는 풍조에도 이의를 표한다. 그는 소전을 '한지 테마 마을'로 가꾸는 일에 매진하고 있다.

　소전을 진부한 방식으로 상품화하는 식의 행정 지원은 위험합니다. 이 마을 고유의 전통성을 유지하고 주민들이 모두

세월이 흐르는 사이 뒤숭숭했던 이종국 씨의 오두막은 에너지가 넘치고 산중 미학이 농축된 '자연 속 둥지'로 진화했다.

동참할 수 있는 문화적 테마를 찾아야 하는데, 한지 복원은 하나의 대안이죠. 이미 상당한 실력을 갖춘 한지마을로 틀이 잡혔고요.

산중의 하오는 짧기만 하다. 성벽처럼 솟은 서산 저 너머로 어언 해가 진다. 그러자 숨을 헐떡이며 땅거미가 밀려든다. 이제 소전과 작별할 시간. 밤의 장막이 내리기 시작하는 마을을 뒤로하고 차에 오른다.

곤두박질치듯 달려 내려왔던 언덕길을 서행으로 되짚어 오르는데, 가슴으로는 뻐근한 여운이 엉켜든다. 언덕배기에 올라 저 아래 소전을 내려다본다. 하지만 발 빠른 어둠이 이미 마을을 삼켰다. 하나둘, 별들이 돋아나 푸른 초롱을 밝힌다.

충북 청원군 문의면

충북 청원군 문의면은 유서 깊은 고장이다. 예사롭지 않은 산세로 선인들이 예찬한 고장이었으며, 조선 중기엔 교통과 교역의 중견 지구이기도 했다. 면의 중앙부를 흐르던 아름다운 금강이 살아 있던 시절엔 빼어난 풍광으로 한결 온전한 땅이었다. 그러나 1980년의 대청댐 준공으로 문의는 새로운 시련의 역사를 쓰게 되었다. 청남대가 일반에게 개방된 요즘엔 관광 지구로의 부상을 도모하고 있다. 문의에 도착하면 일단 문의문화재단지를 관람한다.

단지 옆엔 최근에 개관한 대청호미술관이 자리했는데, 대형 전시회가 계속돼 들러 볼 만한 곳이다. 단지에서 내려다보이는 대청호 경치도 시원하다. 청남대를 답사하기 위해선 문의파출소 앞에 있는 매표소에서 입장권을 구입한 뒤 대기하고 있는 좌석버스를 타면 된다. 승용차 출입은 통제된다. 관람에는 약 2시간이 소요된다.(☎청남대 안내 전화 043-220-5673).

누이처럼 순결한 산길 끝엔 후미진 삼천냥골

소전리를 가기 위해서는 회남 방향으로 이어지는 509번 지방도로로 접어든다. 문의면에서 약 30리 길인데, 길가에 이정표가 잘 설치되어 길을 놓칠 우려는 없다.

문의문화재단지

경부고속도로 청원나들목으로 나와 청주 방향으로 가다가 척산삼거리에서 우회전해 문의면에 닿는다. 근래에 문의면 내에 많은 식당들이 새로 들어섰다. 청남대는 물론 소전리에선 식사를 해결할 수 없다. 면 내의 명성순대집(☎043-297-8066)은 시골 선술집의 정취를 흠뻑 느낄 수 있는 가게다. 문의 막걸리와 주인 최명애(50) 씨가 센스 있는 솜씨로 직접 만드는 순대 요리를 즐길 수 있으며, 마을 주민들이 술 마시는 경치를 감상하는 맛도 괜찮다.

가 볼 만한 산길

양성산은 신라 시대 때 승병을 양성한 명산이다. 화랑도 출신의 화은 대사가 중이 발鉢을 들고 시주를 구하는 형세인 여기 양성산에서 승려 300명을 제자로 삼아 불경과 무예를 가르쳤다는 것이다. 크거나 험하지 않은 산이라 가볍게 산행을 즐길 수 있다.

문의문화재단지 옆 불당골공원 ➡ 독수리바위 ➡ 정상 ➡ 삼거리봉 ➡ 불당골공원(약 2시간 소요).

누이처럼 순결한 산길 끝엔 후미진 삼천냥골

라디오가 있는 풍경, 또는 두메산골의 겨울나기

― 전남 담양군 용면 ―

퇴장하던 겨울이 다시 돌아오는가. 차마 못 떠날 미련이 아쉬워 스텝을 뒤로 밟는가. 연일 포근한 날씨가 이어지더니, 봄 예감에 사로잡힌 산야의 나른한 몽상이 깊어지더니, 갑자기 날씨가 급변한다.

난데없는 대설주의보가 발령되고 한파가 몰아친다. 내리고 다시 내린 눈 위로 거듭 눈이 내려 온 천지가 새하얗다. 거위 털로 도배한 듯한 백색 설경이 펼쳐진다. 산에도 들에도, 호숫가에도 숲에도 흰 눈이 첩첩하다.

뜻밖의 폭설이 내린 늦겨울의 여로는 자못 험난하다. 시련을 겪는다. 그럭저럭 제설 작업이 이뤄진 국도를 벗어나면 길은 이내 눈 수렁이다. 빙판이 막아서고 눈길 진창이 차를 술 취한 듯 비틀거리게 만든다. 그러나 흐뭇한 여정이다.

   이런 눈 천지를 만끽하는 호사를 언제 다시 누릴 것인가. 저 모범적인 겨울 정경을, 저 우월적인 설경 산수화를 어디서 다시 만날 것인가. 온 산야에 두터운 베일로 내린 흰 눈은 바라보는 자의 마음까지 환하게 만든다. 저 새하얀 무념의 빛 속으로 적멸하는 내 안의 욕념들.

   담양, 하면 대번에 대나무를 기억하시는가? 오직 대나무가 뇌리에 떠오르는가? 그러나 대나무만이 담양의 명물은 아니다. 용면 龍面이라는 아름다운 산촌이 또한 대나무골 담양에 동거한다. 용면의 산수는 빼어나다. 추월산(秋月山, 731m)이라는 미남과 산성산 (山城山, 605m)이라는 미녀가 담양호라는 침실을 드나들며 수시로 정을 통하는 곳이 바로 용면이다. 산과 호수가 연출하는 출중한 방사의 장관은 예민한 여행자로 하여금 숨을 멎게 하거나 후욱! 거친 숨을 덩달아 몰아쉬게 하는 효과를 거두고 있다.

산중 노인과 라디오

   용면은 담양군 안에서 가장 후미진 산촌이다. 전남 전체를 통틀어서도 마찬가지다. 여기처럼 순수한 산골은 이젠 희귀해졌다. 산과 산이 연대해 이룬 승경은 이 옴팡진 산촌에 빛을 부여

한다. 조물주가 선심을 써 준수한 자연의 부품들을 집중 배급한 덕분이다.

저 난잡한 개발의 회오리가 드세게 몰아친 일이 없다는 사실도 용면의 자연상을 온존시킨 근거가 되고 있다. 어디를 가더라도 산이 펄떡거리고, 굳이 어디를 가지 않더라도 산이 거기에 완연하다. 못 말릴 골수 같은 이 고집스런 산촌에 지금 흰 눈이 첩첩하니 세상은 반수에 잠긴 낮달처럼 교교하다.

산촌 사람들은 겨울을 어떻게 지낼까. 내린 눈 위로 다시 눈 내리는 이 고즈넉한 겨울날에 어떤 몽상과 희망을 더듬을까. 추월산 자락에 달린 마을 가운데 치명적으로 후미진 복리암마을을 찾아든다. 눈에 폭 뒤덮여 하얀 보자기로 동여맨 듯 아주 작은 동리다.

삼엄하게 치솟은 뒷산 골짜기에선 굼실굼실 뿌우연 안개가 흐른다. 그래서 마을엔 비밀 집회소와도 같은 은밀함이 어린다. 돌담 골목길은 꽝꽝 얼어붙었다. 인가의 처마에 주렁주렁 걸린 고드름은 거꾸로 매달린 죽창처럼 냉랭하다.

이런 날 밖을 돌아다닐 업무라는 게 있을 리 만무하다. 안거의 한철이 아니겠는가. 이 마을의 고로 한재공(79) 옹은 어제에 이어 오늘도 두문불출이다. 한 옹은 라디오를 듣는 것으로 겨울 한나절을 소일한다. 라디오는 그가 세상과 교제하는 가장 믿음직하고 친숙한 메신저다.

내린 눈 위로 다시 눈 내리는 고즈넉한 겨울날, 한재공 옹은 어제에 이어 오늘도 두문불출이다. 아무리 깊은 산골짝에 살더라도 전파는 흘러오고, 라디오는 한 옹에겐 가장 믿음직하고 친숙한 메신저다.

　아무리 깊은 산골짝에 살더라도 전파는 흘러오고 정보는 날아든다. 이는 외로운 산골 노인에게 안도감을 선사하는 한편 지나간 삶의 풍진과 소란을 반추하고 영탄하게 만들 게 분명하다. 뉴스를 통해 대한민국은 물론 세계 각처에서 들려오는 온갖 잡동사니 소식들을 청취하는 한 옹은 아아, 산다는 건 늘 그렇고 그런 것이로구나, 하는 새삼스런 감회에 젖을 것이렷다.

　그렇다면 한 옹의 라디오 생활은 고도의 문화이며 절실한 사색 행위일 수 있다. 세상을 향한 집요한 관심이야 이미 그의 일이 아닐망정, 라디오 청취를 통해서나마 세상에 가담해야만 하는 사회적 존재로서의 운명 역시 노인으로 하여금 라디오 앞에 앉게 만든다.

이것들에 앞서 끊임없이 조잘거리는 라디오라도 끌어안지 않고서는 견딜 수 없는 고독이 한 옹의 라디오 생활을 귀결한다는 점도 충분히 미루어 짐작할 수 있다. 라디오 외에 한 옹이 애지중지하는 것은 외양간의 소들이다.

고만고만한 덩치의 소 네 마리가 외양간 안에서 어슬렁거린다. 하나같이 태도가 유순하다. 이 점잖은 놈들은 어떻게 따로 구별되나.

소들도 이름이 있나요? 바둑아! 백구야! 하고 강아지 이름 부르듯이 소도 이름을 불러주시나요?

허! 소가 먼 이름이 있다요? 그냥 귓때기에 번호표만 붙여두는 것이제.

언제부터 이 마을에 사셨는지요.

겁나게 오래돼 부렀제라. 군대 마친 뒤에 뭔 여건이 잘 안 맞아갖고 이 마을로 들어와 뿌렀오.

주로 어떤 일을 하며 살아오셨나요?

아이고, 그냥 간신히 살았제라. 농사 한 댓마지기 했고요잉, 봄가을로는 양잠도 쪼께 하고, 한봉도 치고 그랬소.

복리암마을 자랑 좀 해주세요.

보다시피 일단 산수가 좋지라. 산 좋고 물 좋다 봉게 장수마을 소릴 듣게 되었고, 젊은 사람들이 도시에 나가면 다들 잘되아 갖고 잘들 살지라.

아!

근디 나 뭐 하나 물어 봅시다! 시방 뭣땀시 나한테 꼬치꼬치 묻고 그라는 것이요?

아 예, 깊은 산중 마을에 사시는 어르신의 좋은 말씀 좀 들으려는 것이죠.

허, 그라요?

네, 그렇답니다.

머 별것이 있겠소? 그냥 조용하고 한가하니 늙어 가는 것이지라.

젊은이들에게 교훈이 될 말씀이라도 좀 해주시죠. 인생살이에 제일 중요한 것은 무엇일까요?

흠. 그야 먹고사는 일이제. 그라믄 난 뭘로 먹고살았느냐 하면, 그거이 한봉인 것이고, 그러니께 내게 묻는다면 난 한봉이 젤 중요하다고 말할 수밖에 없지라.

아하, 한봉!

한봉, 한봉, 속으로 중얼거리며 마을을 걸어 나간다. 지금 내가 선문답을 하고 나온 건가, 하며 다시 한봉, 한봉, 읊어 본다. 푸핫 새어 나오는 웃음을 삼키며 시니컬하고 심플한 노인의 인생 평론을 곱씹는다.

생의 도덕과 교양과 지혜를 말하는 대신 먹고사는 일의 실사구시를 무진장 힘 있는 언표로 투박하게 토설한 노인 나름의 기량에 공감하는 기분이 된다. 이제 나는 기억하게 될 것이다. 한봉이라는 단어의 찬연한 철학을. 꿀벌이 잉잉거리는 벌통에 옹이처럼 박혀 있을 산중 노인의 투지와 애환을.

길을 뭉개고 산을 뒤덮는 폭설의 뜻

가마골로 향한다. 고인돌이 있는 용치를 거치고, 삼거리를 끼고 앉은 용평을 스치고, 선녀가 분 바르고 걸어 나온 곳이라는 분통을 지나 용연리의 가마골로 들어선다. 지난날 거기에 가마터가 많았대서 이름을 얻은 가마골은 용추산(523m) 기슭 일대를 아우르는 지명이다.

곳곳의 계곡과 폭포와 기암괴석으로 그 잘난 이름을 멀고 가까운 곳에 떨치고 있다. 가마골을 아는 사람은 알아서 다시 찾아오고, 모르는 사람은 일부러 물어서 기꺼이 찾아들게 되는 명승이다.

근래엔 가마골생태공원이 조성되어 본격적으로 관광 명소 대열에 편승하게 되었는데, 실상 이 가마골은 용면 안에서 가장 한심하고도 아찔한 오지 노릇을 해왔다. 영산강의 시원始原인 용소를 내장한 심원한 산골짝인데, 요즘 들어 관광계에 등단해 왕성한 실력을 과시하고 있다. 그러나 원래의 그 산, 본래의 그 계곡마저 어디로 날아올라가 버린 것은 아니니 수려하고도 옹골진 풍미는 옛날이나 지금이나 이하동문이다.

영산강의 탯줄자리인 용소엔 전설 한 자락이 붙어 있다. 그 옛날 풍류에 조예가 있는 담양의 신임 부사가 가마골 유람을 가기 위해 관속들에게 예고한 뒤 잠을 자다가 꿈을 꾸었다. 백발 선인이 나타나 내일은 내가 승천하는 날이니 오지 말라고 당부하는 꿈이었단다.

그러나 부사는 이를 무시하고 이튿날 예정대로 가마골에 행차했던 것. 부사가 풍경 삼매에 도취해 있던 중 눈앞의 못이 부글부글 소용돌이치며 황룡이 튀어나와 승천 묘기를 부리더라는 것. 하지만 승천에 성공하지 못하고 추락하여 피를 토하며 죽었고, 이를 지켜본 부사도 혼절 뒤 명줄을 놓치고 말았다는 것. 이로부터 사람들은 그 못을 용소라 불렀다고 한다.

가마골은 빨치산 최후의 저항 거점이기도 했다. 퇴로를 차단당한 빨치산 3개 병단이 가마골에 주둔해 남한의 군경과 끈질기게 맞붙다가 1,000여 명의 사상자를 내고 완전 섬멸됐다. 전쟁 초기부터 따지자면 근 5년여에 이르는 격전이 여기 가마골에서 벌어졌던 것이다. 가마골이 '피젖골'로 불리기도 하는 것은 당시의 처절한 전투로 산골짝 일대가 피바다를 방불케 했기 때문이다.

그렇다면 가마골에 사는 오늘의 주민들은 안녕한 일상을 살아가는가. 그 속사정을 어떻게 소상히 알 수 있으랴. 하지만 과거의 궁핍에 비해 요즘의 민생은 짱짱하다는 평이다. 대체로 안녕하고 강건하게 산다고들 한다.

전쟁의 상흔이 아물고, 가마골의 비경이 서서히 탄로나면서 슬슬 놀러오는 사람들이 늘기 시작했고, 덩달아 농투성이로 근무했던 주민들은 하나둘 민박 집이나 식당을 차려 쏠쏠한 가계를 꾸려나가게 되었다. 마을의 이장 조종만(68) 씨도 몇 년 전부터 식당 사장으로 변신했다.

젊은 날엔 어떻게 살아오셨나요?
팔 걷어붙이고 죽어라 농사일을 했죠.
농토는 많았나요?
알몸 하나뿐이었는데 먼 농토가 있었겠나요? 저너매 용추사 논을 얻어 붙였제라.
용추사는 오래된 절인가요?
머시냐, 백제 때 생긴 절이라는디 6·25때 다 불타 버렸죠. 암튼간에 제겐 고마운 절이제라.

가마골의 비경이 서서히 탄로나면서부터 사람들이 몰려오기 시작했다. 도시 사람들을 상대하면서 여느 마을 사람처럼 마을 이장 조종만 씨도 어느 날부터 식당 사장으로 변신했다.

스님들이 잘해 주셨나 봅니다.

그라믄요. 배움이 많은 냥반들이라 항시 좋은 말씀들을 많이 해주셨제.

기억에 남은 말씀이라도?

에휴, 다 잊었지라. 암튼간에 산골 사람들이 벌어먹고 살도록 토지 사용료도 저렴하게 받고 그랬네요.

농사 외엔 무슨 일을 하셨나요?

아이고, 말도 못하지요잉. 안 해본 일이 없었응게. 나무해서 리어카로 수십 리를 나가 순창장에 내다 팔기도 했고요잉, 아이고, 생각하면 징상스럽네요.

요즘엔 식당을 운영하시며 이모저모 많이 나아졌겠어요.

아무래도 그전보다 좋아졌죠. 그래봤자 포도시 밥 먹고사는

폭이지만 그전보다야 겁나 좋아졌지라.

가마골을 빠져 나와 용추사를 향해 산길을 오른다. 10리 저편 산 너머에 있다는 용추사는 백제 성왕 4년(526)에 창건된 고찰이다. 한말 때엔 면암 최익현이 용추사에 머물며 담양 지역의 의병을 규합하기도 했다.

그런데 무슨 길이 이리 멀고 험한가. 켜켜이 눈 쌓인 비탈길을 허우적거리며 산정까지 올랐지만 절은 보이지 않는다. 더구나 저 앞에 입을 벌린 내리막 응달의 눈길은 더욱 살벌하다. 자동차가 떼굴떼굴 호박덩어리처럼 굴러 내려 순식간에 산 아래에 처박힐 수 있는 상황이다. 한동안 주춤했던 눈발마저 너울너울 다시 댄스를 시작한다. 나는 속으로 부르짖는다. '항복!' 이라고.

그리고 낑낑 어렵사리 차를 돌려 도망치듯 왔던 길을 황급히 되짚어 나온다. 안 되면 되게 하라! 이건 고난 앞에 선 자에게 권하는 갸륵한 슬로건이지만 지금은 달리 선택의 여지가 없다. 맘껏 내리고 싶어 죽겠다는 투로 거침없이 퍼부어 대는 강설降雪의 의지를, 길을 뭉개고 산을 뒤덮는 폭설의 오의를 무슨 수로 거역하랴. 지상의 모든 어둠을 물리치겠다는 듯 양양한 기세로 넘실거리

용추사를 향해 산길을 오른다. 그런데 무슨 길이 이리 멀고 험한가. 먹빛 산천에 난분분 흐트러지
는 저 은설. 온 세상이 광배처럼 그저 밝다.

는 저 순백의 세례에 어찌 복종하지 않을 수 있으랴.

먹빛 산천에 난분분 흐트러지는 저 은설. 온 세상이 광배처럼 그저 밝다.

전남 담양군 용면

전남 담양군 용면은 담양군 안에서는 물론 전남권을 통틀어서도 가장 후미진 벽촌에 해당한다. 그렇지만 광주라는 대도시가 근접한 바람에 저 홀로 소외와 고독을 누릴 여가는 그리 많지 않은 산촌이다. 광주 시민을 비롯해 찾아드는 이가 드물지 않은 것이다. 추월산을 탐승하는 등산객들이 사시사철 즐비하고 담양호를 감상하며 달리게 되어 있는 29번 국도에도 드라이브 차량이 수시로 나타난다.

담양호는 인공호수다. 1976년에 농업용수를 저축하기 위해 만들었다. 담양호 호안濠岸에 도착한 순간 어쩌면 용면 여행은 이미 완성을 보게 되는 것인지도 모른다. 산과 산의 연쇄, 그 안통에 들어앉아 풍경의 주재자로서 군림하는 담양호야말로 용면 답사의 시발이자 절정이다. 불어오는 바람에 머리칼을 우아하게 흩날리며 담양호 기슭에 서서 겨울 호수의 낭만적 서경을 탐식한 여행자는 이제 추월산 산행에 오르거나 산성산 정상부

금성산성

의 금성산성金城山城으로 향하게 마련이다.

추월산 정상부 가까운 곳엔 보리암이라는 암자도 있다. 밑에서 보면 벼랑 끝에 매달린 제비집을 연상케 한다. 금성산성도 산성 순례의 별미를 만끽할 수 있다. 산성에서 바라보이는 사방팔방의 전망이 압권이거니와 구불구불 줄기차게 이어지는 산성길 산보는 등산과는 다른 별미를 느끼게 한다. 산성산 남쪽 자락에 위치한 송학민속박물관도 들러볼 만하다.

가마골에 이르면 가마골생태공원에 입장한다. 빨치산 최후의 저항 거점이었던 가마골의 현대사를 염두에 둔 답사도 유익할 것이다. 가마골 근방에 있는 용추사엔 소요대사부도탑 같은 것이 남아 있지만 한국전쟁 때 폐허가 된 것을 다시 복원해 고찰다운 운치를 맛보긴 좀 어렵다. 용추사에 이르는 10여 리 산길은 의외의 풍미를 자아내는 비탈길인데 악천후엔 운전에 유의한다.

이밖에도 대나무 집산지인 담양엔 한국대나무박물관(☎061-380-3114)과 죽림욕장인 죽녹원(☎061-380-3244)이 있다. 조선조 송강 정철의 가사문학 산실인 남면의 식영정과 고서면의 송강정, 그리고 봉산면의 면앙정, 조선 원림문화의 상징인 남면의 소쇄원도 담양의 명소다.

호남고속도로를 통해 광주를 경유, 88고속도로 담양나들목으로 나온 뒤 담양읍을 거쳐 29번 국도를 타고 용면에 닿는다. 추월산 상가 지구와 가마골 상가 지구에 식당과 모텔, 민박 집이 다수 있다.

용면 추성리의 추성고을(☎061-383-3011)에선 댓잎으로 갖가지 민속주를 만든다. 두장리에서 염색 공방을 운영하는 김명희 씨(☎010-2602-2772)는 황토와 대나무 염색을 통해 만든 갖가지 침구류와 의류를 제작 판매한다.

가 볼 만한 산길

주차장(매표소) ➡ 보리암 중수비 앞 동굴 30분 ➡ 보리암 30분 ➡ 추월산 정상 20분(산행 시간 1시간 20분, 산행 거리 2.5km)

여름 夏

청학靑鶴이 날면 천하가 태평하다
'염소 눈', 그 남자에게 산촌은 지상 낙원
구름도 더욱 가벼운 산중 불국
산의 음성에 귀 기울이는 그들의 행복
산골이라는 바보 굼벵이, 퀵! 퀵! 전진 스텝을
반가워라, 계곡의 끝엔 주막이 있다

교감, 산촌에서 하나되다

반가워라, 계곡의 끝엔 주막이 있다

— 강원 횡성군 청일면 —

비가 멈췄다. 우기의 현란한 빗줄기가 잠시 주춤해졌다. 허공을 뒤덮었던 먹구름이 물러가고, 거기에 푸른 하늘빛이 걸린다. 햇살이 쏟아져 내린다. 바늘처럼 예리한 뙤약볕이 무참하게 내리친다. 뜨겁게 땅거죽을 달군다. 산들을 구워 삶는다. 이 와중에서 나무들은 비에 젖은 몸을 말린다. 잎사귀들이 몸 벌려 햇살을 맞는다. 나무들의 숲 위로 수증기가 모락모락 피어오른다. 산 능선 여기저기서 김이 오른다.

청일면晴日面은 횡성군 안에서 가장 외진 산촌이다. 산으로 범벅된 벽촌이다. 동서남북 사방팔방에서 산들이 널뛰기를 하거나 강강술래를 한다. 그래서 청일은 산 빛으로 언제나 푸르고 밝다. 회색 건물들로 숲을 이룬 도시와 극명하게 대비되는 야생의 천연

숲이 이 고장의 바탕화면을 짙푸르게 도배한다. 식식거리며 내닫는 천 마리, 만 마리의 멧돼지들처럼 산들이 일렁이고 나무들이 출렁거린다.

당신이 만약 도시라는 사막에 현기증을 느끼는 증세가 있는 사람이라면 청일에서 진료를 받는 게 현명할지도 모른다. 청일의 생동하는 산들 자체가 처방전으로 다가올 수 있을 것이다.

다시 말하자면 청일은 유능한 의사들이 전을 벌리고 있는 땅이다. 모든 성성하고 싱싱한 산촌이 그렇듯 대자연이 메스를 들고 욕망으로 포화된 나의 잡동사니 뇌를 수술한다. 알고 보면 일종의 정신병적 징후에 가까울 수도 있는 내 일상의 무모한 과욕을 자각하게 한다. 자연이 베푸는 영양탕에 흠뻑 심취하게 된다. 이렇게 되면 야윈 마음에 한순간 새순이 움튼다.

새처럼 기민한 토박이들

폭염 아래를 지나 산 깊은 골짜기로 접어든다. 태기산과 봉복산이 서로 빼어나다고 마주 서서 겨루는 신대리新岱里 산골짝으로 들어선다. 산들이 수려하기에 덩달아 빼어난 계곡은 깊고 유장하다. 장맛비가 기승을 부린 뒤끝이라 물길은 쿵쾅쿵쾅 사태처럼 넘실거린다.

물소리는 멀리서 들으면 속삭임처럼 은은하다. 좀 더 가까이 가면 스케르초 풍의 경쾌한 선율이다. 더욱 다가서면 숫제 난타가 된다. 기관차처럼 힘찬 물살이 바위를 두들기고 벼랑을 헤집는다. 뒷물살이 앞물살을 공격하고, 밑물살이 윗물살을 전복한다. 이 광기 어린 계류의 범람으로 산기운이 더욱 팽배한다. 마치 전기를 만드는 수력발전소처럼 뭔가 집중된 에너지가 생성되는 것 같은 분위기다. 계곡 일대에서부터 산정 저 높은 곳까지 원초적인 기운이 들끓는다.

귀를 끌어당기고, 발길을 묶고, 마음을 잡아매는 신대계곡에서

시원한 잣나무 오솔길을 걸어 들어 봉복사에 도착한다. 봉복사는 봉복산 기슭에 들어앉은 천년 고찰이다.

한동안 머물다가 시원한 잣나무 오솔길을 걸어들어 봉복사奉福寺에 도착한다. 봉복산 기슭에 들어앉은 천년 고찰이다. 신라 선덕여왕 16년에 자장율사가 창건했다는 풍설이 전해진다. 절과 약간 떨어진 곳에 있는 신대리 삼층석탑이나 조선 말기에 세워진 여러 점의 부도 등이 봉복사의 유서를 웅변한다.

횡성군 안에서 으뜸가는 명찰名刹로 불자들의 발길이 빈번하다. 법회가 시작되려는가. 스님들의 목탁 소리와 염불이 낭랑하다. 근래 들어서야 복원된 바람에 천년 역사에도 불구하고 경내 분위기는 아직 뒤숭숭하고 썰렁하다. 세월의 앙금이 더 쌓여야 하리라.

신대계곡의 끝엔 반가워라, 주막이 하나 있다. 막국수와 동동주를 파는 집이다. 이옥화(71) 할머니가 병든 남편을 수발하며 손님을 받는다. 그러나 사시사철 찾아오는 손님이 거의 없다고 한다. 이 씨 할머니 역시 몸이 성하질 않아 오늘은 주문을 받지 못한다. 그래 토마루에 앉아 가만히 할머니 얼굴만 바라본다.

한평생 산간 고샅에서 살아온 노인의 소탈한 표정과 얌전한 거동을 지켜본다. 젊었을 적에 총기가 머물렀을 눈빛에는 이제 노을이 어린다. 새소리, 물소리, 바람 소리를 경청하며 살아온 탓에 노인 역시 이젠 한 그루 나무처럼 한없이 고요하고 쓸쓸하다.

손님도 드물다는 주막으로 어떻게 생계를 도모하시나 싶지만 말없는 노인의 표정엔 뭔가 초탈함이 담겨 있다. 건강하시라고 덕

신대계곡 끝엔 주막이 하나 있다. 막
국수와 동동주를 파는 집이다. 이옥화
할머니가 병든 남편을 수발하며 운영
했다. 한평생 산간 고샅에서 살아온
노인의 소탈한 표정은 한없이 고요하
고 쓸쓸하다.

담을 건넨 뒤 동동주 한 통을 사들고 할머니와 작별한다.

면 소재지로 나와 점심을 먹은 뒤 이제 봉명리鳳鳴里로 향한
다. 신대리와 함께 청일면 안의 손꼽히는 오지이면서 산수 경관
역시 빼어난 산골이다. 발교산과 수리봉에 에워싸인, 매우 외진
산촌이다. 그러나 분위기는 밝다. 시원하고 후련한 경관이 펼쳐
진다. 산은 높지만 정감이 넘치고, 골은 하염없이 깊지만 부드
럽다.

산은 무한정 은전을 베풀겠으니 얼마든지 탐닉하라는 투로 앞
가슴을 풀어헤치고 있다. 자애로운 모성의 산이 여기에 이렇게 넉

넉한 품을 벌리고 있다. 산의 이런 모성애를 일상의 체험으로 알아차리고 몸으로 배운 듯 봉명리 산촌 사람들의 태도엔 뭔가 대차고 힘찬 구석이 있다.

우리는 일쑤 산을 유린하는 인간들의 폭거를 감상해야 하는 세상을 살고 있다. 개발의 삽날, 관광의 낫자루로 산을 겁탈하고 타살하는 횡포로 만연된 세상을 바라보곤 한다. 경치 좋은 오지일수록 기민한 상업 자본과 투기 자본의 위력에 무참히 스러지는 비극을 목도하며 살아간다. 도시 자본의 세뇌와 공격 앞에 속수무책으로 투항해 버리는 토박이들의 무기력과 비애를 목격하기도 한다.

이 점에서 봉명리는 색다른 산촌이다. 이 마을 토박이들은 똑똑하고 당당하다. 새처럼 기민하고 당나귀처럼 뚝심이 있다. 봉명리에 도착한 여행자는 아마 의아해 하리라. 산으로 꽉 막힌 벽촌에 감도는 이 화기, 이 생기의 정체는 무엇인가 하고 말이다.

마늘 캐는 남자의 '천국' 소식

아홉 구비 거친 길을 구불구불 접어들어야 한다는 데에서 지명을 얻은 봉명의 구접마을에 사는 이성룡 씨는 서른여섯 살 장정이다. 요즘의 산골짝에서 좀처럼 찾아보기 어려운 청년 농민이다.

이 씨는 아내와의 사이에 자식 셋을 두었다. 지금 으앙! 으앙!

구접마을에 사는 이성룡 씨는 서른여섯 살 장정이다. 요즘의 산골짝에서 좀처럼 찾아보기 어려운 청년 농민이다. 이 씨 부부는 자식 셋을 두었다.

사이렌처럼 울어대고 있는 갓난애가 세 번째 작품이다. 산골의 어린애 울음소리는 단지 배고픈 통신에 그치지 않는다. 그것은 희망과 약동의 뱃고동이기도 하다. 봉명리에는 이와 같은 어린애들이 일일이 헤아리기 어려울 만큼 다수가 있으니 이변이 아닐 수 없다. 이 씨는 말한다.

우리 마을엔 청년들이 열 명쯤 됩니다. 이게 타지와 달리 좀 별난 현상이죠. 그만큼 살 만한 산골이라는 뜻입니다. 한번 들어오면 떠나고 싶지 않은 곳이거든요. 모두들 나름의 비전을 갖고 열심히 살다보니 자신감도 붙었고요. 못 믿을 게 농사라고들 하지만 우리 마을에선 다릅니다.

청년들이 많은 덕분에 마을의 모든 업무가 원활하게 잘 돌아가고, 잘 돌아가는 탄력을 받아 청년들이 더욱 분발하면서 농사에 자신감을 얻게 되었다고 한다. 두레와 품앗이가 일상의 자율로 행해지고, 외지 상업자본의 유입을 영리하게 막아낸다는 것이다.

자그마치 60만 평에 이르는 야산 산채 밭을 공동 경작함으로써 경제의 비전을 개발하고, 전래의 미풍양속을 한사코 잘 지켜나가는 것으로써 사는 일의 도리를 다하자는 쪽으로 모든 주민들이 교감하고 공감하며 살아간다는 얘기다.

결국 봉명리에 흐르는 화기와 온기의 출처는 토박이들의 야무지고 당찬 배짱에서 비롯한 것임을 알 수 있다. 모성의 산에 의탁한 산촌 사람들의 깡과 센스에서 유래한 것임을 눈치챌 수 있다. 그렇기에, 봉명리는 지리의 오지일 뿐, 삶의 오지는 아니다. 정신의 오지는 더구나 아니다. 젊은 농민들의 진화한 의식과 감성은 지리의 오지를 극복한다. 경제의 불모지를 희망과 재생의 발진기지로 바꾼다.

뙤약볕이 이글거린다. 그럴수록 봉명리의 산천경개는 펄떡펄떡 살아난다. 숲에선 순수하고 농밀한 정수가 진동한다. 나무들의 짙은 향기가 허공으로 번진다. 계곡 물줄기는 콱콱! 쏼쏼! 요동쳐 흐르고, 이는 산 덩어리들이 내지르는 여름날의 희열에 찬 비명처럼 청쾌하다. 거침없이 구가하는 생명의 소리다. 시원始原의 음향이다. 그러니까 지금 나는 터질 듯 만발한 생명의 범람 속에 들어와 있는 게 아닌가. 오지 대자연의 심오하고도 장중한 심포니를 관람하고 있는 셈이다.

봉명리 안통의 절골마을에서 한 남자가 들일을 하고 있다. 마늘밭에서 조용히 마늘을 캔다. 외진 개울가 비탈밭에서 후드득 뜨거운 땀을 쏟아가며 홀로 마늘을 캐는 이 남자의 아내는 당뇨 합병증으로 시력을 잃었다. 늙은 노부모도 한집에서 봉양한다.

이게 아무래도 난감한 신세인데, 그는 히죽, 그냥 바보처럼 웃어버린다. 사는 게 뭐 별거더냐 하는 투로 앞산을 바라보며 씨익 웃는다. 체질상 도시가 맞지 않다고, 도시의 차 소리며 사람 소리가 듣기 싫다고 말한다. 조용한 산중의 물소리와 바람 소리가 좋다고 한다. 그게 바로 음악이 아니겠냐고 두런거린다. 그래서 그럭저럭 무사하며, 그래서 여기가 천국이거니 여기며 산다고 토로한다.

단 몇 마디로 남자는 인생 전체를 간추려 설명한 셈이다. 고사속에 나오는 도통한 늙은이처럼 난 별 탈 없네, 어제도 탈 없고 오늘도 탈 없네, 내일 일은 관심조차 없네, 라는 투의 간결한 촌평이다. 그의 어눌하지만 간명한 언사에는 뭔가가 있다. 언외언言外言의 뼈가 있다. 이 남자의 소탈한 삶을 이르기를 무욕의 경지라 해야 할까. 그저 빼도 박도 못할 운명에 관한 체념일 뿐일까?

병든 가족들을 수발하는 산중 생활이 천국이라면 그는 이미 얻을 것을 다 얻은 것과 진배없다. 가난도 고독도 정말 이 남자의 달콤한 벗이라면 그는 자기도 모르는 사이에 큼지막한 도를 얻어버린 것일지도 모를 일이다. 지나간 시절의 덧없는 욕망들을 뒤로 넘기고 바야흐로 자족의 해안에 당도했다면 이는 한소식한 것과 마찬가지다.

내가 사는 여기가 지옥일 수도, 천국일 수도 있다는 건 은유가 아니라 바로 삶의 실상이다. 문제는 욕망의 조절이다. 마늘 캐는 남자는 욕망을 줄이고 버리는 일에 불행을 벗는 묘리가 있음을 기별한 셈이다. 나여, 진부한 욕망들에 눈멀어 감히 행복하지 않다고 말하지 마라.

강원 횡성군 청일면

강원도 횡성군 청일면은 횡성의 5대 명산이 집중한 유별난 산악 지대. 옛 날이나 지금이나 별로 달라진 게 없는 외로운 산촌. 산과 산 사이에선 물 길이 태어나고, 흐르고 흘러 냇물이 되는데 섬강의 발원인 갑천이 이곳에 서 출발한다.

청일의 지명에 얽힌 이야기가 있다. 옛날 이 고장엔 평창 땅 대화면과 연 결되는 커다란 굴 하나가 있었다고 한다. 그런데 이 굴을 발견하게 된 데 엔 다음 같은 사연이 있단다. 어느 날 개 한 마리가 나타났다. 백설처럼 하얀 터럭과, 꽈리처럼 붉은 눈, 짧은 다리에 긴 허리를 가진 개였다.

이 개는 손오공처럼 동에 번쩍, 서에 번쩍 평창과 횡성을 찰나에 오가는 묘한 재주가 있었다. 이를 이상하게 여긴 사람들이 개 주제에 무슨 축지 법을 쓰는 건 아닐 테고, 분명 어딘가 굴이 있을 거라 여기고 수색에 나선 결과 마침내 숲 속에 감춰진 굴을 찾아내게 되었다.

이로부터 개가 나온 굴이 있는 이 고장을 '개나오라'로 부르게 되었다. 이게 음운 변화를 거듭해 '개날리'가 되고, '개나리'로 바뀌었다가 '개일 청晴'이 붙은 청일晴日로 자리 잡았다는 얘기다. 한편 맑게 갠 날이 많다는 뜻을 담기도 한 지명이다.

청일면 여행은 신대리와 봉명리 두 산촌을 중심으로 즐기면 된다. 산과 계곡이 어울린 시원한 풍치는 두 마을이 서로 뒤지지 않게 빼어나다. 그러나 주민들이 살아가는 분위기는 사뭇 다르다. 신대리엔 오래된 암자 봉복사가 있고 태기산이라는 등산 명소가 있어 일찌감치 찾아드는 이가 많았다. 덕분에 영업집이 즐비하다.

근래 들어서는 신대계곡 일대에 펜션이 다수 들어섰다. 외지인 유입이 활발해지면서 토박이들은 위축되고 흩어지게 되었다. 비즈니스 분위기가 강해지면서 오지의 순수한 서정이 좀 퇴색되기도 했다.

반면 봉명리는 토박이 중심으로 굴러가는 산촌이다. 알록달록한 영업집이 전혀 없는 덕에 자연경관도 한결 차분하고 순수해 보인다. 또한 봉명리는 청년들이 많은 바람에 활기가 넘친다. 갖가지 산채를 유기농법으로 재배하며, 여행자를 위한 특산물 판매소도 갖추고 있다. 여름철엔 복분자 상품이 이 마을의 간판이다. 절골마을에서 발교산을 잠시 오르면 기암괴석 사이를 장쾌하게 구르는 봉명폭포를 볼 수도 있다.

영동고속도로를 타고 원주나들목으로 들어간 뒤, 10분 안짝에 횡성읍에 닿고, 거기서 홍천군 서석 방면으로 가는 19번 지방도를 따라 청일면에 도착하는 게 가장 빠르다. 신대계곡 깊숙한 곳에 시누대펜션(☎033-343-7200)이 있다. 봉명리에선 부녀회를 통해 민박을 정할 수 있다. 식당으로는 버들골막국수(☎033-342-5241), 청일관광농원(☎033-344-6161) 등이 알려졌다. 신대계곡 끝자락 이옥화 할머니집(☎033-345-5705)에선 할머니가 손수 만드는 동동주를 맛볼 수 있다.

가 볼 만한 산길

태기산이 등산인들에게 많이 알려졌지만 자연 안식년제로 입산이 금지되었다. 태기산 못지않은 명산은 운무산(980m)이다. 일반인들에게 잘 알려져 있지 않지만 아기자기한 암봉들과 노송이 어우러진 독특한 산세를 보인다. 큰 산은 아니지만 경사가 심해 결코 쉬운 산도 아니다. 이름난 산 대신 오지 산행을 만끽하려는 등산객들이 늘어나면서 점점 인기를 얻고 있다.

운무산 산행은 청일면 속실리 주막거리로 들어가 오대산 샘물 뒤편의 계곡을 산행 기점으로 삼는다.

오대산 샘물 위 계곡 ➡ 능선 ➡ 송암 ➡ 정상 ➡ 헬기장 ➡ 860고지 ➡ 먼드래재 갈림길 ➡ 능현사 ➡ 속실리 내촌 입구(산행 시간 약 4시간, 산행 거리 총 6.4km)

반가워라, 계곡의 끝엔 주막이 있다

산골이라는 바보 굼벵이, 퀵! 퀵! 전진 스텝을

― 강원ㆍ양양군 서면 ―

도시는 생물이다. 변화하고 진화한다. 일테면 서울은 공룡과에 속한 생물이다. 지금 이 순간에도 맹렬하게 서식하고 증식한다. 도시는 이렇게 막 변동하는 생물이다. 그렇다면 시골은? 널리 알려졌듯이 시골은 잘 변하지 않는다.

아니다. 변하긴 변했다. 인구가 썰물처럼 쓸려 나갔으니까 말이다. 지난날 그럭저럭 훈훈하고 의젓했던 농촌들이 이젠 핼쑥하고 까칠하다. 철 지난 해수욕장 같은 허전한 표정을 짓고 있다. 버림받은 퇴기처럼 어색한 우수에 젖어 있다. 도시는 생물이고 시골은 무생물인가. 뒷걸음치는 바보 굼벵이인가. 차라리 화석인가.

그렇다고 시골이 영영 변하지 않는 일은 벌어지지 않는다. 춘향이나 줄리엣은 도무지 변하지 않아 세상의 기림을 받는다. 하지만 시골은 변하지 않아 봤댔자 자칫 맹탕이 될 가망성이 많다. 변하지 않으면 살아남을 수 없는 현실 역시 시골이라는 바보 굼벵이를 자극한다. 그 변함의 양상이 어떤 것이냐에 문제가 있겠으나, 일부 시골 지역은 이미 발랄하고도 기발하게 변했다.

오랫동안 아찔한 오지 소리를 들었던 산촌이 때 빼고 광낸 구두처럼 급변하기도 했다. 강원도 양양군 서면西面은 어쩌면 그것의 유력한 견본이다. 뒤로 가는 바보 굼벵이의 팔자를 벗고 퀵! 퀵! 전진 스텝을 밟는 예외적 산촌의 인상적인 보기이다.

설악산 남동부 가장자리에 위치한 서면 송천리. 이 후미진 마을에 사는 김연화(59) 씨는 오늘도 마을 복판에 자리한 '송천민속떡집'의 작업장에서 근무한다. 김 씨가 이 떡집의 사장인가. 아니다. 이 떡집은 송천리 부녀회가 공동 운영한다.

송천리엔 모두 서른 가구가 살아간다. 그 가운데 열다섯 가구의 아낙들이 송천떡집으로 날마다 출퇴근한다. 이 떡집은 이미 널리 알려진 명소다. 중앙 매스컴에 여러 차례 불려 다니기도 했다. 대체 무엇으로 유명한가. 산촌 특유의 뭔가 유별난 재료로 떡을 버무리나?

그렇다. 이 떡집은 송천리 둘레의 싱싱한 산야에서 자라는 쑥이나 취 같은 갖가지 야생 산채를 떡에 배합한다. 인절미를 비롯해 계피떡, 시루떡, 송편, 수수경단 등 10여 종의 떡을 완전한 전통 기법으로 만들어 낸다. 장작불 화덕과 밀가루 번을 두른 떡시루로 떡을 찐다. 떡판을 철썩철썩 떡메로 내리쳐 찹쌀떡을 만든다.

그런 정성이니 떡 맛이 참신할 수밖에. 재래의 떡 공법을 야무지게 구사해 옹골차게 성공한 송천떡집은 그래서 늘 불난 중국 호떡집처럼 부산하다. '떡 만들기 체험장'도 갖추어져 도시의 가족 여행자들이 수시로 들이닥친다. 그렇다면 이 떡집은 어디서 유래했는가? 원래 떡이랑 찰떡궁합인 무슨 빛나는 역사라도 있었나?

이 궁금증을 풀기 위해서는 김연화 씨의 과거를 알아봐야 한다. 김 씨는 이 마을에 시집 온 뒤 남편과 더불어 변변찮은 농사와 산나물 채취로 생계를 이어왔다. 그러나 가계는 늘 셈평 펼 날이 없어 지금으로부터 30여 년 전부터서는 떡장수로 나섰다.

걸어서 한 시간 안짝이면 닿는 설악산 오색 지구에 떡 좌판을 펼치고 관광객들을 상대했던 것이다. 이렇게 시작된 보퉁이 떡장사는 이후 근 20여 년 동안 이어졌다. 이는 송천마을의 아낙들 대부분이 구사한 생존 방식이었다.

그러다가 10년쯤 전에 동아리를 만들어 협동 시스템으로 돌아가는 떡집을 설립했고, 이게 주야장천 성장해 오늘과 같은 번성을 누리게 되었다. 급박하게 변동한 송천리 마을사의 줄거리가 이와 같다.

오지 산촌이 보여 주는 진화 양상의 모범적 사례다. 떡을 칠 가난과의 싸움 끝에 얻어진 당당한 성공담이다. 이렇게 시골이 변하고 있다. 상업적 기제가 도입되면서 오지 산촌이 민감한 변신 조류를 타고 있다. 도시의 전유물이었던 상업 경제가 전래의 농업 경제를 압도하고 지배적 우위를 누리고 있다.

풍경이 변한다, 풍속이 변한다

산중 촌락인 송천리에 딸린 전체 농토는 겨우 1,500여 평에 불과하다. 땅만을 두더지처럼 뒤져서는 제대로 생계를 잇기가 어렵게 생긴 마을이다. 먹고살기의 열악한 조건이 정말이지 개떡 같은 게 아닌가. 그럼 이 마을 주민들은 어떻게 견뎠을까? 무엇으로 밥을 벌었을까? 송천리 토박이인 탁봉담(60) 씨의 회고 속에 답이 있다.

원래 여긴 화전으로 정착한 마을이래요. 뭐 그전엔 농사라 해봤자 감자 쬐끔, 콩 쬐끔, 강냉이 쬐끔 그랬죠.
그것으로 호구가 됐나요?
되긴요. 밥 굶기를 밥 먹듯이 하며 살았대요.
아, 힘 드셨겠어요.
흠, 그야 두 말 하면 잔소리죠. 곤드레밥이나 밀기울 도시락이면 감지덕지 했으니깐.
산나물 채취도 많이 하셨죠?

농사로는 도저히 안 되니까요. 조침령 넘어 점봉산 곰배령
까지 네 시간씩 걸려 걸어가서 산나물 뜯어다 등짐으로 져
나르고 그랬대요.
그걸 양양장에 내다 팔았겠군요?
그렇죠. 나물 팔아 쌀도 사고 찬거리도 사고 머 그랬답니
다. 에휴, 지겨워.

중국 고사에 나오는 백이伯夷와 숙제叔齊는 수양산에 들어 나물
만 캐먹고도 배를 북처럼 두드리며 자족한 청빈지사들이었지만 그
건 비범한 영웅들의 소관 사항일 뿐, 나물로 호구를 삼는다는 일은
위험한 묘기이거나 난처한 궁여지책 외에 다른 것일 수가 없다. 그
래 탁 씨는 나물 과거를 회고한 뒤 신물 난다는 표정을 짓는다.
　그러나 다행스러워라. 탁 씨는 이젠 어엿한 영업집 사장으로
변신했다. 설악산 오색천의 구슬 같고 옥 같은 청류가 쏼쏼 굴러
내려와 하류 쪽에 성립시킨 냇물은 송천. 송천리는 이 수려하고
심원한 송천계곡 가에 딸린 마을.
　이 마을 안통의 경치 좋은 물가에 탁 씨의 영업집이 있다. 민박
도 치고 식당도 겸한 이층집이다. 지난날엔 자전거조차 드나들기
어려운 고샅이었지만 이젠 여행자들의 자동차가 탁 씨 집 앞마당
까지 쑥쑥 들어온다.
　이건 완연하고도 긴박한 변동이다. 탁 씨는 말한다.

언제부턴가 도시 사람들이 막 놀러들 왔더래요.

그 언제부턴가가 언제인가 하면 1980년대 말쯤부터였다고 한다. 우리 국토에 관광 회오리가 몰아치기 시작한 바로 그 즈음부터 이 오지 산골짝에도 개방과 개화의 바람이 불어온 셈이다. 외지 여행자들과의 교제가 시작되고 자연스럽게 민박 집이 여기저기 들어서게 되었다.

이는 주민들에게 경제적 서광의 신호탄이었으며 저마다 거기에 부응했다. 주민들마다 나름의 재능과 재주를 밑천으로 관광객 상대의 상업 전선을 구축해 나가기 시작한 것이다.

이렇게 산골이 변한다. 오지가 변신하고 있다. 궁색했던 자전거 길에서 어엿한 자동차 길로. 보퉁이 떡장사에서 협업형 떡 공장으로. 나물 뜯고 강냉이 기르던 영세 농가에서 우아한 사교가 있는 민박이나 펜션업으로.

그렇다면 이 완연하고도 긴박한 변동으로 주민들은 쾌재를 부르는가? 먹고살기가 한결 나아져 행복지수도 높아졌는가? 그 확실한 속사정이야 알 수 없는 일이다. 그러나 전반적으로 이모저모 향상된 것은 분명해 보인다. 더욱 분명한 것은 이런 경제상의 풍속 변화가 매우 자명하고도 전 지역적으로 벌어지고 있다는 사실이다.

송천리뿐만 아니라 서면 일대에 관광객을 소비자로 한 관광 상업이 득세하고 있는 것이다. 이런 추세는 거의 견고한 정착 상태에 놓여 있으며 향후 더욱 가속될 게 틀림없다. 이렇게 산골이 변한다. 바보 굼벵이가 발 빠른 노루의 다리를 얻어 걸치고 퀵! 퀵! 전진 스텝을 밟는다.

처녀지처럼 순결한 오지에 심취하는 버릇이 있는 그 누군가가 만약 10년 혹은 20년 만에 오늘 다시 서면에 입장해 그 옛날의 경치를 다시 누려보기를 기대한다면 그는 실패하리라. 상당히 우울하리라. 어느새 싹 변해 버린 풍경과 풍속에 환멸을 느낄 수도 있으리라. 예전의 그 산수가 어디로 사라지거나 누가 훔쳐간 것은 아니지만 그 태깔의 참신성과 순수성이 흐려지고 망가졌다는 기분을 억누르기 힘들 테니 말이다.

국내 제일의 오지, 이게 지난날 서면의 별호였지만 이젠 반납된 명패다. 대신 '국내 굴지의 산중 휴양 지구'라는 새 이름을 붙이고 관광계의 신예로 데뷔했다. 처녀지처럼 순결한 오지에 심취하는 버릇이 있는 사람 가운데 하나인 나는 그래도 어딘가에 오지가 남아 있겠지 하는 기대로 서면 사무소를 찾아든다.

"그런 게 어디 있을까요?"

직원들은 난감하게 눈을 끔벅이다가 오히려 그렇게 되묻는다. 그러다가 머리를 맞대고 꿍얼꿍얼 의논하더니 한마디 귀띔한다. 아하, 송어리로 가 보세요!

고로古老의 '뭐 그냥 그렇게' 살아온 한평생

나는 이제 송어리 마을 길을 걸어 들어가고 있다. 적막하다. 아늑하다. 산중턱 경사면 위아래로 인가가 종렬 형태로 띄엄띄엄 늘어서 있다. 인가의 지붕 면적만한 옹색한 비탈밭이 또한 드문드문 눈에 들어온다. 넥타이처럼 비좁은 한 가닥 농로가 구불구불 산을 오르고 있다. 그리고 또 무엇이 있지? 없다. 있는 게 별로 없다. 구멍가게도 마을회관도, 서면 어디에도 그토록 흔한 민박 집 하나가 없다.

그러나 있다. 정말 있어야 할 것들은 다 있다. 새소리, 물소리, 바람 소리, 숲 향기가 지천으로 가득하다. 순수한 자연의 선물들이 송어리에 초만원을 이루고 있다. 박수 쳐서 환호할 만한 자연의 부품들이 무진장한 분량으로 차고 넘친다.

하지만, 사람이란 그 무엇에 앞서 먹어야 존재를 유지할 수 있다. 이 궁벽한 산촌에서 사람들은 무엇으로 생계를 도모하나? 새소리로 밥상을 차릴 순 없다. 물소리로 배부를 순 없다 그럼 어쩌나?

이 마을 고로古老인 이한호(76) 옹은 칡 캐 먹으러 이 산골짝에 들어왔다가 그 길로 정착해 버린 선대의 뒤를 이어 붙박이로 마냥 이 골짜기에 살아왔다. 그런 이 옹이 "뭐 그냥 살았죠"라고 그냥 그리 심플하게 말하고 있다. 산중의 한평생을 '그냥 그렇게 살았노라'고 요약한다.

송어리 이한호 옹은 선대의 뒤를 이어
붙박이로 마냥 이 골짜기에 살아왔다.
이 옹은 산중의 한평생을 '그냥 그렇
게 살았죠'라고 심플하게 말한다.

　그냥 그렇게. 이건 뭔가? 순응하고 자족한다는 뜻이겠지? 바
람 불면 부는 대로, 고프면 고픈 대로, 부르면 부른 대로 그렇게
견디고 누르고 따르며 살았다는 얘기이겠다. 더 이상 알려 하지
말자. 욕심과 번뇌로 들끓는 내 구차한 속내가 문득 부끄러워질
것만 같다.

　산골에 오래 산 나머지 이 옹은 허심한 산림처사의 인생 경영
법을 학습해 버린 것인지도 모르겠다. 저 세속 도시의 인간들이
붙들려 끙끙대는 욕망과 불안이라는 유명한 수렁을 가뿐히 졸업
해 버린 것인지도 모른다.

그럼 이 옹의 이웃들도 그러나? 깊고 깊은 산골짝에서 자연의 동포로 살아가면 마침내 좀 유유해지나? 물어봐야겠다. 하지만 물어볼 사람이 없다. 이 옹 같은 토박이는 송어리에 더 이상 없다. 이 마을엔 모두 열두 가구가 살아간다.

그러나 이 옹을 뺀 나머지는 모두 근래에 유입된 외지인들이다. 이렇게 변한다. 오지에 도시인들이 오고 토박이들은 간다. 이렇게 오지가 변화하고 해체된다. 이 야릇한 변동은 거의 숨 가쁠 지경의 속도를 내면서 급물살을 타고 있다.

오지 산촌을 정벌하는 선발대는 길이라는 품목이다. 일단 길이 상륙하면 자동차라는 병기가 들이닥치고, 그 자동차에 실려 온 사람들이 탄약처럼 날아가 산촌을 공격한다. 상업자본이라는 대포알도 협공에 가세한다. 관광 개발이라는 청사진은 이 기습 작전의 지도부로 활약한다. 이 아연하고도 맹렬한 돌격 사태를 무엇으로 막을 수 있으랴.

어떻게 비난만 할 수 있으랴. 노동 뒤엔 휴식이 있어야 한다. 일벌레로만 살 수 없는 게 사람이라는 동물이다. 저 명랑하고도 질탕한 유행가 가사에 나타나듯이 우리는 때로 "노세 노세 젊어서 노세"를 합창해야 하는 것이며 늙어서도 역시 잘 놀아야만 한다. 칼 마르크스가 얘기했듯이 오직 노동에만 매몰된 인간은 짐 나르는 짐승보다 불행하다.

그렇다면 휴식하고 유희할 수 있는 그럴싸한 휴양지가 많아야 한다. 아울러 늑대 소굴 같은 도시의 생활을 청산하고 산골짝으로 이주해 드디어 평화로운 전원생활을 누리고 싶은 꿈을 가진 사람은 어서 빨리 그 꿈을 이루는 게 크게 보면 인류 평화에 이바지하는 길이 된다.

따라서 여기 서면 일원에 몰아친 휴양과 이주의 돌개바람은 자연스럽고도 필연적인 것일 수밖에 없다. 누가 봐도 탐스러울 저 산천경개. 생짜 그대로 두 눈에 쑤셔 넣어도 아프지 않을 것만 같은 저 수려하고 생동하는 산수. 서면을 향하는 사람들의 탐닉과 애정은 극히 정상적이며 합리적인 것일 뿐이다.

그렇다면 문제는 없나? 자연은 자연 그대로 무사하나? 안녕하나? 산에게 윙크하며 물어봐도 산은 입이 없으니 말도 없다. 물에게 물어도 답이 없다. 침묵으로써 오히려 사람에게 반문해 온다.

어쩌면 머잖아 닥쳐올지도 모를 더욱 강도 높은 사람들의 공격을 예감하고 불안감에 휩싸여 있는 것인지도 모른다. 먹고 마시고 노래하는 휴양 풍속에서 성큼 진급해 자연과 동화하고 교감하고 조화하는 진정한 여가 문화를 주문해 오고 있는 것인지도 모른다.

왜 아니랴. 도시의 유흥 문화를 그대로 판박이 한 놀이 방식이 이 산골짝에 진주한다면 이는 일종의 재난이 될 것이다. 피둥피둥 지나치게 상업의 살이 불어난다면 이 역시 권태와 식상함을 야기한다. 자연을 향한 배려와 상생의 슬기를 다하지 못한다면 서서히 산이 절단 나고 물이 수모를 겪을 것이다.

다행스럽게도 서면에 파생한 관광 현상의 현주소는 그리 험악한 것은 아닌 것 같다. 예전의 오지스러운 천연성은 이미 퇴색했지만 산수는 여전히 싱싱하고 팔팔하다. 업소들이 점차 난립하기 시작하고 있지만 요란하거나 망측한 지경에 이르진 않았다.

반백 년을 미천골에서 살아온 여자

미천골로 접어든다. 응복산, 암산, 조봉 같은 고봉高峰 사이에 끼인 골짜기다. 깊고 길고 적막한 계곡이다. 신경줄이 마치 고래 심줄처럼 빳빳한 사람이라 할지라도 아아, 하는 탄성을 발하게 되어 있는 산골짝이다. 그렇게 빼어나고 순수하다. 원래 서면의 오지스러움은 바로 이 미천골에서 절정을 보며 완성되었다.

그러나 이젠 오지의 베일이 벗겨진 채 밀실 밖으로 끌려 나왔다. 발달한 교통로를 타고 달려와 누구나 쉽사리 미천골의 품에 덥석 안길 수 있게 되었다. 자연휴양림의 밤을 보내며 미천골과 교제할 수도 있으며, 펜션에서 동침할 수도 있다.

눈부신 옥수가 목관악기의 음향을 내며 흐르는 계곡은 줄기차게 이어진다. 그 곁을 길이 따른다. 그 길 위를 걷는 나의 속에서 즐거운 탄성이 터진다. 물 흐르는 계곡의 목관 연주는 고혹적이다. 짙푸른 숲의 내밀하고도 순결한 속살에서 흐르는 향은 은은하고 감미롭다.

눈부신 옥수가 목관악기의 음향을 내며 흐르는 미천계곡은 줄기차게 이어진다. 짙푸른 숲의 내밀하고도 순결한 속살에서 흐르는 향은 은은하고 감미롭다.

폐사지가 어디나 그렇듯 선림원지도 고적하고 쓸쓸하다. 보물로 지정된 삼층석탑과 흥각선사 탑
비 등 넉 점의 석물만이 덩그러니 남아 사라진 과거를 대변한다.

　　선림원지禪林院址로 들어선다. 폐사지가 어디나 그렇듯 이곳도
고적하고 쓸쓸하다. 모두 보물로 지정된 삼층석탑과 흥각선사 탑
비 등 넉 점의 석물만이 덩그러니 남아 사라진 과거를 대변한다.
신라 애장왕 5년(804)에 순응법사가 창건한 절이라지? 도 닦던 승
려들이 얼마나 많았던지 쌀 씻은 물이 계곡을 온통 부옇게 물들였
다지? 쌀 미米 자, 내 천川 자를 쓰는 미천골의 지명은 여기서 유래
했다.

　　삼층석탑 앞에 서서 그 옛날 여기서 탑돌이를 했을 스님들의

모습을 그려본다. 이 절에서 공부하다 떠난 알 수 없는 스님들은 지금은 천상의 어느 공간에서 무슨 일을 하는가. 미지의 스님들에게 "안녕하세요!"라고 인사하는 마음이 된다. 미천골의 무병장수를 빌며, 또한 물소리 연주의 장생불사를 기원해 본다.

계곡의 끝에서 싸하고 시원한 불바라기 약수를 떠 마신 뒤 길을 되짚어 내려오다 김금녀(50) 씨를 만난다. 김 씨는 길고 긴 미천골의 맨 마지막 집에 사는 아낙이다. 과거에 벌 치는 집이 많았다고 해서 '벌막골'로 부르는 이곳엔 이제 김 씨 부부 외엔 아무도 살지 않는다. 그녀는 여기가 고향이다.

벌목 산판 인부로 미천골에 들어왔다가 그 길로 아주 정착해 버린 부모님에게 생명을 받은 이래 내리 이곳에서만 살았다. 그러니까 반백년 긴긴 세월을 오직 미천골에서만 살아온 셈이다. 남편과 아들은 거의 도시에 머무는 수가 많아 사실상 홀로 고독한 산중을 살아가는 이 아낙은 그렇다면 쇳덩어리처럼 몹시 강인한 사람일까.

산중 삶의 가혹한 시련을 이겨낼 불굴의 근성이 어딘가에 분명히 깃들어 있겠지만 겉으로 드러나는 그녀의 언동은 숫되고 고요하며, 눈길은 순하고 따스하다. 산속에 사시는 게 힘들고 외롭진 않느냐 물으니 이게 우문이겠지만 돌아오는 건 소리 없는 미소에 "괜찮습니다" 하는 차분한 답이다.

도시가 그립진 않느냐는 물음에도 비슷한 응대를 해온다. 산중의 삶이 적적하지만 그게 천성에 맞는다고, 오랜 습성이라 이젠 여길 떠나 살 수 없을 것 같다고, 나무가 있고 물소리가 있으니 외로움도 별로 느끼지 못한다고 말한다.

그녀의 얘기는 서툴고 간소하지만 마치 나무가 입을 열어 말하는 것처럼 자연스럽다. 어떤 울림이 묻어 있다. 그 부드러운 언사에는 자연과 친목하며 얻은 나름의 단단한 성찰이 엿보이는데, 이로 보자면 그녀는 흔들림을 모르는 바윗덩이를 닮았다.

나는 한자리에서만 반백 년을 살아온 여자를 오늘 처음 본다. 그리고 그 불변과 부동의 인생 경영으로 세상을 무사하게 통과할

김금녀 씨는 미천골의 맨 마지막 집에 사는 아낙이다. 벌목 산판 인부로 미천골에 들어왔다가 아주 정착해 버린 부모님 때부터 내리 이곳에서 살았다. 김 씨는 나무가 있고 물소리가 있으니 외로움도 별로 느끼지 못한다고 한다.

수 있다는 사실에 감동을 느낀다. 그러고 보면 김 씨는 사람이되 뿌리 깊은 나무이며 유유한 물이다. 사람이 자연과 동화할 수 있는 최대치의 유대를 누리며 사는 사람이다. 산야도 사람도 풍속도 휙휙 변하는 오늘의 서면.

모든 것이 퀵! 퀵! 전진 스텝을 밟는 바람에 지리의 청정 오지가 사라지고 정신의 순결 오지도 마모되는 이 숨 가쁜 세상. 그러나 덜 애석하다. 여기에 김금녀라는 '사람의 순수 오지'가 남아 있는 게 아닌가!

강원 양양군 서면

강원도 양양군 서면은 오랫동안 깜깜한 오지의 대명사였다. 이 고장으로 통하는 유력한 교통로인 56번 국도가 전국의 국도들 가운데 가장 마지막에 포장 공사를 치렀다는 데서도 서면의 오지스러움을 짐작할 수 있다. 구룡령을 넘어 서면의 산수 속으로 들어간다는 일이 과거엔 그리 쉬운 일이 아니었던 것이다.

덕분에 산이 펄떡펄떡 살고 물이 제대로 남아날 수 있었으니 열악한 교통의 기여도가 매우 컸던 셈이다. 그러나 이젠 발달한 도로를 통해 사람들이 수시로 드나든다. 영업집도 막 늘고 있다. 서면의 답사는 미천골을 중심으로 이루어진다.

장장 12km에 이르는 미천계곡을 트레킹으로 주파해 불바라기 약수터까지 둘러보고 오는 데에는 왕복 대여섯 시간을 잡아야 한다. 그나마 남은 서면의 제일 오지인 송어리는 설악산 오색 지구 쪽으로 오르다가 길가에 세워진 송어리 표지판을 보고 찾아간다. 송어리에서 한참 더 들어가는 북암리는 매우 빼어난 산세가 인상적인 곳이다.

영동고속도로의 속사나들목으로 나와서 운두령을 넘어 홍천군 내면으로 달린 뒤, 56번 국도를 따라 구룡령을 넘어가면 서면에 닿는다. 양평과 홍천을 거쳐 인제읍을 지나고 한계령과 오색 관광 지구를 경유해 서면에 도착해도 된다. 대중교통의 경우엔 동서울터미널에서 30분 간격으로 운행하는 양양행 버스를 타고 양양읍에 이른 뒤 군내버스를 통해 서면으로 간다. 잘 곳으로는 미천골 자연휴양림(☎033-673-1806)이 알차고 즐겁다. 사전 예약을 필수로 한다. 미천골 안의 불바라기 산장(☎033-673-4589)은 벌막골에 사는 김금녀 씨의 남동생 부부가 운영하는 집으로 단골들이 많다. 영북 지방 최대의 오일장인 양양 읍내 오일장은 4자, 9자 붙은 날에 선다.

가 볼 만한 산길

조봉 능선에는 수령이 최소 50년이 넘는 크고 굵은 참나무를 비롯해 피나무, 물푸레나무, 박달나무 등이 하늘을 가린다. 거목들의 숲 그늘 덕분에 잡목도 별로 없어 쾌적한 산행을 즐길 수 있다. 그러나 별다른 지지물 없이 한참을 위태롭게 걸어 내려가야 하는 급경사 바위도 나타난다. 비가 와서 바위가 미끄럽거나 초심자가 동행할 경우 안전에 주의해야 한다.

황이교 ➡ 휴양림 사무소 ➡ 미천골 ➡ 제2야영장 ➡ 남서지능 ➡ 정상 ➡ 미천골정 ➡ 미천골 ➡ 황이교로 원점 회귀(약 5시간 20분 소요)

산의 음성에 귀 기울이는 그들의 행복

― 경북 영양군 수비면 ―

뙤약볕이 뜨겁다. 그악스럽게 내리치는 8월의 땡볕이 모든 사물을 정벌한다. 굶주린 수리처럼 햇살 발톱을 사납게 들이밀어 풍경을 먹어 치운다. 민가의 지붕을 쪼아 먹고, 상점 진열장을 파먹고, 보도를 구워 먹는다. 이 순간 면내 거리는 무기력하다. 형해形骸처럼 오그라든다. 뭍으로 끌어올려진 해파리처럼 흐물흐물 녹아난다.

거리는 텅 비어 있다. 다방에도, 식당에도 손님이 하나 없다. 모두들 집 안에 박혀 훌훌 대충 벗어부친 채 낮잠들을 자는가. 참혹한 폭염 속을 산보하는 취미가 있는 괴짜가 아니라면 그게 대책 가운데 상책이렷다.

여기 영양군 수비면首比面엔 2,000명쯤의 주민들이 살아간다.

이 2,000명의 주민들이 불볕더위에 항의하기 위해 지금 일제히 낮잠을 자는가. 하늘을 향해 막 삿대질을 해대다가 '오수午睡 동맹 결사'에 들어갔나. 그렇다면 이건 참 참신한 이벤트겠다. 어슬렁 어슬렁 도로를 건너는 저 수캐에게 물어볼까? 그러나 개의 혀가 너무도 축 늘어졌다. 쇠불알처럼 하릴없이 늘어져 땅바닥에 끌릴 것 같다.

그런데 가만 살펴보니 이 개가 상당히 잘생겼다. 눈이 딱 마주 치자 미남의 동공에 궁금해 하는 표정이 어린다. "안녕하셔요? 오 늘 날씨가 참 유별나게 덥죠?" 하는, 의외로 인사성 밝은 소리가 굴러 나올 것 같은 민감한 표정이 된다. 개는 잠시 내 뒤를 따라오 다가 골목길로 사라진다.

폭염이 비처럼 쏟아지는 수비면 소재지의 한낮은 적막하기가 호수 밑바닥 같다. 방금 이 고장에 도착한 나는 한심하게도 혀를 축 늘어뜨린 수캐 한 마리의 마중을 받았을 뿐이다. 그러나 적막 도 산촌의 특산 명품이다. 적막 속엔 침묵으로 돌아간 일체의 사 물들이 누리는 극도의 안정감이 있다.

적막이 야기하는 고독감도, 고독감이 다시 야기하는 일종의 해 방감도 산골에서 얻을 수 있는 진품이다. 그렇다면 수비면은 진품 의 저장 창고. 나는 방금 전 뙤약볕 아래에 무기력하게 스러져 나뒹구는 면내 거리의 참담한 풍경을 구시렁거렸다. 하지만 땡볕 의 공격과 무관하게 이 고장에 원천 질료로 매장된 적막의 아우라에 마음이 열리는 것을 느끼고 있다.

적막의 수준 높은 형제인 이완弛緩, 그 자매인 방심放心 역시 이 산촌에 사이좋게 동거한다. 긴장과 경쟁이 넘치는 도시에선 좀체 발견하거나 발굴하기 어려운 이 근사한 질료들은 결국 여행자의 내면으로 비집어 들어 정신의 보신탕이 될 수 있다는 점에서 충분히 매력적이다.

다시 말해 도시의 광분한 늑대로 떠돌던 내가 적막한 산촌의 한결 원초적인 순수 질료들을 상면한 나머지 모처럼 순한 양으로 돌아가게 된다. 이곳엔 도시에서처럼 허영에 찬 자만심으로 잘난 척할 대상이 없으며, 뭔가 이득을 보기 위해 적극적인 처세를 해야 할 건더기조차 없다. 게다가 엉덩이를 실룩이며 걸어가는 야한 여자도 없으니 음흉하게 눈독 들이고 말고 할 일도 없는 게 아닌가.

그렇기에 나는 텅 빈 듯 몹시 고적한 고장이 참 좋다. 산촌의 적막에 매혹을 느낀다. 애국가에 나오는 무궁화 삼천리 화려 강산도 좋고, 금수강산도 다 좋지만, 적막강산엔 더욱 호감이 간다. 누군가 묻기를, 당신이 살고 싶은 곳이 어디지? 한다면 나는 호기에 찬 음성으로 말할 수 있다. 그야 물론 적막강산이라네. 거기서 순한 양의 영혼을 얻어 걸치고 적막하게 살고 싶다네.

폭염이 비처럼 쏟아지는 수비면 소재지의 한낮은 적막하기가 호수 밑바닥 같다. 그러나 적막도
산촌의 특산 명품이다.

돌아온 반딧불이들의 밤 소풍

뙤약볕의 횡포는 잦아들지 않는다. 나의 몸을 고문한다. 방금 구워낸 식빵처럼 살갗이 벌겋게 익어 부풀고, 화염병에 맞은 듯 온몸이 화끈거린다. 그러나 이 역시 여름날의 별미. 땡볕이건 불볕이건, 그래 맘껏 쏟아져라! 하는 심사로 폭염을 견딘다.

차라리 찜통더위를 즐기는 기분이 된다. 그렇게 면내 거리를 빠져나와 산 깊은 골짜기를 찾아든다. 강줄기를 따라 북쪽으로 뻗어나가는 지방도로를 타고 적막강산 속으로 들어간다. 강 이름은 장수포천長水浦川이다.

장수포천. 사자성어 같은 이름이다. 무슨 형겊 이름 같기도 하다. 수비면에서 방금 태어나 처녀처럼 순결한 이 강물은 흐르고 흘러 저 위쪽의 울진 땅 왕피천으로 간다. 싱그럽고 풋풋한 이 처녀 강물의 테두리엔 저마다 출중한 바위 벼랑들이 즐비하게 늘어서 궁합을 맞추고 있다.

그렇다고 화려하거나 현란할 지경의 미모를 점지 받은 골짜기는 아니라서 정신이 아찔해질 여지는 별로 없다. 그저 수수하고 소탈하다. 마냥 청명하고 청순하다. 그래서 오히려 친근감이 깊어지는 이 강물 골짜기 일원엔 수하계곡이라는 이름이 붙어 있다.

수하계곡의 양양함과 청정함을 기별하는 대변인은 반딧불이다. 이 계곡의 심천마을 일대에 밤이면 밤마다 반딧불이들이 야간

수하계곡은 수수하고 소탈하다. 마냥 청명하고 청순해서 오히려 친근감이 깊어진다. 이 계곡의 심천마을 일대에 밤이면 밤마다 반딧불이들이 야간 비행에 나선다니 얼마나 반가운 일인가.

소풍을 나와 강물 위 허공을 잉잉거리며 댄스를 한다. 산수를 타살하는 인간들의 개발 삽날에 호되게 얻어맞은 나머지 언젠가부터 자취를 감춰 버렸던 반딧불이가 이곳 계곡 일대에 다시 출현해 야간 비행에 나서고 있는 게 아닌가.

그러자 사람들은 갑자기 갸륵한 마음을 내었다. 신통방통하게도 부활해서 돌아온 반딧불이를 모시고 섬기는 사업에 나서게 되었다. '반딧불이 생태공원'을 조성해 공을 들이고 있다. 이젠 잘 모실 테니 다시는 사라지지 마소서. 그렇게 충성을 바치는 거다.

반딧불이들은 참 출세했다. 이들을 예우하는 사람의 처신도 보기에 좋다. 반딧불이와 사람의 생명이 서로 다를 게 무엇이란 말인가. 공생의 묘를 추구함은 누가 뭐래도 지선至善이다.

장수포천은 자꾸만 산중으로 파고든다. 강물을 따라 한정 없이 들어가다 보니 드디어 길이 끊어진다. 끊긴 길처럼 암담한 게 다시 있을까. 끊어진 길을 인생에 대입하면 그 난감함은 더욱 심오한 것이 된다. 돌아설 것인가 주저앉을 것인가, 아니면 길 없는 길로 배짱 좋은 항진을 계속할 것인가를 고민하게 된다.

실상 살아온 나날들의 경험으로 보자면 인생은 끊어진 길의 연쇄, 바로 그것에 다름 아니었던 것 같다. 어쩌면 길이 끊어지지 않는 인생이란 매우 뻔한 통속극처럼 싱거운 것일지도 모르겠다. 또 어쩌면 인생이란 끊어진 길 앞에서라야 비로소 비상한 의미를 얻게 되는 것인지도 모를 일이다.

사람의 마을도 그럴까. 여기 장수포천의 막다른 고샅엔 오무 마을이 있다. 길은 끊어지고 대신 사방의 산들이 마을을 가두었다. 오무의 사람살이 역시 한결 비상한 비밀을 담고 있을까.

맹수가 우글거렸던 서번동

마을 안으로 들어가 배재욱(70) 노인을 만난다. 배 노인은 여기 심각한 산골 오지에서 태어나 평생을 붙박이로 살아왔다. 지나온 날들을 돌이키는 노인의 음성은 마치 산이 내는 목소리처럼 맑고 깊다.

노인이 발하는 언어들은 자연의 지배력 안에서 욕망을 조절하며 살아온 사람 특유의 사려 깊음이 녹아 있다. 산수의 감화력 속에서 부지불식간에 내면화된 대범한 풍모 역시 산촌 노인의 기품을 더해 준다. 물론 배 노인의 삶은 고역스러운 것이었다.

먹고사는 일이야 그야말로 억지처럼 간신간신 유지해 왔다오.

주로 어떤 일로 생활해 오셨나요?

보리나 콩이나 수수 같은 걸 지어 어렵사리 연명했지.

그 힘든 산중 생활을 이제 회고하실 때 어떤 후회 같은 건 없으시나요?

후회는 별로 모르고 살아왔다 봐야제. 산속이 그저 어머니 품이거니 하며 그럭저럭 무탈하게 지냈으니까. 모든 게 팔자려니 하면서 살았다오.

정말 팔자 같은 게 있을까요?

그게 왜 없을꼬.

팔자를 사람의 힘으로 바꿀 수도 있을까요?

글쎄. 열심히 살려고 노력은 했는데, 그렇다고 팔자가 바뀔까. 잘 모를 일이오.

요즘 어떤 점이 가장 어려우신가요?

여한이니 원망이니를 모르고 평생을 살았다오. 근데 얼마 전 할마이가 먼저 저 세상으로 가버린 뒤론 그게 아니로구만.

아!

이젠 외로워. 낮에도 외롭고 밤엔 더 외로워. 평생을 산속에 살며 못 느꼈던 외로움이 이제사 뼛속으로 파고드는 것 같소.

어떻게 그 외로움을 누르시려나요?

허허. 어쩌누? 그냥 저 앞산이나 바라보며 외로운 대로 사는 수밖에. 그게 인생인 것을.

배 노인은 상처喪妻 뒤에 찾아온 뜻밖의 외로움을 허심하게 고백한다. 녹초처럼 녹아내리는 허전한 가슴을 열어 보이며, 인생이란 결국 외로움을 주조主調로 변환하는 난처한 사건이라는 투의 결말을 짓는다. 노인의 체념 혹은 순응의 태도에 깃들인 한줄기 비감이 완연하다.

생의 하구에서 덮쳐온 뼈 시린 외로움이란 얼마나 강력한 난적일 것인가. 노인은 생의 종장에서 문득 끊어진 길 하나를 새롭게 마주한 것인가. 그 난감한 복병을 모면하기 위해 배 노인은 다시 귀를 모아 산의 음성을 경청할지 모를 일이다. 앞산을 바라보고 앉아 희미한 미소를 지어 보이는 그의 태도엔 극단적인 경건함이 배어 있다. 그런 노인에게 산은 은연중에 보약을 선물하리라. 외로움이 삭도록 이바지하리라.

반찬은 변변치 못하지만 밥을 먹고 가라는 배 노인의 열렬한 성화를 간신히 뿌리치고 오무마을을 물러 나와 서번동으로 향한다. 서번동 역시 장수포천의 지류에 딸린 오지 마을이다. 오무가 끊어진 길 끝의 벽촌이라면, 서번동은 길 같지 않은 길가에 자리 잡은 산골 마을이다.

울퉁불퉁한 계곡 길을 오르락내리락 지프로 접어드는 여정은 실로 고난의 연속이다. 야성의 향취가 진동하는 원시림 사이로 어렵사리 이어지는 소로 위에서 자동차는 술 취하듯 휘청거리고 비틀거린다.

그러다 마침내 계곡의 여울 속 자갈밭에 바퀴가 콱 처박힌다. 저팔계처럼 식식거리며 삽으로 자갈을 퍼내는 소동을 벌여 간신히 차를 빼낸다. 길은 험하고 산세는 더욱 험준한 이 골짜기엔 지난날 맹수들의 출몰이 잦았다.

그러나 우글거리는 맹수들의 위협에도 아랑곳없는 사람살이가 줄기차게 지속되었다. 그러니 사람이란 도대체 얼마나 강인한 동물인가. 산중 험지의 가혹한 여건들과 맞붙어 싸우며 안전한 생을 도모하는 그 뜨거운 투지는 얼마나 매력적인가.

한 남자가 괭이를 들고 밭에서 일하고 있다. 멀리서 바라본 남자의 몸은 곰처럼 튼튼하다. 일하는 동작 역시 청년처럼 씩씩하다. 그런데 알고 보니 참말 놀라워라, 79세 노인이시다. 서번동에 사는 세 가구 주민 가운데 최고령자인 이 젊은 노인의 이름은 김임권 옹.

여기 험난한 산중 들판에 근무해 온 지는 하마 30여 년. 경운기를 몰다가 계곡으로 추락한 돌발 사고 경력은 8회. 산전수전에 계곡전까지 골고루 다 치른 백전노장이다. 그의 기력은 여전히 성성하다. 튼튼한 목에서 터져 나오는 목청은 쩌렁쩌렁 골짜기를 뒤흔든다.

내 원래 고향은 충남 서산이오. 처음 여기 들어올 땐 맨손였지. 천궁을 심어 돈 좀 벌었고, 그걸로 농토를 늘렸다오.
농사일은 언제까지 하시려나요?
그야 죽을 때까지지.
농사 외에 즐기시는 다른 여가는 어떤 거죠?
여가라. 글쎄. 내 취미가 뭐시냐 하면 눈만 뜨면 일하는 것, 바로 그것이거든요.
왜 그토록 열심히 일만 하시죠?

서변동에 사는 세 가구 주민 가운데 최고령자인 김임권 옹. 30여 년 동안 이 산중 들판에 근무한 김 옹의 꿈은 들판에서 생을 마치는 것이다.

난 세상에 무서운 것이 하나 없는 사람입니다. 오직 한 가지 마음에 걸리는 건 자식들인데, 갸네들을 괴롭히지 않겠다는 일념으로 일한다고 봐야겠죠. 흠.

거침없이 토로되는 김 노인의 인생 평론은 명쾌하다. 나름의 직관과 혜안으로 삶이라는 게임을 투시한다. 조용필이 늙도록 노래 부르다 무대 위에서 쓰러지기를 바라듯이 김 노인은 들판에서 생을 마치고 싶어 한다. 이 분명하고도 절실한 생의 지향 안에서 김 노인은 고독을 견딘다.

단순하지만 명료한 인생관으로써 첩첩 산중 오지살이의 불안을 극복한다. 이렇게 오지 산촌에서 위력적인 생이 경영되고 있다. 이게 오지 풍경의 명승을 능가할 사람살이의 절경이 아니면 대체 다른 무엇이란 말인가.

농사짓는 화가는 나무처럼 태연하다

수비면의 '수비'는 중국 수양산에 비할 만하다는 데에서 유래했다고 한다. 그 정도로 자연경관이 빼어나고 충의열사가 많이 배출되었다는 얘기지만, 아무래도 과장법이 지나친 감이 없지 않다.

전면적의 90퍼센트가 산지로 이루어진 이 산악 고장의 산수미는 누구나 보증할 만한 명물이다. 반면 인걸들의 흔적은 빈약하다. 교통이 기차게 발달한 오늘날에도 수비면에 도착하는 여로는 여전히 멀고 지루하다. 과거엔 더욱 뽈 빠진 변방이었다.

나는 이제 다시 산촌 민가에 앉아 있다. 번동마을의 옴팡진 산골짝에 귀틀집을 짓고 사는 차일환(49) 씨 집 느티나무 그늘 아래에 앉아 산촌 여행의 절정을 누리고 있다. 숲 속의 유명 가수들인 새들의 기쁜 노래는 연방 이어진다. 숲을 흔들며 다가온 서늘한 미풍이 손수건을 꺼내 이마의 땀을 씻어 준다.

차 씨는 여자처럼 순하고 차분한 남자다. 그가 원래부터 그런 성품의 소유자였는지, 아니면 20여 년의 산중 생활 속에서 자연스럽게 발육되고 개발된 덕목인지는 잘 알 수 없다. 이 품위 있는 남자는 수고스럽게 많은 말을 하지 않는다. 그저 조용한 두런거림으로 산골살이의 진상을 귀띔할 뿐이다.

차 씨는 미대를 나온 화가다. 감옥을 두 차례 살았던 운동권 출신이다. 그리고 농부다. 고추와 야콘을 친환경 농법으로 야무지게 길러내 생계를 도모한다. 그는 농민들이 피땀 흘려 거둔 농작물이 합리적인 유통 구조 안에서 마땅하고도 정중한 대접을 받을 수 있는 세상을 만드는 일에 지속적인 관심을 기울여 왔다.

농사일 어간엔 틈틈이 그림을 그린다. 전시회도 한다. 농사와 그림. 이 양자에 투여하는 고독하지만 용기에 찬 에너지로 산촌의 나날들을 견딘다. 간간이 도시의 벗들이 술병을 들고 찾아오기에

번동마을의 산골짝에 귀틀집을 짓고 사는 차일환 씨는 순하고 차분한 남자다. 미대를 나온 화가인 차 씨는 험난한 인생고를 거쳐 지금은 친환경 농법으로 고추와 야콘을 재배하는 산골 농부이다.

고독이 깊어질 겨를은 없다. 이것이 차 씨의 인생 여행법이자 존재의 비밀을 푸는 방법이다.

이런 차 씨를 응원하는 것은 자연의 음성이다. 차 씨의 집 사방에서 무차별적으로 난무하는 오지 자연의 뜨거운 호흡이 그를 관리하고 독려한다. 그렇기에 여자처럼 순하고 차분한 이 남자는 숲 속의 개똥지빠귀처럼 안전하다. 희고 담백한 꽃잎들, 바람에 살랑인다.

경북 영양군 수비면

낙동강정맥
장수포천
수하리
수하계곡
발리리
▲울연산
금경연기념관
죽파마을
수비면사무소
신원리
낙동강정맥

영양군은 고추 명산지로 이름을 날리고 있지만, 산악 지구로서도 널리 알려졌다. 특히 수비면은 산으로 초만원을 이룬 고장이다. 영양 관내 면 지역 가운데 단연 세력이 약한 곳이기도 하다.

그러나 청정 산수는 가히 독보적이다. 어쩌면 수비면은 자연의 자연다움을 제대로 수비해 낸 참다운 견본이다. 그리고 자연의 수비수 노릇을 해온 건 교통 불편과 개발의 사각지대라는 양대 요소다. 부정적 요소들이 오히려 긍정적인 자연 수호 효과를 나타내고 있다.

수비면에 도착하면 일단 면사무소 인근에 산재한 지역 명소들을 답사한다. 발리리엔 이 지역 출신으로 조선 때의 학자였던 약천 금희성의 유적인 약천정이 있으며, 일제시대에 활동했던 화가 금경연(1916~1948)의 기념관도 있다.

신원동백자요지와 울연산 기슭의 문수당도 답사한다. 수비 지역의 빼어난 자연경관은 장수포천을 중심으로 펼쳐지는 수하계곡 일대에 집중해 있다. 오지 마을 오무까지는 비교적 접근이 쉽다. 서번동을 들어가기 위해서는 4륜 구동 차량이어야 가능하며, 번번이 물이 흐르는 계곡을 건너야 하므로 매우 조심해야 한다. 수비 남부 지역에 있는 죽파마을도 오지에 속한다.

수도권의 경우 영동고속도로 만종분기점에서 중앙고속도로로 들어가 서안동나들목으로 나간 뒤, 34번 국도를 타고 영덕 방향으로 달리다가 진보에서 영양 방면 31번 국도로 바꾼다. 이후 문암리삼거리에서 우회전 88번 지방도를 따르면 수비면에 닿는다.

수비면 내의 숙식 업소는 아직 충분하지 않다. 수하계곡 쪽엔 배재용민박(☎054-683-0371)이 있으며 대형 시설로는 수하청소년수련원(☎054-683-8987), 검마산자연휴양림(☎054-682-9009) 등이 있다.

수비면 옆댕이인 울진군 온정면의 백암온천을 이용해도 즐겁다. 영양 읍내에선 대구탕 전문집인 해수궁(☎054-682-2005)이 괜찮다. 영양군청에서 걸어서 5분 거리에 위치해 있는데 대구탕이 시원하고 맛있다.

가 볼 만한 산길

검마산 자연휴양림을 통해 검마산을 오른다. 해발 1,017m. 산이 높아 산세가 웅장하다. 이 산의 소나무 숲은 미림보존단지로 지정될 만큼 아름다움을 자랑한다. 잘 조성된 야생화원과 숲 탐방길 역시 인상적이며 주위에 수하계곡과 죽파계곡도 자리하고 있다. 검마산-칠보산-백암산을 연결하는 산길에서는 산악 사이클도 즐길 수 있다. 다양한 등산로가 있으나 비교적 가벼운 산행은 풍촌리의 풍촌휴게소를 기점으로 해 정상에 오른 뒤 검마산 자연휴양림을 거쳐 사곡으로 하산하는 코스(약 5시간 소요).

　한여름의 도시는 증기탕처럼 뜨겁다. 지글지글 끓는다. 헉헉
숨이 막힌다. 탈출하고 싶다. 대피하고 싶다. 그래서 산으로 간다.
산촌으로 향한다. 경북 문경땅 산북면山北面에 입장한다. 외떨어진
벽촌이다. 끈 떨어진 변방이다.

　산과 산 사이 푸른 도로를 따라 산북면 동부의 내화리를 달린
다. 산에 사는 여름 나무들은 힘이 세다. 폭염 아래서도 끄떡없다.
항거처럼 투철하다. 땡볕이 아릴수록 환호한다. 숨을 헐떡이며 더
욱 짙은 초록을 내뿜는다. 나무들의 거친 숨결로 숲은 파랑波浪처
럼 술렁거린다. 은밀하게 너울거린다.

　숲의 연쇄로 이뤄진 여름 산이 통째로 스멀거린다. 절정에 이
른 생명력으로 출렁거린다. 그렇게 산 향기가 범람한다. 여름 산

의 성성한 향내가 도로 위로 흐른다. 그래서 도로를 달리는 가운데 온 천지가 향기롭다. 싱그러워 가슴이 부푼다.

산북은 하나의 축약된 불국佛國이다. 불교문화가 별나게 번성한 산촌이다. 절이 많다. 절에 절하러 오는 사람들이 많다. 산북에 들어서자마자 내화리로 향하는 것은 거기 어딘가에 있다는 오층석탑을 만나기 위해서다. 폐사지에 고독하게 홀로 남은 오층석탑에게 안부를 전하기 위해서다. 그러나 여름 나무들의 매혹에 취해 정작 석탑은 관심에서 멀어진다. 그저 산 사이 푸른 길을 씽씽 달린다. 마냥 산 향기에 취해 더욱 깊은 산골짝으로 접어든다.

마침내 길이 끊어진다. 끊어진 농로의 끝엔 고가 한 채가 있다. 툇마루엔 그 집 식구들이 앉아 있다. 이 식구들에게 오늘은 특별히 좋은 날인가. 암소가 송아지를 쌍으로 낳았나. 모두 표정이 밝다. 한눈에도 양처럼 순해 보이는 그들은 다시 보니 양 중에서도 정말 순한 양이다. 생면부지의 나그네를 대하는 태도에 아무런 걸림이 없다.

애옥살림이 여실하지만 구겨지지 않은 표정 역시 또렷하다. 모처럼 만난 외지인에게 흥미를 보이는 언동으로 보자면 타고난 낙천성도 엿보인다. 입가에 천성으로써 발육된 웃음 근육을 실룩이며 이런저런 산중 소식을 들려준다. 집 근방 여기저기를 데리고 다니며 성의에 찬 설명을 해 준다. 이 집 바로 옆댕이에 절이 있었던 역사를 얘기한다. 마을을 휩쓴 한국전쟁의 재앙을 말한다. 쌀

쏼쏼 흐르는 계류와 새소리, 바람 소리의 즐거움을 자랑한다.

나는 그들에게 끌린다. 300년 됐다는 고가에 홀린다. 그들이 이를 알아차린다. 마음 내키는 대로 머물라고 한다. 낮잠이든 밤 잠이든 제집처럼 알고 맘껏 쉬어가라 권한다. 아름다워라. 아무리 산촌이라지만 이런 인심을 만나기 쉬운 게 아니다.

그들의 개방적이고 사교적인 태도가 어디서 유래한 것인지 알기는 어렵다. 순박한 산중의 풍토 외에 뭔가 천성적인 특질이 녹아든 것 같다. 외갓집 삼촌처럼 친절한 그들에게 탄복한다. 펄떡 펄떡 살아 숨 쉬는 산중 인심에 마음이 환해진다. 묵어가고 싶다. 하지만 갈 길이 기다리고 있다.

오층석탑은 엉뚱하게도 사과 과수원 한 귀퉁이에 끼어 있다. '양 사람들'의 귀띔이 아니었다면 도무지 찾을 수 없었을 자리에 박혀 있다. 석탑에게 인사한다. 석탑은 여념 없어 보인다. 뙤약볕의 애무를 받으며 흠뻑 도취해 있다. 앗, 간지러워! 간지러워! 소리치며 자지러진다. 킬킬킬 음탕한 웃음을 웃는다. 여름 한낮의 농염한 땡볕이 그렇게 광분한다. 뜨거운 혀를 내밀어 석탑의 나신을 핥고 있다. 그렇게 제 도리를 다해 석탑의 성聖을 봉양한다. 보시하고 예배한다.

'구름을 통달한 멧부리' 운달산

이제 운달산(雲達山, 1,097.2m)으로 들어간다. 문경은 산 많은 고장이다. 백두대간의 척추에서 휘어져 나온 준령들이 파도처럼 굽이친다. 희양산, 조령산, 주흘산, 백화산 같은 명산들이 파노라마를 펼친다. 거기에 운달산이 맞선다. 하지만 알아주는 사람이 별로 많지 않다. 덜 들통 난 산이다. 그래서 호젓하고 고요하다. 그래도 운달산을 옹골차게 즐기는 영리한 사람들이 아주 없지는 않다. 한적한 산을 좋아하는 사람들에게 운달산은 적격이다.

이 여름, 사람들은 냉골이라 부르는 운달계곡에 더운 몸을 담근다. 물가에서 수박을 자른다. 쓰러진 술병처럼 엎어져 낮잠을 잔다. 살랑 부는 바람에 머리칼을 흩날린다. 매미 소리에 귀를 연다. 그 한가하고 태평한 피서 경치가 보기에 좋다. 모든 나날마다 피서 같은 여유를 누릴 수 있다면 그건 더욱 절경일 것이다. 하지만 그렇게 유복한 팔자가 어디 쉬우랴. 오직 모처럼의 야유野遊일뿐이다. 그래서 사람들은 지금 최선을 다해 계곡을 즐긴다.

나무 그늘에 앉아 땀을 식힌다. 하늘엔 흰 구름 한 뭉치가 천천히 흐른다. 나룻배도 사공도 없이 저 홀로 하늘강을 건넌다. 운달산을 풀이하자면 '구름을 통달한 멧부리'가 된다. 불가에서 구름은 흔히 수도승을 은유한다. 그래서 승려를 운수雲水라 한다. 진흙처럼 뒤엉긴 마음의 번데기를 벗기 위해서는, 탐욕과 애증의 껍질을 버

사람들은 운달계곡을 냉골이라 부른다. 운달산을 옹골차게 즐길 줄 아는 영리한 사람들은 여름이면 이곳에서 수박을 자르고 엎드려 낮잠을 자고 매미 소리에 귀를 연다.

리기 위해서는, 자꾸 변하는 생각의 원숭이들을 죽이기 위해서는, 저 한없이 가벼운 구름을 닮아야 한다. 배워서 가볍게 흘러야 한다.

그렇다면 운달, 즉 구름을 통달했다 함은 성불을 일컫는 게 아닐까. 운달산이 통째 해탈의 도가니란 뜻이 아닐까. 부처에의 지향이자 부처의 법문에 다름 아닌 구름을 뛰어넘은 경지란 곧바로 피안행을 의미할 것이다. 해탈과 법열의 도가니, 이것이 운달산의 의미이다. 쇠톱으로 잘라낸 듯 번뇌와 집착이 싹둑 끊긴 견처見處! 불성佛性의 산!

하늘 가까워 구름이 손에 잡히는 산촌

산북면은 산으로 비벼지고 버무려진 산촌이다. 면의 서부엔 운달산이 그 도도한 덩치를 늘어뜨리고 있다. 동부엔 공덕산(功德山, 912.9m)이 위세를 떨친다.

이제 발길은 더욱 깊숙한 산골짝을 향한다. 산북의 북방으로 들어간다. 길의 오른편엔 줄곧 냇물이 따른다. 쏼쏼쏼 암팡진 물소리가 진동한다. 눈매 야무진 산골 처녀처럼 싱싱하고 청순한 물길이다. 냇가엔 달맞이꽃과 망초꽃이 피어 정갈하다. 언제 보아도 세공품처럼 진기한 고추잠자리들이 허공을 선회한다. 모든 풍경들이 천진과 천연으로 눈부시다. 조화로운 동거로 아름답다.

이 참다운 경치의 갈피 갈피에 사람의 마을이 끼여 있다. 오래된 산촌이 들어앉아 있다. 얌전한 가부좌를 틀고 산 경치에 동화하고 있다. 산촌 사람들은 이런 뜨거운 여름 낮엔 느티나무 그늘에 앉는다.

창구마을 사람들도 지금 느티나무 아래에 모여 있다. 울력 뒤에 간소한 뒤풀이가 벌어졌다. 남정네는 남정네들끼리, 아낙은 아낙들끼리 서로 다른 상을 차려 놓고 음식을 즐긴다. 남녀유별의 위계가 엿보이니 이 마을의 고풍을 짐작할 수 있다. 술잔을 거머쥔 남정네들의 입에서 호기로운 음성들이 터져 나온다. 입심을 겨루는 아낙들의 소란도 줄기차다. 나는 그들을 전에 본 적이 없고, 그들 역시 나를 알 바 없다.

그러나 그들은 스스럼없다. 낯선 여행자를 불러들여 자리에 앉힌다. 그냥 가는 법이 아니라며 깔끔한 주안상을 차려온다. 도시에서 경험하기 어려운 산촌의 사람 사는 정이 이렇게 도탑다. 치부처럼 민망한 가난이 자명하지만 인정을 표하는 데에 대범하니 산촌의 풍정이 향기롭다. 여기에서 세상을 대하는 태도, 사람을 대하는 마음가짐을 배운다.

길의 끝에서 또다시 오래된 산마을을 만난다. 가좌리다. 갈치산 중턱에 둥지를 튼 고원 산촌이다. 산상에 둥우리를 튼 아찔한 벽촌이다. 숨겨진 벽지다. 그러나 그림 같은 산천이 있어 수려하다. 세월의 풍화가 모질고 길었던 만큼 거기서 얻은 노하우로 일궈온 산촌 살림의 풍색 역시 야무지고 튼실해 더없이 옹골찬 산촌이다.

　이끼 낀 돌담과 좁은 골목길, 둥근 언덕길은 서정을 자아낸다. 하늘은 가까워 구름이 손에 잡힌다. 세속 도시는 아득히 멀리 있으니 이를 일러 별유천지라 해야 하나. 이는 웬 농담이란 말인가? 별유천지라니 그건 가당치도 않다.

　가좌리에 만연한 것은 가난과 소외일 뿐이다. 이 마을의 어디를 더듬어도 거기에선 상처가 만져진다. 시련의 옹이와 고난의 피멍이 배어 있다. 모진 노동으로 얻은 관절염, 기막힐 외로움으로 발병한 우수가 창궐하고 있다. 그러고 보니 고색창연한 돌담의 표정이 곱지만 슬프다.

　그렇다고 이곳을 삶의 연옥이라 한다면 그 역시 희롱일 수 있다. 이 마을 사람들은 운명에 순응할 뿐이다. 순응으로써 운명과 한 판의 경기를 치를 뿐이다. 남자들은 당나귀처럼 힘세고 고집스럽다. 여자들은 암말처럼 영리하고 튼튼하다. 그렇기에 운명의 돌개바람이 아무리 이들의 목을 조여도 까딱없다. 외진 산촌의 가파른 생존 조건과 씨름하면서 실력을 기른 덕분이다.

　기른 실력으로써 다시 가파른 고개를 오르고, 다시 가파른 고개를 오름으로써 또다시 실력을 기른다. 구부러진 돌담길 모롱이로 아낙들이 걸어온다. 탕탕 세찬 걸음을 걸어 내 앞을 스쳐간다. 짧은 순간 교차한 그녀들의 세찬 눈빛! 일찍 일어난 새처럼 기민한 저 눈빛!

경북 문경시 산북면

경북 문경시 산북면은 산이 많은 문경 안에서도 유독 산이 많은 산악 지구. 산이 많아 계곡과 개울과 하천도 덩달아 발달한 자연의 보고. 더구나 널리 알려지지 않은 덕분에 어느 골짜기이든 깨끗하고 순수하다. 산북에선 무엇보다 고찰들의 향기를 누릴 수 있다.

좁은 영역 안에 유서 깊은 절집들이 집중한 경우를 여기 산북 외에서 다시 찾기란 쉬운 일이 아니다. 김룡사엔 양진암, 대성암 같은 암자들이 있고 대승사엔 묘적암, 윤필암 같은 암자들이 딸려 있다. 양대 사찰엔 보물 석 점을 비롯해 수많은 문화재들이 산재한다.

산북의 최고 오지인 가좌리는 일단 시각적으로 즐거워지는 인상적인 산촌이다. 산 중턱 높은 곳에 자리한 이 마을의 얽히고설킨 좁은 골목길을 걷자면 이국적인 기분마저 느끼게 된다. 원래 화전으로 산골살이를 시작한 이 마을은 요즘엔 사과 농사를 중심으로 소득을 올린다.

구름도 더욱 가벼운 산중 불국

▲ 김룡사
▼ 대승사

가좌리의 외곽인 새터는 더 후미진 마을이며 산막은 더더욱 외진 벽촌이다. 가좌리의 전형적이고 원형적인 산촌 경관을 답사하면서, 마을 주민들과 사교를 한다면 더욱 흥겹다. 산북면의 명산품으로는 호산춘壺山春이라는 전통주가 있다. 조선 초기 황희 정승의 증손에서 유래한 장수 황씨네 가양주로 알콜 도수가 높은 최고급 전통주로 대접받는다. 대하리의 호산춘 제조장(☎054-552-7036)에서 구입할 수 있다.

중부내륙고속도로를 통해 충주를 거쳐 문경나들목으로 나온 뒤 34번 국도를 타고 산양면을 거쳐 산북에 닿는다.

김룡사 인근에서 식사를 해결할 수 있다. 운달식당(☎054-552-6644)과 김천식당(☎054-552-6943)이 알려져 있다. 가까운 문경 시내에 나가 숙식을 해결해도 된다. 대승사 인근에는 영업집이 전혀 없다.

가 볼 만한 산길

김룡사(1.4km, 40분) ➡ 화장암(1.2km, 50분) ➡ 금선대(2km, 80분) ➡ 정상(2km, 20분) ➡ 잘록이(4.4km, 1시간 40분) ➡ 냉골 지나서 김룡사(산행 시간 약 5시간, 산행 거리 13km)

'염소 눈', 그 남자에게
산촌은 지상 낙원

— 충북 괴산군 연풍면 —

저는 방금 괴산군 연풍면延豊面에 도착했습니다. 유월의 따갑고
도 짜릿한 햇살 속을 거쳐, 짙푸른 산 덩어리들이 출렁거리는 오
지 산촌에 이르렀습니다. 오! 싱그러운 산기운! 제 안에서 감동이
일렁입니다. 푸른 산들의 현란한 강강술래에 기분이 좋아집니다.

명약 같고 미약 같은 산의 정수가 살갗으로 쑥쑥 스며드는 걸
느낍니다. 도시에서의 오염으로 혼탁하고 피로해진 육신을 한껏
열어젖히는 기분으로 산기운을 들이마십니다. 온몸으로 간절한 교
미를 하는 짐승처럼 산들을 으스러져라 끌어안는 마음이 됩니다.

옛날의 연풍은 그저 유배지였다고 하지요. 권력에서 떨려나고
권세에서 탈락된 사대부들이 여기 깊숙한 산간에서 귀양의 사나운
팔자를 살았다고 하지요. 운명의 심술, 혹은 시대의 간계로 벼랑

'염소 눈' 그 남자에게 산촌은 지상 낙원

233

끝에 이른 신세를 산중 적막에 의탁했다고 하지요. 그렇지만 연풍은 제법 번성했던 한 시절을 누렸군요. 현縣이 설치된 고장이었으니까요. 지금이야 충북 안의 벽촌인 괴산군 안에서도 으뜸가는 깡촌이지만 조선의 한때엔 자못 어엿한 명패를 내걸었던 것입니다.

단원 김홍도가 이곳 연풍 현감을 지내기도 했었군요. 정조의 초상화를 잘 그린 공로로 연풍 현감 벼슬을 선물 받았다는 겁니다. 선물치고는 수상하고도 이색적인 품목이었던 셈인데, 아쉽게도 이렇다 할 단원의 자취가 남아 있지는 않습니다.

연풍의 면내 거리는 한산합니다. 어디 돌아서서 남몰래 오줌 눌 자리조차 없게 생긴 비좁은 바닥에 관공서와 상가와 민가가 듬성듬성 늘어서 있습니다. 느티나무 그늘 속에 옹기종기 노인들이 둘러앉아 여름 한낮의 무료를 달래고 있으며, 스쿠터를 탄 다방 여자가 쌔앵! 빈 거리를 달려갑니다. 그리곤, 소낙비처럼 쏟아지는 땡볕, 땡볕!

지금 여기에 가득한 것은 땡볕이군요. 민가의 지붕에도, 면사무소 창틀에도, 농협 현관에도 무참한 뙤약볕이 세찬 낙수처럼 나뒹구는군요. 뒹굴어 몸살을 하는군요. 거리마다, 골목마다 여름날의 백색광이 째앵! 튀어 오르는군요. 그래, 면내 거리는 방금 닦은 유리창처럼 번들거립니다. 크롬 도금처럼 예리한 반사광이 눈을 찌릅니다.

저는 마치 혀를 한 뼘 길이로 늘어뜨린 황구처럼 헐떡거리며 거리를 걷습니다. 어디 허름한 주점에라도 들어앉아 시원한 냉막걸리라도 한 사발 걸치는 게 참신하겠지만 그건 참았다가 밤에 하기로 하고 일단은 땡볕의 세례에 몸을 흔들리게 놔둬 버립니다. 폭염과 경합하듯 맹렬한 산기운을 탐닉합니다. 이러는 사이, 저의 혼탁한 육신은 땡볕에 세척되고 산기에 세탁될 것입니다.

땡볕 계엄군이 진주해 무참하도록 고즈넉한 면내 풍경은 언뜻 밋밋해 보입니다. 그러나 들여다볼 게 적잖은 고장이군요. 보잘 게 없는 동네 같지만 실상은 보잘 게 많은 곳이로군요. 저는 이 고장의 전통과 유서를 웅변하는 향교 건물을 감상합니다. 단아하고 정숙한 향교의 매무새를 관람합니다.

자물통 채워진 대문간 바깥에 서서 담 너머로 바라보이는 조선 한옥의 멋과 맛을 포식합니다. 왜 자물통을 채워둔 것인지를, 저 훌륭한 역사 상속품을 왜 재활용하지 못하는 것인지를, 어쩌자고 따분한 감옥살이를 시키는 것인지 의아합니다. 이게 전시 행정이나 복지부동의 견본일 테지요. 문화적 문맹의 증빙이겠지요. 자물통 채워 박제를 만드는 기묘한 문화 폭력일 테지요.

순교 성지聖地에 연꽃이 피네

연풍초등학교 운동장 귀퉁이엔 동헌 건물이 있군요. 과거의 연풍현에서 배달된 유산이지요. 꽃처럼 어여쁜 아이들이 동헌 둘레를 메뚜기처럼 톡톡 뛰어다닙니다. 무논 개구리처럼 왝왝 와글거립니다.

동헌의 호사로군요. 세월의 열차에 실려 풍진 역사의 강물을 건넌 뒤 이젠 아이들의 놀이터로 진급하였군요. 순결하고 순수한 아이들이 까르르 내지르는 웃음소리를 경청하는 참다운 출세를 하였군요. 아이들이 뛰노는 동헌 풍경은 그렇게 보기에 좋습니다. 평화롭고 생동합니다.

연풍초교 맞은편엔 연풍 성지聖地가 있습니다. 이곳은 신해교난(辛亥敎難, 1791) 이후 연풍 땅에 은거해 신앙을 지켜 가던 천주교도 추순옥, 이윤일, 김병숙 등이 신유교난(辛酉敎難, 1801) 때 마침내 처형된 자리로, 지난 1974년에 성역화 사업을 마친 곳이지요. 말하자면 순교자들의 유적이지요. 아! 순교라니…….

저는 순교라는 단어를 속으로 소리 내며 가슴이 벌렁거리는 걸 느낍니다. 순교한 이들의 고통과 절망을, 행복과 희열을 더듬어 보면서 말입니다. 그 무엇인가를 위해 기꺼이 순교할 수 있다면 그게 세상을 건너는 가장 탁발한 행보가 아닐는지요.

그 무엇인가가 무엇이든, 그게 이념이든 예술이든, 종교이든 사랑이든, 거기에 목숨을 걸고서 사뿐히 이승을 관통하는 일은 장관 중의 장관이며, 절경 중의 절경이겠군요. 그렇다면 사는 일이 몽유병만 같아서 주야로 흐린 눈을 끔벅거리거나, 아니면 그저 끄덕끄덕 졸기만 하는 저는 무엇을 위해 순교할 수 있는 것일까요?

연풍 성지는 연풍 땅에 은거해 신앙을
지켜 가던 천주교도 추순옥, 이윤일,
김병숙 등이 1801년에 마침내 처형된
자리다.

　입으로는 번번이 사랑이니 헌신이니 자유를 외워대지만 그것
들을 위한 노력과 행동은 늘 부족할 뿐이지요. 눈먼 두더지처럼
헤매고 헤매다 번민의 벽에 고철 같은 머리를 박아댈 뿐이지요.
그러다가 뇌진탕으로 졸업하면 그것도 순교일까요? 가당찮은 도
로徒勞의 연속이지요. 이게 참 야릇한 피조물인 것이지요.

　그렇기에 저는 순교 성지에 이르러 가만히 옷깃을 여미고 옛
사람들의 꿈과 희망을 떠올려 봅니다. 순교자들의 광기 어린 열정
과 고매한 이상을 찬송해 봅니다. 꾸벅 머리 숙여 절하는 맘으로
성지의 뜨거운 대지를 내려다봅니다.

연풍 성지 내 연못에 청명하고 우아하고 소담한 홍련이 피었다. 순교자들의 가엾고도 아름다운 영혼이 지금 연꽃 연못에 산책을 나온 것인지도 모른다.

그렇게 하는 중에 가만 보니, 앗! 연꽃이 피고 있군요. 성지 내 연꽃 방죽에서 신성한 홍련이 쑤욱 올라오고 있군요. 거기 청명하고 우아하고 소담한 연꽃 방죽 위로 내밀한 향기가 흐릅니다. 신비한 영기가 어리는 것만 같습니다. 순교자들의 가엾고도 아름다운 영혼이 지금 연꽃 연못에 산책을 나온 것인지도 모를 일이겠군요.

이제 저는 수옥폭포를 바라보고 있습니다. 면 소재지에서 10리쯤 떨어진 원풍리 산골짝이지요. 조령 삼관문 쪽에서 굴러 나온 계류가 여기 음부 같은 계곡에서 옹골찬 폭포수를 이루어 쾅! 쾅! 쏟아져 내리는 것입니다. 높이 20미터에 이르는 장쾌한 물줄기이군요.

옹졸한 성격 탓이겠지만 저는 너른 강보다는 가느다란 냇물을, 웅장한 폭포보다는 잠잠한 여울을 더 상질上質로 치는 취미가 있는 사람이지요. 귀가 아파 오는 폭포 앞에선 그만 오장이 오그라드는 기분이 드는 것인데, 수옥폭포 역시 저를 압도하는군요. 소음으로 쇄도해 굉음으로 가슴을 난타하는군요. 속 좁은 사내의 좁은 속을 막 후벼대는군요. 그리고 보면 저 폭포 역시 교사로군요. 스승이로군요.

네 안에도 장쾌, 명쾌, 통쾌한 물살 하나를 길러 보라고, 생의 난바다를 질풍처럼 몰아쳐 건널 수 있는 통 큰 도량을 배양하라고, 거침없이 하강하고 추락함으로써 오히려 세찬 에너지를 발동하는 폭포수의 묘리를 학습하라고, 그렇게 독촉하고 드는 것이로군요. 그렇게 폭포의 근엄한 교시를 생각하는 사이 땀이 식고 열이 가시는군요. 다시 산촌 여행의 쾌락에 젖어드는 것이로군요.

'염소 눈' 남자는 조용한 산골이 좋다

땡볕은 여전히 맹렬합니다. 땅거죽을 구워 삶습니다. 그럴수록 유월의 초목들은 오히려 성성합니다. 매서운 햇살 세례를 받아 나무숲은 오히려 싱싱하게 깨어납니다. 덩달아 숲 사이 오솔길엔 그늘이 짙어집니다. 그 푸른 그늘 속 소로를 따라 깊고 아찔한 산중으로 들어섭니다.

연풍의 으뜸가는 오지인 분지리에 이릅니다. 백화산 자락에 박힌 컴컴한 벽촌이지요. 조선 중엽부터 산막을 지은 화전의 민생이 점지된 마을이지요. 두릅이나 산초를 채취해 생계를 이어가는 열네 가구 주민들이 살아가는 곳이지요.

가끔은 백화산을 오르는 등산객들이 나타나고, 가끔은 오지를 찾아다니는 버릇이 있는 여행자가 출현하기도 하지만, 주로 적막속에 묻혀 매양 그날이 그날처럼 흐르는 삶의 변방이지요. 가난과 소외와 고독을 정든 벗으로 알고 살아가게 마련인 깊은 산촌이지요.

그렇다면 분지리가 바로 제가 살아야 할 마땅한 정처인 셈입니

수옥폭포는 높이 20미터에 이르는 장쾌한 물줄기를 이루고 있다. 거침없이 하강하고 추락함으로 써 오히려 세찬 에너지를 발동하는 폭포수의 미덕이 가슴을 난타한다.

분지리에서 만난 할아버지, 할머니들. 백화산 자락에 있는 분지리에는 두릅이나 산초를 채취해 생계를 이어가는 열네 가구 주민들이 살아가고 있다.

다. 저로 말하자면 가난이니 소외니 고독이니 하는 품목들을 저의 특산품이거니 하고 살아가는 사람이기 때문이죠. 아울러, 고요함과 평온함, 망상과 몽상을 갈구하는 것인데, 여기 분지리에선 그런 기특한 종목들을 풍성히 수확할 수 있을 것만 같은 것이지요.

하지만 산세가 몹시 삼엄하군요. 골짜기가 매우 비좁군요. 그래서 대낮에도 어두컴컴하군요. 이 침침한 화면 속으로 헌칠한 남자 하나가 저벅저벅 걸어 들어오는 게 보입니다. 마을 이장 이병환(41) 씨지요.

지는 말여유, 도시서도 몇 번 살아 봤지만유, 아고! 맘이 편칠 않드만유. 역시 고향이 젤 편타니깐유.

염소처럼 순한 눈을 가진 이장이 입을 엽니다. 몹시 느린 말투로 꿍얼꿍얼 사는 일의 애환과 자족을 얘기합니다.

아고! 먹고사는 거야 여그로 말하자면 형편 무인지경이쥬머. 그저 가구당 연간 400~500만 원이나 벌까 말까 하는 것이니깐유. 아고! 그냥 조용한 것이 무쟈게 좋아서 그냥 여기 사는 것이여유. 그게 제 적성에 맞어서유.

그는 그러니깐 조용한 것이 좋은, 정말 조용한 남자인 것입니다. 조용한 산촌이 그의 낙원임을 알 수 있습니다. 비록 궁색한 살림에 노총각 신세지만 물속처럼 고요한 구중심처 산골짝의 인생 경영이 마냥 복되다는 게 아닙니까.

아고! 꾀꼬리가 우네. 지는 말여유, 새 중에선 꾀꼬리가 젤 좋아유. 여긴 순전 짐승들 천국이죠머. 멧돼지에 고라니에 노루가 막 뛰어다니거든유. 아고! 그나저나 차나 한잔하고 가셔유.

그는 처음 봤을 땐 좀 순해 보였지만 가만 보자니 더욱 유하고 순하고 선한 남자로군요. 어쩌면 그의 이런 심성은 분지리 주민들이 가진 일반적 품성의 표본일지도 모르겠군요.

사는 일의 신산 고초로 사는 맛이 떫은 땡감 맛이라 할지라도 산중 자연을 닮은 온유한 심성이 있기에 견디고 또 견디고, 참고 또 참을 수 있는 것이겠지요. 그게 오지 사람들의 힘이겠지요. 운명에 순응하는 본능적 전략이겠지요. 아무튼, 염소 눈을 가진 남자와 얘기를 나누면서 마음이 훈훈해집니다. 대낮에도 침침한 분지리가 한결 밝아집니다.

이제 저는 산 너머 외딴 마을인 은티마을의 연제식 신부 집에 들어서고 있습니다. 사전 기별도 없이 무작정 들이닥친 것인데, 마침 연 신부는 없고 여러 마리의 개들만 집을 지키고 있군요. 토

'고향이 제일 편하다'는 마을 이장 이병환 씨는 어린 고라니를 돌보고 있다. 그를 닮아 어린 고라니도 한없이 여리고 순하다.

도시에서 유능한 성직자로 이름을 얻었던 유제식 신부는 모든 공적 활동을 접고 은티마을에 들어왔다. 그는 이곳에서 묵상을 하거나 그림을 그리며 수행의 나날을 살아가고 있다.

끼처럼 양순하게 생긴 강아지들이 캉! 캉! 짖어대며 우르르 달려 나오는데 이건 맨발로 영접하는 개들의 환영사로군요.

　개들만이 아니군요. 연 신부가 홀로 손수 짓고 기른 흙집이며 나무들이며 닭이며 채소들까지 순수한 환대를 하는 것인데, 이 모든 중생들의 몸짓과 표정과 언어와 숨결과 명상의 동태 안에서 저는 다시 즐거운 기분을 느끼게 되는군요. 자연의 품 안에서 온전한 생명을 누리는 것들이 자아내는 조화와 평화에 감명이 깊어집니다.

　도시에서 유능한 성직자로 이름을 얻었던 연 신부는 모든 공적 활동을 접고 이곳에 들어와 묵상을 하거나 그림을 그리며 수행의 나날들을 살아간다고 하지요. 저는 지금 연 신부를 대면치 못하고 있지만 그의 삶을 미루어 짐작할 수 있습니다. 자연 속에 사는 사제의 영적 수행의 풍모를, 자연과 동화된 자의 그윽한 사유 세계를, 자연의 부품으로 회귀한 자의 겸허한 인격을 충분히 감지해 버린 듯한 기분이 들고 있군요. 부재하는 주인의 실재를 느끼게 되는 것이로군요.

연 신부는 말한다고 하지요. 자연이 곧 하느님이라고. 과연 산에 사는 사람답군요. 그는 자연의 품에서 자연과 사랑을 나누며 사는 가운데 한결 생생한 신성을 보아 버린 사람이 아닐는지요. 따지거나 가르거나 나누지 않고, 온 세상의 모든 것을 신의 이름으로 그저 겸손하게 사랑할 줄 아는, 한결 미더운 사제로 진화한 것이겠군요.

그렇기에 저는 주인 없는 빈집을 향해 꾸벅 머리를 조아려야 하겠군요. 주인의 화신일 집 안팎의 온갖 물상들에게 우정을 표해야 도리이겠군요.

충북 괴산군 연풍면

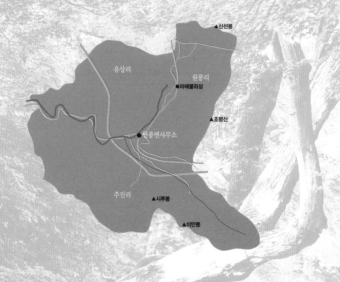

충북 괴산군 연풍면은 산속에 박힌 외톨박이 산촌이다. 괴산 자체가 충북의 가장 외진 지역이지만 괴산 안에서도 연풍은 가장 후미지고 뒤지고 처진 고장이다. 인구는 고작 3,000여 명 남짓이고, 여전히 농업을 주업으로 하기에 경제적 낙후도 심각하다. 근래 몇 년 사이에 중부내륙고속도로와 국도 확장 공사가 지속되면서 일부 상인들이 뜻밖의 재미를 보기도 했지만 주민 대다수는 여전히 가계의 궁색을 면치 못하고 있다.

이는 산으로 가로막힌 천연의 지세에서 유래한 것인데, 그 덕분에 자연상의 온전함과 심원함은 단연 돋보인다. 특히 명산들이 즐비해 등산객들의 각광을 받고 있기도 하다. 조령산, 희양산, 신선봉, 덕가산, 악휘봉, 이만봉, 시루봉 등 빼어난 경관을 자랑하는 산 덩어리들이 연풍의 영토를 뒤덮고 있는 것이다. 최근에는 도로 사정이 좋아져 교통 요충으로 급부상하고 있으며, 당도 높은 연풍 사과의 명성 역시 이 고장의 자랑거리가 되고 있다.

괴산 원풍리 마애불좌상은 연풍면 원풍리의 암벽에 나란히 새겨진 2구의 고려 시대 불상으로 높이는 약 3.1m이며 보물 제97호로 지정되어 있다. 이 마애불상은 높이 12m 가량의 커다란 암벽에 사방 3.6m의 공간을 파고 불상을 모셔 놓기 위한 감실龕室을 만들어 그 안에 나란히 새겨 놓은 2구의 고려 시대 불상으로 우리나라 이불병좌상二佛竝坐像 가운데 대표적인 작품으로 널리 알려져 있다.

조령민속공예촌은 연풍면 원풍리에 위치해 있다. 선조들의 얼과 멋과 솜씨를 재현하기 위한 공예촌을 조성, 2000년에 개장하였다. 도자기, 목공예, 한지공예 등 각 공방의 제작 과정을 재현하고 전통찻집, 전통음식점 등을 마련하여 우리 고유음식과 차 문화를 접할 수 있는 공간을 마련하였다.

서울에서 찾아갈 경우 영동고속도로 여주분기점에서 중부내륙고속도로로 오른 뒤 김천 방향으로 달려 연풍나들목으로 진출한다. 부산 방면에서 갈 경우엔 경부고속도로 김천분기점으로 올라 충주 방향으로 달려 연풍나들목으로 진출한다.

가 볼 만한 산길

조령산 자연휴양림은 연풍면 원풍리 조령 제3관문 서쪽 골짜기에 위치해 있다. 조령산과 맥락을 같이 하는 치마바위봉 북쪽 기슭에 위치한 이 휴양림은 울창한 숲과 기암괴석이 조화를 이루고 있다. 이 휴양림은 들머리인 고사리 방면만 살짝 트여 있을 뿐 북, 동, 남쪽 삼면이 험준한 산으로 에워싸여 있다.

청학青鶴이 날면 천하가 태평하다

― 경남 하동군 청암면 청학동 ―

    저는 이제 막 청학동青鶴洞에 들어섰습니다. 지리산 둘레를 휘휘 휘돌아, 섬진강 푸른 물길을 품에 싸안고 굽이굽이 자꾸 돌아, 하동땅 청암면青岩面 묵계리默溪里 청학동에 당도한 것이지요.

    여름 지리산은 차라리 초록의 바다로군요. 산의 둘레에서 안통으로 진입하는 중에 나무들의 파도, 초록 잎새들의 아롱거리는 파랑으로 산 덩어리 전체가 음흉하게 일렁거리는군요. 짙푸른 숲의 대양大洋, 칠칠한 산록들의 해양이로군요.

    저는 문득 풀벌레처럼 작아지는 기분을 느낍니다. 난공불락의 성벽처럼 웅장한 성하盛夏의 숲 앞에서 눌린 듯 위축됩니다. 지리산이라는 장중한 악대가 연주하는 여름날의 관현악이 너무도 벅차 투항하고 싶습니다. 숲의 진초록에 현기증을 느낍니다. 해일처

럼 쏟아지는 거센 산기운에 짓깔려 겁탈당한 듯 가쁜 숨을 몰아쉽
니다. 등줄기로는 땀이 흐르고, 마음 기슭에도 진땀이 번집니다.
여름 산의 횡포로군요. 8월 지리산의 음모로군요.

그러나 그런 게 아니겠군요. 실상은 희열이겠군요. 지리산의
장엄한 육신이 야기하는 외경과 감격 탓에 그만 자지러지는 듯한
쾌감을 느끼는 것이겠군요. 생명계의 거장, 혹은 정신의 거인으로
다가오는 지리산의 장쾌한 파동 안에서 스스로 왜소해지고 낮아
지고 겸손해지는 겁니다. 순해지고 얌전해진 자신을 알아차리는
것입니다. 더구나 여기는 세속의 이방, 청학동이 아닙니까? 저 아
득한 고대로부터 아름다운 이상향이었던 전설 속의 청학동. 신성
한 푸른 숲에 청학이 노닌다는 무릉도원.

청학동은 고려의 시인 이인로(李仁老, 1152~1220)의 『파한집破閑
集』에 처음으로 등장하지요. 이인로는 그 옛날부터 전해 오던 청
학동에 관한 이야기를 다음처럼 기록하고 있지요.

옛날 노인들이 전하는 이야기에 따르면 지리산 속에 청학동이
있다. 그곳으로 들어가는 길은 아주 좁아서 사람이 겨우 지나
다닐 정도이다. 기어가다시피 해서 수십 리쯤 들어가야 비로
소 아주 넓은 곳에 다다른다. 주위는 모두 기름진 밭과 땅이라
서 씨 뿌려 농사짓기에 알맞다. 나무를 심어서 숲이 우거져 그
속에는 청학이 서식하는데, 이를 청학동이라 부른다.

여름 지리산은 초록의 바다다. 산의 둘레에서 안통으로 진입하는 중에 나무들의 파도, 초록 잎새들의 아롱거리는 파랑으로 산 덩어리 전체가 일렁거리는 듯 가벼운 현기증을 느낀다.

다툼도 겨룸도 없는 선계 청학동 전설

　고려 무신란의 여파로 궁지에 몰려 비참한 생계를 꾸려갔던 이인로. 이분은 수상한 시절과 인연을 끊고 은둔의 여생을 보낼 작심으로 어느 날 청학동을 찾아 나섭니다. 소 두 필에 죽롱竹籠을 가득 싣고 화엄사를 거쳐 화개를 통해 지리산에 들어가 청학동을 수색했던 것이지요.

　그러나 그의 탐사는 끝내 청학동을 찾지 못하고 발길을 되돌리고 말았다고 합니다. 단지 기록을 남기는 성과를 거두는 데 그치고 말았군요. 이런 이인로의 행장을 두고 조선의 김종직은 악양의 북쪽 골짜기가 청학동인데 어이 찾지 못하였는가, 하고 힐난하였군요.

　그렇지만 이인로가 청학동을 찾지 못한 건 당연한 귀결이 아니었을까요. 장생불사하는 신선들이 사는 선계, 다툼도 겨룸도 없는 무릉도원 같은 낙원이 현실로 존재할 수는 없는 일이겠지요. 가련다, 날련다, 저 꿀단지 같은 도화 선계로 나비처럼 오르련다.

　옛 시인의 꿈은 이렇게 야무졌지만 정작 산은 그를 내쳤던 것일까요. 인간의 일은 인간세에서 풀라고 등을 밀었을까요. 이인로는 청학동을 찾지 못했다고 술회함으로써 종래의 청학동 신앙이 그저 전설에 기초한 판타지일 뿐임을 확인하기에 이르렀죠. 상상 속의 이상 세계로 청학동을 등기한 것이었죠.

　하지만 이인로 이후에도 사람들은 줄기차게 청학동의 실체를 찾아 나섰군요. 『정감록』 같은 비결秘訣을 근거로 지리산의 이곳저곳을 청학동으로 지목했군요. 악양 등촌리의 청학골, 선비샘 아래 중봉골에 있는 상덕평마을, 구례의 피아골, 세석평전 등이 바로 그곳들이지요.

지금 제가 도착해 있는 묵계리의 청학동 역시 그 가운데 한 곳인 셈이지요. 흔히 "도인촌"이라 부르는 이 산골짝에 청학동이라는 지명이 붙은 것은 지난 1970년대부터였지요. 1950년대부터 하나둘 모여들기 시작한 일단의 도인들에 의해 일련의 사상적 동아리가 형성되었는데, '유불선 합일경정유도儒佛仙 合一更定儒道'를 추앙했던 이들이 이른바 청학동 1세대였습니다.

이들이 하동군청에 지명 변경을 신청함으로써 오늘의 청학동이라는 명패가 붙게 되었지요. 그렇게 되면서 이곳 청학동의 독특한 개성이 날로 무르익기에 이르렀습니다. 진주암 옛터의 도인촌은 물론, 근방 일대에 사찰을 비롯한 갖가지 신앙 단체가 들어서고, 각처에서 나타난 이런저런 수행자들과 예술인, 산악인 등속이 원주민들과 어울려 특유의 생애를 경작하고 있는 것입니다. 지리산이라는 산의 제국 안에서 자못 독특한 일련의 풍기와 풍토를 정착시킨 이색 소국小國이 태동한 겁니다.

저는 이제 청학동의 풍경 속으로 들어갑니다. 묵계초등학교 앞을 지나 삼성궁 쪽으로 차를 몹니다. 삼성궁은 이 고장 출신 강민주(일명 한풀선사) 씨가 1983년에 조성한 신앙 성지이지요. 고조선 시대의 소도를 복원, 민족의 성조인 환인, 환웅, 단군을 모신 배달민족성전을 표방하고 있지요. 청학동에 들어온 관광객들은 흔히들 삼성궁부터 답사하는군요.

삼성궁을 둘러보고 이제 도인촌 쪽으로 향합니다. 사태처럼 콸콸 범람하는 산기운은 여전히 벅찹니다. 산은 크고 골은 깊으니 더없이 호방하고 장쾌한 경치가 연달아 펼쳐집니다.

거침없이 치솟은 산부리들이 점거한 하늘은 오히려 비좁고 소침합니다. 소나무와 잣나무, 그리고 대나무가 무성하게 우거진 숲에서는 지지구! 재재구! 온갖 새들이 청을 돋워 제 한살이의 열락을 노래합니다. 푸른 대숲 위로 문득 거대한 청학 한 마리가 치솟아 하늘을 가린 채 허공을 비상할 것 같은 기분이 듭니다. 그 청학의 푸른 등에 올라탄 채 창공을 훨훨 나는 몽상을 해봅니다. 청학의 비상처럼 가뿐하고 거침없는 생의 활보를 연상해 봅니다.

청학은 날개가 여덟이고, 다리는 하나이며, 사람의 얼굴을 지녔다는 상상 속의 길조吉鳥. 백학이 천년을 살면 청학으로 진급하는데, 이 새가 울면 천하가 태평해진다 하는군요. 도대체 천하가 태평한 날이라는 게 이 지구 위 어느 한 시대인들 존재키나 했을까마는, 그래서 사람들은 청학의 전설을 고안해 삶이라는 부조리극을 위로 받고 싶었던 게 아니었을까요.

청학도, 청학동도 애당초 상상이 뭉친 허상일 뿐이지만 그것의 실존을 믿고 싶어 했던 것은 살이의 곤고함을 눅일 초월에의 꿈이 그만큼 절실한 탓이 아니었을까요. 그렇다면 청학이란 곤고한 자의 삶, 그 안에 둥지를 튼 피안의 파랑새 같은 것일까요.

청학동에 진주한 비즈니스 유령

청학의 날개로 비상하는 몽상을 즐기며 저는 산중의 찻길을 달립니다. 그런데, 이런! 이게 야단법석이로군요. 난감한 일이로군요. 청학동 일대에 넘치는 영업집들로 멀미가 날 지경입니다. 도로 변과 골목 안통 곳곳에 현란하고 요란한 민속풍 식당과 주점과 노래방이 줄줄이 들어찬 겁니다.

잇달아 들이닥치는 관광 차량들이 물방개처럼 부산히 나대며 영업집들을 찾아듭니다. 도인촌 일원에도 영업집이 창궐하고 있군요. 본래 상투에 갓을 쓰거나 댕기머리를 늘어뜨린 사람들이 소탈하고 담백하게 살아가던 현실의 이방이었던 도인촌. 여기마저 이제 급속한 진화와 개화의 조류에 휩쓸렸군요.

이 와중에서 원래의 도인촌 부족의 80퍼센트 정도가 이미 외지로 흩어졌다고 합니다. 나머지는 서당을 차리거나 음식점, 또는 민박 업에 나서고 있지요. 전 국토에 몰아친 관광 토네이도가 이미 청학동에도 늠름하게 진주한 것이지요. 전설적 유토피아라는 청학동 이데아에 이 시대의 신앙인 비즈니스의 유령이 짬뽕에 비

빔밥처럼 섞이고 얽히어 아주 기묘한 경치를 연출하는 겁니다.

그렇다고 이게 어디 청학동의 책임일까요. 이를 어떻게 청학동 사람들의 타락이라거나 야합이라고 비난할 수 있을까요. 이는 그저 엄밀하고도 불가피한 현실 원리가 착실하게 적용된 결과일 테지요.

전래의 가치와 사상을 숭배하며 근실하고 은밀하고 순결하게 살아가던 도인촌 사람들이 어느 때부터인가 매스컴을 통해 와자하게 외부에 탄로 나기 시작했고, 그러자 못 말릴 호기심을 지닌 사람들이 떼 지어 나타나기 시작했으며, 관광객이 먹고 잘 수 있는 숙식 공간이 필요해졌고, 기민한 외부 자본이 상륙했고, 이래저래 광나고 폼 나는 관광 지구로 싹 표변하기에 이른 것이지요.

아울러, 도道 공부니 마음공부라는 것도 생계가 해결되고서야 가능한 업무이니, 청학동 사람들이 팔을 걷어붙이고 나서서 비즈니스 실력을 연마하는 것도 실상은 큰 공부이자 피할 수 없는 필수 과목이라고 할 수 있겠군요. 아울러 도매금으로 싸잡아 가늠할 일도 아니겠군요.

아무리 오늘의 판세가 관광 중심으로 흐른다고 해도 청학동 사람들 모두가 거기에 편승하는 것은 아니라는 점을 눈여겨야 하니까요. 업소가 창궐하거나 말거나 오직 초연하게 본분을 다해 고독하고도 견고한 자기 수행에 전념하는 고집쟁이들도 많다는 소식입니다.

산꾼들에게는 "산에 미친 사람"이라는 별명으로 잘 알려진 성락건(62) 씨. 성 씨는 묵계리에서 아담한 찻집을 꾸려 나가며 한 그

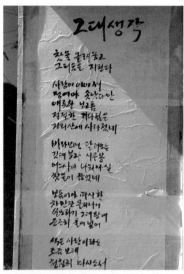

그대 생각

한돌 올려놓고
그리움을 지핀다

사랑이 아이에서
멎어야 좋다지만
애틋한 보고픔
절절한 커다함은
지리산에 사라졌네

바라보면 각해하는
깃대 봉과 시루봉
어쩌다 나의 바실
찻돌이 품었네

보름이라 까사한
차진잔 몰려나서
쉰약하기 그개랑에
근소히 흘어 넣어

시운 사람이라도
조주 보래
청청히 따사소서

'산에 미친 사람'으로 알려진 성락건 씨는 묵계리에서 아담한 찻집을 꾸려 가고 있다. 찻집을 꾸미고 한 끼 식사를 내오는 솜씨가 정갈하고 알뜰하다.

루 야생 소나무처럼 굳세게 살아가는 인물입니다. 저는 성 씨의
찻집을 찾아가 그의 청학동 평론을 경청합니다.

딴딴하기가 마치 쇳덩이처럼 보이는 체구를 가지고 있는 그는
요즘의 청학동이 너무 세속화한 게 아니냐는 주변 지인들의 삐딱
한 시선을 수시로 접한 듯 대번에 목청을 높여 웅변합니다.

청학동 사람들도 기본적으로 평범한 생활인입니다. 그런데
속세에 물들었다고 욕들을 하는 거예요. 이게 청학동 사람들
을 동물원 원숭이로 취급하는 발상인데, 뭐 어쩌겠어요, 이
곳 사람들도 먹고살아야 하지 않겠어요?
게다가 이곳의 관광 상업은 순전히 관광객들의 요구와 필요에
의해 창궐했다고 봐야 옳거든요. 청학동의 변화는 자연스럽고
도 당연한 추세일 뿐이에요. 무엇보다 청학동엔 여전히 공부
에만 죽어라 전념하는 이들도 많다는 걸 잊지 말아야 합니다.

세속은 더욱 멀어지고

청학동 구역을 벗어나 이제 고운동孤雲洞으로 발길을 옮깁니다.
지리산의 사상적 아버지이기도 한 신라 말의 학자 고운 최치원이
머무른 골짝이라는 데서 그 이름이 유래한 마을이지요. 이곳의 상

서로운 산세를 예찬하는 이들은 여기 고운동이 바로 지리산의 유토피아 청학동이라 내세우기도 하지요.

한때 고운동엔 수십여 호의 인가가 있었습니다. 지금은 네댓 가구만이 남아 있습니다. 거짓말 같은 변천이지요. 근년에 양수발전소가 생기면서 자연 경관의 변동도 극심해졌습니다. 수려한 풍치로 그 이름이 우뚝했던 고운동 계곡에 그만 댐이 걸리고 말았으니 오호, 애재! 인간이란 생물은 숙주를 잡아먹는 미증유의 기발한 기생체라고 봐야 타당할는지요.

고운동의 외진 산 갈피에 그림 같은 집을 짓고 염소를 키우며 식솔을 건사하는 이창석(38) 씨는 고운동에서 8대째 유전된 가문의 자식이군요. 산짐승처럼 깨끗하고 맑은 눈을 가진 이 씨는 "고운동에선 여름엔 복 지은 것도 없이 천국처럼 시원하게 살고, 겨울엔 죄지은 것도 없이 지옥처럼 춥게 살죠"라며 두런두런 나직이 옛날부터 전해 오는 얘기들을 들려줍니다.

비록 산중 벽지지만 자급자족이 가능한 낙토라고 말합니다. 지금 이곳을 살아가는 몇몇 이웃들이 사실은 비결파들로서 나름의 사상적, 종교적 뿌리를 가지고 정진하는 이들이라는 소식을 알려줍니다. 우리가 도시에서 열나게 치고받으며 사는 사이에 생의 근본된 비밀을 캐고자 착실히 궁구하는 이들이 여기에 이렇게 있으니 지리산은 여전히 세속의 바깥인가 봅니다.

시나브로 청학동의 하루해가 저뭅니다. 서산마루에 붉은 놀이

고운동 산골짝에서 그림 같은 집을 짓고 염소를 키우며 살고 있는 이창석 씨의 아이들. 티 없이 맑은 아이들의 미소에서 이창석 씨의 평화로운 산골 살이가 배어 나오는 듯하다.

어렵니다. 작렬하던 한낮의 햇덩이가 청학의 등에 실려 산 너머 여인숙으로 퇴장합니다. 물방개처럼 나대던 관광 차량들도 어디론가 사라졌습니다. 소음도 소란도 잦아듭니다. 적막한 청학동에 오직 물소리와 밤새 소리만이 그윽합니다. 귓전으로 엄습하는 자연의 소리에서 세상을 평온하게 하는 궁극의 내재율 같은 게 느껴집니다.

저는 오래전부터 알고 지내온 K의 집에 여장을 풉니다. K는 선화禪畵를 그리는 사람입니다. 쩌렁! 벼락 치는 듯한 일순간의 기차고도 기막힐 붓놀림으로 선禪의 심혼을 토해내는 걸쭉한 화가입니다. 선화로써 도를 구하고, 구한 도로써 생을 다시 구하는, 그 지루하고도 짜릿한 여행을 거듭하는 사내이지요.

꽁지머리에 수염 다발을 귀얄처럼 늘어뜨린 K에게 청학동을 묻는다면 그는 청학동이 어디 다른 곳에 있는 것이 아니라 마음속에 있는 거라고 말할 게 분명합니다. 지리의 청학동이 아니라 정신의 청학동, 지혜의 유토피아를 읊어댈 겁니다. 수처작주隨處作主 입처개진立處皆眞, 어디서든 내가 주인으로 서면 그곳이 바로 청학동이다, 그런 스토리 외에 달리 무슨 말이 더 필요할까요.

K가 차를 우립니다. 은은한 차향이 산방에 가득 번집니다. 밤하늘엔 새파란 잔별들이 총총. 숲에선 소쩍새 비가悲歌. 세속은 더욱 멀어집니다. 돌아가고 싶지 않습니다.

경남 하동군 청암면 청학동

경남 하동군 청암면 청학동은 전통 유토피아 설화가 내장된 지리산의 이색 지구다. 고래로부터 찾아드는 시인 묵객, 도인, 수행자들이 무성했던 산골짝이다. 이른바 '도인촌'으로 세상에 회자되기 시작한 것은 1970년대부터. 오랫동안 전기도 교통도 닿지 않았던 청학동에 현대적 문물이 이때부터 비로소 도착하기 시작했다.

가난하되 순박하고, 고집스럽되 만족스런 삶을 살았던 도인촌 사람들의 일상에도 급격한 변화가 일게 되었다. 외부의 공격과 간섭에 따라 결국은 빗장을 완전히 개방하기에 이른 것이다.

오늘날 청학동 하면 사람들은 도인촌과 함께 삼성궁을 연상한다. 삼성궁을 찾는 인파도 늘 버글거린다. 이제 청학동은 도를 구하는 이들과 전통의 유불선을 신봉하는 이들의 아성에서 벗어나 훨씬 개방적인 여행 지구, 관광 지대로 변모하고 있다.

아울러, 서당 문화의 발흥지로 성격을 더 강화하고 있다. 무려 30여 곳의 서당이 들어앉아 도시의 학생들을 상대로 전통 교육을 행하고 있다. 고운 동은 행정구역상으로는 산청군 반천면이다. 그러나 바로 청학동과 맞붙어 있다. 부산한 청학동과 달리 고운동은 몹시 적막하고 한적하고 순수하다. 참하게 차를 마실 수도 있다.

대전-통영간고속도로를 타고 내려가서 단성나들목으로 진입한 뒤, 20번 국도를 따라 시천과 외공, 반천을 거쳐 청학동에 닿는다. 청학동엔 수많은 식당과 모텔, 펜션이 있다. 산꾼 성락건 씨가 운영하던 찻집 다시올은 지금은 영업을 하고 있지 않지만 성 씨와 담소를 나누는 즐거움은 누릴 수 있다.

가 볼 만한 산길

청학동 삼신봉(1,284m)을 오른다. 지리산의 조망이 매우 뛰어난 봉우리로 유명하다. 청학동은 이 산 기슭 해발 800m에 자리 잡았다. 산행 기점은 청학동 주차장(약 7시간 소요).

청학동주차장 ➡ 청학동안내소 ➡ 샘터 ➡ 능선 ➡ 삼신봉 ➡ 내삼신봉 ➡ 쇠통바위 ➡ 상불재 ➡ 마고성 ➡ 미술공원 ➡ 청학동주차장

봄 春

꽃 핀 봄 나무 아래에 앉으면 당신도 봄꽃나무
ㅡ 초록 호수가 있는 오솔길, 그리고 산중락山中樂
ㅡ 선율처럼 흐르는 샛길, 푸른 산촌의 매혹
ㅡ 앞산 소나무와 뒷산 바위는 그들의 사촌
장날의 주점은 감자옹박이 춤추는 댄스홀
ㅡ산에 사는 그들, 안녕하네! 자족하네!

매혹, 세속이 멀어지다

이런 이력을 가진 남자가 있다. 1949년 출생. 서울 휘문고와 서울대 미대 회화과 졸업. 개인전과 단체전 수십 회. 저서 네 권. 추정해 보자. 이 남자는 어디에 살까. 도시에? 그것도 서울이라는 거대도시에? 출세와 축재의 무한 경쟁이 벌어지는 바로 그 도시에? 아니다. 그럼 춘천 정도의 좀 덜 복잡한 작은 도시에 살까? 그것도 아니다.

그는 강원도 인제군 기린면麒麟面의 몹시 후미진 산골짝에 살고 있다. 벌써 10여 년째 거의 산山사람으로 살아간다. 아내와 단둘이. 최용건 화백이다. 알 만한 사람은 다 아는 중견 수묵화가다.

나는 지난 밤 그의 산골 집에 하룻밤 여장을 풀었다. 밤의 산길을 더듬어 집을 찾아드느라 고역을 치렀다. 달빛 아래 어렴풋이

후미진 산골짝에서 벌써 10여 년째 아내와 단둘이 살고 있는 최용건 화백. 그는 이 깊고 푸른 산간에 박혀 늘 그림을 그리고, 글을 쓰고, 민박을 치며 지구 위의 한나절을 영위하고 있다.

꼬물꼬물 드러나는 주변 경관은 그다지 **빼어날** 게 없어 보였다. 그는 별난 사람일까. 독특하고도 심각한 은둔 취향의 남자인가.

하필이면 이 험악한 산골에 눌러 살다니. 이런 생각을 하며 잠이 들었다. 그런데 이튿날 눈부신 아침 햇살 아래 마주 앉은 최 씨의 모습은 들꽃처럼 싱싱하다. 눈빛은 소년처럼 싱그럽고 무엇보다 피부가 탄탄하다. 자연이 주사한 보톡스 덕분인가 보다. 자연. 그렇다.

간밤의 달빛 아래선 변변찮았던 산야 경관이 이제 보니 찬연하다. 바라보는 것만으로도 보약이 될 것만 같은 푸른 산들이 정기를 내뿜고 있다. 최 씨가 말한다.

자연은 농부에게만 필요한 게 아니라 그림을 그리거나 글을 쓰는 창작인에게도 중요합니다. 자연이 불러일으키는 영감으로 창작하는 화가나, 자연 안에서 결실을 거두는 농부나 서로 다를 게 없는 것이죠.

사람은 살면서 스승을 영접하기도 한다. 내 어릴 적 스승은 6학년 1반 담임 김국현 선생님이셨다. 마라토너 황영조의 스승은 고故 이봉수 감독이다. 최용건 씨의 스승은 자연이다. 그는 말한다. 이제껏 살아오면서 삶의 깨우침을 전해 준 것은 종교도 철학도 부모도 아니었다고. 오직 자연이었다고. 요약하자면 그는 자연 안에서 행복한 남자다. 그가 쓴 에세이에서는 산중 생활의 기쁨을 고백하는 문장을 읽을 수 있다.

파헬벨의 〈캐논 D장조〉를 들으며 글을 쓰고 있는 이 시간, 나는 술에 취한 듯 가슴이 몹시 상기되어 있다. 더욱이 붉은 낙조에 이어 초저녁 하늘엔 여우의 눈썹을 빼닮은 초승달이 산 너머로부터 떠오르고 있기 때문이다.

낭만과 관조가 있는 글이다. 그는 만만찮은 글 솜씨의 임자다. 전공인 그림은 더 빼어나다. 그러니까 그는 이 깊고 푸른 산간에 박혀 늘 그림을 그리거나 글을 쓰며 지구 위의 한나절을 영위하고 있는 것이다.

그렇다면 생계는 무엇으로 도모하나. 원래 부자인가? 아니다. 마당에 세워진 차령車齡 20년쯤의 고물딱지 코란도 지프를 보라. 그는 견딘다. 가난을 껴안아 포용하고 정을 나눈다. 그건 이미 가난이 아니다. 그의 가난은 무능이 불러들인 가난이 아니다. 깨달음에서 유래한 검박儉朴일 뿐이다.

더구나 그는 열심히 일한다. 민박을 쳐서 가계를 꾸린다. 도시의 미술전에 작품도 자주 출품한다. 도시와 적정선의 교제를 나누며 지낸다. 이만하면 되지 않았을까. 이보다 더욱 나은 삶이 대체 무엇이란 말인가.

그렇다면 나의 일상이란 어떠한가. 도시를 떠도는 수상한 늑대라 해야 할까. 체면을 차려 가며 생활 속에서 나름대로 분발하지만 알고 보면 음주와 끽연 쾌락에 찌든 애물단지. 부질없는 소모와 왜곡의 일상을 바라보면서도 그걸 말끔하게 청산하지 못한다.

마음은 자연을 향해 다가간다. 자연의 형제이길 바란다. 산에 가면 소나무를 끌어안고 나무의 온기를 느껴보기도 한다. 진달래 연분홍 꽃잎에 가만히 볼을 비벼 보는 일도 즐겁다. 조용한 냇물이 들려주는 낮고 그윽한 선율에 귀를 씻기도 한다.

그러나 그뿐, 몸은 도시의 수인이다. 미세한 세균이 대기에 진동하는 도시의 일각을 흐린 얼굴로 돌아다닌다. 밥을 찾아. 혹은 위안을 찾아. 서재에서 주점으로. 주점에서 다시 서재로. 이게 줄거리다. 다람쥐 쳇바퀴다.

도시의 악머구리 소음은 끊이지 않는다. 속도전의 포연이 자욱
하다. 머리 터지는 신음이 낭자하다. 아아, 시골로 보내다오! 일쑤
나는 그렇게 속으로 외친다. 불만 혹은 불안에 찬 내가 내 안의 나
를 향해 그렇게 청원한다. 하지만 뾰족한 수가 없다. 아내는 시골
이 싫다. 아직 학생인 아들에게 시골은 차라리 저승보다 낯설고
불리하다. 게다가 무능한 가난이 목을 죈다. 나는 영영 도시 감옥
을 구를 팔자인가. 종신형인가.

그나저나 시골로 간다면 어디로 가나. 우선은 그림 같은 산수
경관이 거기에 있으면 좋겠다. 덜 먹고도 북처럼 배를 두드릴 만
한 무욕을 배울 수 있는 오지 산촌, 그 순수 자연의 슬하에 살고
싶다. 촌색시처럼 순결하고 현자처럼 신성한 숲 속에 오두막을 짓
고 싶다. 숲의 소리 없는 소리에 귀 기울이고, 꽃 핀 나무들의 뜨
거운 숨결에 취하고 싶다. 그럼 삶의 매순간이 명상이 될까?

산양처럼 순하고 현명한 늙은 농부가 이웃에 산다면 더욱 좋겠
다. 그의 건강하고 겸허한 노동을 배워야 한다. 뜨거운 땀 흘려 거
둔 작은 생산물에 순응하고 자족하는 대범한 풍모를 본받아야 한
다. 샘물은 감로처럼 달겠지? 숲을 건너온 부드러운 바람은 청아
한 현을 연주하겠지? 그런 곳에서라면 굶어 죽어도 괜찮지 않을
까? 아사도 이 지독한 자본주의 세상에선 순교가 아닐까?

산골 삶의 옹호자이자 지망자인 나는 이런 생각을 머릿속에 감

추고 살아가고 있는데, 지금 인제 땅 기린면을 여행하며 다시 그 생각을 들추고 있다. 여기가 바로 거기일까? 기린이 바로 그곳일까? 여기 사는 산골 처사들은 행복할까? 만족하고 긍정할까? 무사하고 안녕할까?

아침에만 잠시 햇살 들이치는 아침가리

그 옛날 이 고장 북리의 어느 골짜기에서 개 소리도 여우 울음도 아닌 묘한 짐승의 울음소리가 들렸단다. 사람들은 사슴이 100년을 살면 기린으로 진급한다 믿었는데, 골짜기에서 우는 그 짐승을 바로 기린이라 여겼단다. 그래서 '기린'이라는 이 고장의 지명이 붙게 됐다.

기린. 고대 신화에 나타나는 기린은 상상 속의 동물이다. 산 풀은 밟지도 않고 생물은 뭐든 자시지 않는다는 어진 동물이시다. 진정 뭇 생명을 존중하고 사랑하는 신성神聖이시다. 환경단체들은 왜 기린 문장紋章을 로고로 쓰지 않지?

아무튼, 이 고장 지명이 기린인 것은 기발한 면이 있다. 기막히게 부합하는 구석이 있다. 기린면은 오랫동안 이 나라 제일의 오지였다. 아무도 별 관심 없는 벽지였다. 누구도 들어갈 일 없는 아찔한 산촌이었다. 높고 깊은 산 덩어리들로 이루어진 땅이기 때문이었다.

방태산을 비롯해 점봉산, 가칠봉, 응복산 같은 고산준령들이 치렁치렁 그 장대한 덩치들을 늘어뜨리고 있는 게 아닌가. 그러니 사람의 접근이 쉬웠겠는가. 찻길이 빈약하니 차가 들어가겠는가. 아서라, 와장창 차 우그러진다!

그랬다. 그렇게 산으로 막히고 물로 가려진 고샅이었다. 감춰진 산악 소국이었다. 그사이 기린들이 생육하고 번성했다. 살아 있는 풀은 밟지도 않고 뭐든 생물은 자시지 않는 기린 선생님들이 자연을 잘 간수하셨다. 식생과 생태를 고이고이 잘도 지켜내셨다. 산악 장벽이라는 암기린, 교통 불편이라는 수기린! 이 양자가 동맹 결사를 맺어 사수하고 고수했다. 감사! 감사! 기린 님!

그러나 아뿔싸! 강적들이 나타났다. 슬슬 찻길이 뚫리면서 도시의 신사 숙녀들이 입장하기 시작했다. 매스컴이라는 고성능 확성기가 관광 홍보를 토하기 시작했다. 이 나라에 남은 최후의 비경! 생태계의 보고 진동계곡! 천상의 야생 화원 곰배령! 쉿, 당신만 아세요, 환상 설국 설피마을!

그렇게 홍보하고 광고했다. 사람 팔자만 한순간 뒤웅박인가? 땅 팔자도 순간이다. 대번에 쓱싹 바뀐다. 관광과 답사의 무리들이 몰려들면서 길은 더욱 널찍하게 뚫렸다. 번쩍이는 찻길이 산의 오장육부에서부터 저 끄트머리 맹장까지 거침없이 헤집었다.

기린면은 이제 더 이상 오지가 아니다. 오지는 길이 오고 차가 오고 사람이 오면 맛이 간다. 그렇다면 영영 오지 말라? 이것도 어째 이상하다. 자연은 존귀하다. 그러나 터부도 아니고 절대자일 수도 없다. 기린 선생님에게 배워 상생하면 된다. 공존, 공생, 공영하면 된다. 자연도 내 동포니까. 내 연인이니까. 연인답게 모시고 섬기고 받들면 그게 상책 아닐까.

나는 그렇게 살고 싶다. 도시 생활을 마무리하고 산골짝으로 들어가고 싶다. 그게 취향에 맞다. 가서 자연의 소리를 경청하고 싶다. 땀 흘려 가혹한 노동을 하고 싶다. 산속에는 내가 배울 만한 많은 것들이 있을 것만 같다. 도시에서 잊고 지낸 본원적 가치들 말이다. 그나저나, 이 고장에 사는 산중 처사들은 안녕할까? 자족할까?

물 한 바가지를 떠 마신다. 이런! 물맛이 참말 희한하다. 톡 쏘는가 했더니 뒷맛이 쇠 비린내. 녹슨 쇠를 우린 맛. 철분이 매우 많아서 그런가 보다. 그래서 밥을 지으면 파란 밥이 된다지? 그 유명한 방동약수다. 약수터 옆으론 쏼쏼쏼 계곡수가 흐른다. 응달의 숲은 우거져 검거나 퍼렇다.

기린면에서 방동약수보다 더 소문난 것은 오五가리다. 방태산 자락의 깊고 외진 다섯 군데, 연가리, 명지가리, 아침가리, 명가리, 적가리다. 『정감록』이 귀띔했다고 한다. 나는 지금 아침가리로 간다. 그나마 남은 마지막 오지 산골짝이라는 그곳으로.

길을 따르다 보니 차가 산꼭대기로 올라간다. 그 뒤로는 내리막 연속이다. 울퉁불퉁 산길 위에서 차가 힙합 댄스를 추어댄다. 휴일엔 산악 오토바이가 떼 지어 몰려든다고 한다. 숲을 향해 꾸벽 송구하다 절한다. 숲에 사는 동포들은 엔진 소리에 고막이 안 터졌나 모르겠다. 황조롱이며 소쩍새며 곤줄박이며 부엉이들이 무고한지 모르겠다.

그런데 아침가리는 무슨 뜻인가? 아침에만 잠깐 들이치는 해 아래서 밭을 가는 산골짝이라서 붙은 이름이란다. 그렇겠다. 아침가리에 도착하고 보니 여기도 산, 저기도 산이다. 하늘 가린 산이 파도처럼 출렁거린다. 야수처럼 쉬익 쉬익 거친 산기를 토한다.

계곡은 처녀처럼 얌전하고 정결하다. 열목어, 어름치, 갈겨니, 퉁가리, 쉬리 같은 참신한 물고기들이 거기에 산다. 사람은 안 사는가? 기린이 사나? 그래서 이토록 완연한 순수를 누리는가? 아니다. 산다. 두 가구가 산다. 만나 보자. 안녕하신가 물어보자.

첫 집은 개를 기른다. 송아지만 한 개들이 달려 나와 송곳니를 드러내고 으르렁거린다. 오랜만에 본 낯선 사람이 물어뜯어야 할 짐승처럼 보이나 보다. 나는 짖는 개가 무서워 죽겠는 사람이다. 포기하고 두 번째 집에 사는 남자를 만난다. 풍성한 수염을 길게 늘어뜨렸다. 영락없는 산 사람 모습이다. 그는 자족할까? 모르겠다. 별 말이 없는 남자라 귀에 남은 게 없다. 드디어 말문을 열었을 땐 내가 물을 말이 없어진다.

그냥 좀 우울해진다. 산중 삶은 고독 병을 가져오는가. 그래서 좀 배타적이 되는가. 그럴 수도 있겠다. 자연 속 교실에서 수업한 내공으로 온 세상을 흉물로 바라보는 눈이 열릴 수도 있겠다. 사람이 싫어질 수도 있겠다.

그런데, 이 수염 남자는 전기도 전화도 없는 산중의 밤을 뭐하며 보내나. 별과 교신하나? 교교한 달빛과 통신하나? 남이 알 수 없는 뭔가 만족스런 대책들이 그를 견디게 할 것이다. 사람은 누구나 저마다 독특한 비결을 가지고 살게 마련이다.

그들은 왜 여기에 사는가

방태천을 따라 조침령 쪽으로 달린다. 참 예쁘고 실팍하다. 섬려하고 사랑스럽다. 산천경개 말이다. 어딜 가나 그렇다. 감사! 감사! 기린 님! 다시 이렇게 인사하는 마음이 된다. 길은 씽씽 도처로 뚫렸다. 영업집이 우후죽순이다. 하지만 장하고 순수한 산수다. 매혹 덩어리 산천이 여기에 이렇게 살고 있다.

5월의 산록은 천 마리의 초록 양떼다. 만 마리의 연둣빛 순록이다. 그토록 부드럽고 영롱하고 포실하다. 강물은 도솔천에서 출장 왔는가? 푸르고 그윽하고 심원하다. 요요히 흘러 산의 발목을 적신다. 산과 강이 이렇게 출중한 궁합을 맞춘다. 산이라는 순수 총각과 강이라는 천연 색시가 동거한다. 후끈하다. 화려하다. 눈부셔 차라리 가슴이 저려온다. 쇠나드리에 이르러 설피밭 쪽으로 접어든다.

학교로 들어간다. 기린초등학교 진동 분교장이다. 아이들은 모두 여덟 명. 한 아이만 빼고 모두 부모를 따라 도시에서 이주했다. 이렇게 산촌이 해체되고 개편된다. 토박이들이 물러나고 외지인들이 정착하기 시작한다. 토박이들은 지금 다 어디서 살까? 글쎄다. 도시로 떠났다지만 뒷소식은 아무도 모른다. 아무튼 실상이 그렇다.

6학년 다원이는 도시를 그리워하지 않는다. 1학년 수환이도 마찬가지다. 서울에서 살았던 수환이는 동무들과 산이나 개울에서 노는 게 참 행복하단다. 서울에선 심심했는데 여기선 하나도

해맑게 웃는 기린초등학교 진동 분교 아이들. 전교생이 여덟 명뿐인 이곳 아이들은 모두 꽃이다. 밝고 순하고 초롱초롱하다.

안 심심하단다. 아이들은 모두 꽃이다. 밝고 순하다. 싱싱하고 초롱초롱하다.

산골은 매력적이고 도시는 맹탕일까? 아닐 것이다. 도시는 수렁일 수 있다. 동시에 도시에도 판타지가 넘친다. 무시 못할 매혹을 전한다. 사람마다의 취향에 따라 도시에서도 얼마든지 행복할 수 있다. 한결 합리적이고 모범적인 생을 꾸려나갈 수 있다. 그런 도시에서 벗어나기란 실로 모험이거나 만용일 수도 있다. 그렇다면 설피밭 사람들은 왜 여길 들어왔을까.

이용국(75) 노인의 이유는 심플하다. 위궤양이 그를 이 산골짝으로 인도했다. 병을 다스리기 위해 요양을 왔다가 그만 정들어버렸다. 몸의 병뿐 아니라 마음의 병도 치유했다. 이제 그는 여한이 없다고 토로한다. 안녕한 것이다. 자족하는 것이다.

기린면의 산중 일대엔 모두 20여 명에 이르는 예술인들이 살아간다. 모두 외지에서 들어왔다. 사진가 김철한(46) 씨도 그 가운데 하나다. 김 씨는 중앙 일간지 사진기자 출신이다. 대학을 다닐 때 벌써 백두대간을 탔던 그는 일찌감치 여기 점봉산 자락에 반했다. 그리고 4년 전 드디어 입산했다. 직장을 정리하고 서울을 탈출했다. 조용한 눈길을 가진 이 용감한 남자는 지금은 민박으로 돈을 만든다. 산에서 나물을 뜯어 부수입을 올린다.

그는 안다. 이미 이 산골은 더 이상 참신한 곳이 아님을. 관광 토네이도가 상륙했음을. 어쨌거나 김 씨는 무사하고 무고하다. 폐

한때 서울에서 중앙 일간지 사진기자로 일했던 사진가 김철한 씨와 그의 집 벽난로. 4년 전 점봉
산 자락에 입산한 김 씨가 손수 벽난로에 새긴 가족 그림에서 떨어져 지내는 가족에 대한 애틋함
이 물씬 배어 나온다.

단은 단 한 가지다. 애들 교육 때문에 가족과 생이별 중이라는 바
로 그것. 그는 기러기 아빠다. 그래서 가끔은 외롭다. 홀로 후여후
여 저문 하늘을 나는 외기러기처럼.

  설피밭 지나 삼거리에 사는 이상권(50) 씨도 외톨이다. 그도 외
로울까? 외기러기처럼? 아니라고 한다. 하나도 안 외롭단다. 수염
에 봉두난발을 한 이 유유한 남자는 혹시 도류道流인가. 한소식 하
는 중인가. 산에 살 거라면 돈은 아예 벌지 않아야 한다는 게 이

씨의 이데아다. 그럼 뭘 먹고사나. 흙으로 밥을 짓고 돌멩이 구워 가시를 발릴 수는 없지 않은가. 그가 말한다.

뭐 끄떡없더라고요. 여기 들어와 한 8~9년은 그냥 놀고먹는 재미로 살았어요.

이 씨는 어쩌면 산중 처사의 견본이다. 성욕은 어쩐지 몰라도 물욕은 졸업한 남자처럼 보인다. 한 그루 태연한 나무처럼 허심하고 개운하다. 그러나 그에게도 고민이 있다. 근 10년을 살던 집을 헐어내야 하는 형편에 처했다. 남의 땅을 빌려 집을 꾸민 탓이다.

그래서 지금 새 거처를 지을 궁리에 골몰해 있다. 놀고 지냈던 호시절은 저물었다는 게 그의 이야기다. 아쉬워라. 평생을 궁리 없이 유유자적한다면, 놀이처럼 세상을 지낸다면 그건 어쩌면 찬란한 출세일 텐데. 타의 모범이 되는 쾌거일 텐데.

강선리로 접어든다. 곰배령 가는 길목인 강선계곡의 묘경妙境 속으로 들어간다. 강선降仙. 선녀가 달빛 엘리베이터를 타고 내려오는 걸까. 간밤에도 다녀간 걸까. 계곡가에 수풀가에 만개한 저 들꽃들은 선녀의 종적인가. 흘러내린 선녀 옷의 흔적인가.

황홀하다. 행복하다. 야생 기화와 방초 우거진 원시의 계곡 숲길에서 나는 여로의 절정을 느낀다. 남모를 희열에 젖는다. 그렇게 기쁜 숲길을 걸어 강선리에 닿는다.

햐! 이 기막힌 산골에도 사람이 산다. 조용한 사람들이 오순도순 살아간다. 반갑다. 자연의 음성에 귀 기울이며 살아갈 그들의 어엿한 행운이 참스럽다. 마을 복판에서 한 여자를 만난다. 외국 유학 중에 남편 김수영(40) 씨를 만나 결혼해 강선리에 입촌한 정영희(32) 씨.

이 젊은 여자의 산중 생활은 안녕한가? 자족하나? 그런 것 같다. 자존 혹은 자부로 빛나는 눈길을 가진 정 씨는 지금 둥지 속의 암탉처럼 안전하다. 안온하다. 시나리오 학도인 정 씨는 죽어라 글만 쓰지는 않는다.

먹고사는 일의 수고를 면제 받을 수 있는 곳은 이 세상 어디에도 없다. 그녀는 봄이면 취나물을 채취해 돈을 만든다. 벌도 치나? 송이도 따나? 아마 그럴 것이다. 그건 생계 사업이면서 공부이다. 습작이다. 불안은 없을까. 산의 보호와 감독 안에 머무는 한 충분히 안전한 걸까. 보로도 와인처럼 영혼을 숙성시킬 장소로는 산이 역시 유력한 정처일까.

해 저문다. 이제 나는 도시로 돌아가야 한다. 볼 것 다 보고, 놀 것 다 논 흥겨운 여정이었다. 하지만 내 눈은 짧고 얕다. 고작 이틀간의 짧은 여정으로 산골살이의 실상과 드라마를 훤히 들여다보기도 어렵다. 빙산의 일각을 보았을 뿐이다.

그러나 산의 둥지 안에 머문 산촌 사람들은 어김없이 말한다. 시련도 많지만 만족은 더 많다고. 그들의 낮은 목소리엔 강한 자

강선리 입구에서 만난 등산객들과
강선리 풍경. 곰배령 가는 길목인
강선계곡을 지나 강선리에 닿는
길에 야생 기화와 방초 우거진 숲
길을 만난다.

신감이 실려 있다. 이게 어디 하루아침에 얻은 경지일까.

이 순간도 그들은 노력한다. 자청해서 산에 들어온 사람다운 인내와 용기로 산중의 고난과 고독을 끌어안는다. 비록 호의호식은 아닐망정 자연의 협찬 속에서 괜찮은 영일寧日을 누린다. 자연의 아우라 안에서 야무지게 버티고 견딘다.

그런 그들의 인간적 품위가 해 아래 드러난 사물처럼 선연하다. 산의 모성과 관용 아래에 사는 일의 보람이 이와 같다. 그러하니 내가 갈 곳이 산 아니고 다른 어디일 수 있으랴.

가련다, 떠나련다, 산으로. 그러나 꽁무니에 달린 족쇄가 무겁다. 이를 무엇으로 끊나. 도시를 탈출할 묘수를 어느 가게에서 구입하나. 하산 길에 바람이 불어 등을 민다. 몸은 밀려 산을 내려가지만 마음은 뒤에 남아 뒤척인다.

강원도 인제군 기린면

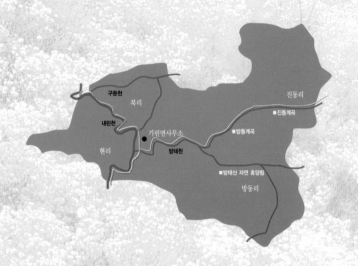

강원도 인제군 기린면은 더 이상 오지는 아니다. 레저와 개발의 회오리가 거세게 몰아치는 휴양 지구로 변모했다. 군郡 당국이 지정한 민박 집만 130여 곳에 이른다. 내린천의 래프팅과 산악자전거나 오토바이 질주가 성행한다. 산수 경관 좋은 곳엔 주로 외지인들이 들어와 산다. 이젠 포화를 이뤄 남은 자리가 없을 지경이다. 이런 양상을 보면 이게 난리판 같기도 하다.

그러나 기린의 산수는 여전히 알토란이다. 아침가리에 도착하면 때 묻지 않은 우리 산수의 원초적 장엄미를 느낄 수 있을 것이다. 방태천을 따르는 여로에선 산과 강의 절정에 달한 조화미를 감상할 수 있다. 진동리 설피밭에선 오지 산촌의 변천사를 염두에 둔 탐승探勝이 흥미롭다. 도보로 걸어 들어가게 되어 있는 강선리에선 원시림에 가까운 식생과 아름다운 계곡 풍치에 사로잡히게 된다. 강선리를 경유하는 곰배령 트레킹도 참신하다. 서울에서 홍천과 철정, 상남을 거쳐 기린면 현리에 도착한다. 대중교통은

기린면 아침가리

동서울터미널이나 상봉터미널에서 인제행 시외버스가 30분 간격으로 운행된다(소요 시간 3시간 30분). 인제읍에선 현리행 군내버스가 수시 운행되고 있다.

봉덕동 산속의 하늘밭화실(☎033-461-4905)은 최용건 화백이 운영하는 민박 집이다. 설피밭마을의 풀꽃세상(☎033-463-2321)은 세쌍둥이를 키우는 문학도 이하영 씨가 운영하는 펜션이다.

가 볼 만한 산 길

진동리 하늘찻집 부근의 삼거리를 기점으로 한다. 강선리 계곡으로 들어가 40분쯤 걸려 강선마을에 닿은 뒤, 산길 소로를 1시간 40분가량 오르면 고산 초원 곰배령이다. 곰배령에서 점봉산 정상까지는 1시간 30분이 걸린다. 5월과 6월에는 철쭉꽃 천지가 된다.

거리가 술렁거린다. 사람들로 출렁거린다. 장날이다. 면내 복판 장터에 난전들이 즐비하다. 푸르고 붉고 노란 채소와 과실들이 봄 햇살 아래 싱싱하다. 탱탱하다. 알록달록 원색의 옷가지들이 임자를 기다린다. 어물전에선 비린내가 진동한다. 여기저기서 소탈한 흥정이 벌어진다. 정겨운 풍경이다. 따사롭고 푸근하다.

정류장에선 잇달아 사람들이 버스를 타고 내린다. 장 보러 오는 사람과 장 보고 돌아가는 사람들이 엇갈린다. 아는 얼굴들끼리 마주서면 으허허허! 웃음소리가 터진다.

군 의원 출마자가 버스 문짝 앞에 웨이터처럼 들러붙어 명함을 뿌린다. 촌로들에게 직각으로 처억 허리를 꺾는다. 촌로들은 명함을 손에 들고 이게 무슨 묘한 물건인가 하듯 눈을 끔벅거린다. 깐

마늘쪽처럼 말끔하게 차려입은 출마자가 윙크 같은 눈인사를 건넨다. 별안간 튀밥 튀기는 폭음이 뻥! 고막을 뒤흔든다. 구수한 튀밥 냄새가 장터에 번진다.

장터 국밥 집 쥔장에게 장날은 신명나는 날이다. 손님들이 밀려든다. 국수 집도 순대 집도 모처럼 영업집 노릇을 야무지게 한다. 자장면 집에도 생기가 어린다. 새벽부터 전을 차린 장돌뱅이들은 후끈한 국밥으로 뒤늦은 허기를 달랜다. 얌전한 아낙들은 주로 자장면을 시켜 먹는다. 수줍고 깔끔한 사내들은 국수를 후루룩 후루룩 냉큼 먹어 치운다.

장이 무르익어 갈 즈음의 주점에선 술 타작이 벌어진다. 남정네들이 좌석을 채운다. 일말의 호기를 부려 "주모! 여기 한 상 거하게 차려 보소!" 하고 왝왝 외친다. 용을 그리고 그 눈을 그리지 않으면 그건 용이 아니다. 장날에 왔다가 한 잔 술을 목에 털어 넣지 않으면 그건 장날도 아니다. 예의도 도리도 아니다. 체면이 구겨진다.

김 씨가 이 씨 잔에 술을 따른다. 박 씨는 소주를 세 병 깔 것인가, 네 병 깔 것인가 의논에 붙인다. 윙크 선수인 군 의원 출마자가 안주로 오른다. 인물 평론에 시국 토론이 이어진다. 어험! 어험! 목에 힘준 발성을 토하며 죽 쑤는 농정農政을 규탄하다. 오물통 같은 세사世事를 논설한다. 장날의 주점은 사교장이다. 중구난방과 갑론을박이 얼싸안고 스텝을 밟는 댄스홀이다.

모처럼 신명나는 장날이다. 국수 집도 자장면 집도 순대 집도 모처럼 영업집 노릇을 야무지게 한
다. 그림자처럼 따라온 허기를 달래려 시장통에서 받은 상차림은 군더더기 없이 깔끔하다.

임계 오일장은 원래가 정선군 관내에서도 알아주는 장이었다. 규모가 정선장 못지않았던 그 시절
그 여운이 지금도 남아 있다.

요즘의 시골 장은 대부분 중병 들고 골병이 들어 응급실에 누워 있다. 가쁜 숨을 쌕쌕 몰아쉰다. 임종을 기다린다. 산골 장날 특유의 야성과 개성이 빛바랬다. 이게 참 아까운 일이다. 섭섭한 사연이다. 여기 임계면臨溪面의 오일장도 예전의 그 오동통한 장이 아니다.

산골 사람들은 허리 휘어질 노동으로 평생을 들판에서 근무한다. 그 덕에 흔히들 관절염에 디스크를 껴안고 살아간다. 오일장도 마찬가지다. 불경기라는 관절염으로 시련을 겪는다. 경쟁력 상실이라는 디스크로 와지끈 허리가 무너진다. 임계장은 그런데 조금 다르다. 아직은 살아 있다. 그럭저럭 체면을 챙긴다.

임계 오일장은 원래가 굉장히 큰 장이었다. 정선군 관내에서 알아주는 장이었다. 정선장 못지않게 씽씽했다. 임계도 교통의 요충지기 때문이다. 강릉, 삼척, 태백 등지를 연결하는 도로가 교차하는 것이다. 그래서 옛날부터 팔러 오는 사람과 사러 오는 인구가 남실거렸다. 장이 크다 보니 면의 위용도 제법 번듯했다.

그 시절 그 여운이 지금도 좀 남아 있다. 꽤 반듯한 고장이다. 어느 정도 사람들이 버글거리는 산골이다. 패대기쳐진 듯 을씨년스런 여느 산촌에 견주자면 말이다. 그렇다고 어라, 임계는 유별나게 어엿한 시골인가 보다, 하고 생각한다면 그건 오해가 아닐 수 없다. 시원치 않기는 거기서 거기다.

오늘날 이 나라에서 시골은 의붓자식이다. 가여운 팥쥐다. 다리 밑에서 주워온 고독한 외톨이처럼 홀대 받는다. 산업과 상업이 창궐하는 도시는 날로 증식한다. 반대로 시골은 나날이 졸아들고 으스러진다. 도시는 피둥피둥 살 붙은 비육우다. 시골 살을 베어 먹고 몸이 불었다. 시골은 앙상한 뼈만 남은 쭈그렁바가지 들개다.

이 점에서 시골 사람들은 착한 사마리아인처럼 선량하다. 순진하다. 좀체 저항하거나 투쟁하지 않는다. 그냥 꾸욱 참는다. 팔자로 돌리고 참아 버린다. 장날에 모처럼 마신 한 잔의 술을 빌어 좀 투덜거릴 뿐이다. 독을 뿜는 법이 없다. 도시에 넘치는 매몰찬 적의 같은 것은 시골에 유통되지 않는다. 사나운 사람은 시골에 살지 않는다. 사람다운 관용을 저버리지 않는다. 품위를 벗어던지지 않는다. 도시의 동포와 시골의 동포가 이처럼 서로 다르다.

돈 될 것이 별반 없는 곳이 시골이다. 돈 벌 일이 그리 많지 않은 게 산촌이다. 그래서 시골 사람들의 전공은 가난이다. 또, 그래서 돈독에 물들 여지가 없다. 도시는 돈독의 교두보다. 아울러 개발독의 전진 지구다.

개발독, 이건 정말 무서운 독충이다. 뭐든 뒤엎는다. 뭐든 덥석 삼킨다. 산을 타살하고 들을 교살한다. 후미진 산골은 그래서 오히려 다행스럽다. 후미진 나머지 개발 독충의 공격을 모면한 것이니까.

임계면은 그 견본이다. 탁월하고 모범적인 보기다. 산이 살아 있고 냇물이 어엿하다. 더구나 그것들은 양귀비처럼 수려하다. 조물주의 선물처럼 특출하다. 명품 자연이다. 따라서 임계면을 '최후의 오지'라 한다면 그건 아무래도 미흡하거나 진부하다. '최고의 승경과 생태 환경 지대' 라는 기호를 덧붙여야 옳다.

저 강물 소리는 어떤 소식을 실어 나르는가

　장터와 작별한다. 난전을 빠져나온다. 어디로 갈 것인가. 바람이 등을 미는 대로 갈까. 아니다. 강물을 따라 가자. 강변엔 꽃 핀 봄 나무들이 지천이다. 물오른 연둣빛 나무들이 강물을 사열한다. 강물 소리를 명상한다. 초록 수면과 교감한다.

　나무가 강에게 묻는다. 강이여, 긴긴 겨울 동안 홀로 외롭진 않았는가? 강이 답한다. 친절한 봄 나무여, 그대의 꽃 핀 몸 향기로 오직 어지러울 뿐이라네. 나무가 킬킬거린다. 강물이 배배 몸을 비틀며 키득거린다.

　강 이름은 골지천이다. 태백 땅 창죽골 검룡소에서 태어난 물길이다. 이 골지천은 임계면 봉산리에서 편입생 하나를 받는다. 강릉 쪽에서 흘러온 임계천을 접수하는 것이다. 그러고는 흥청흥청 대지를 적시며 운행한다. 산과 산 사이 칠칠한 골짜기를 여행한다. 구불구불 뱀처럼 몸을 꼰다. 점차 강의 교태가 발전한다. 미태가 완성된다. 완벽한 강 절경이 배출된다.

　구미정九美亭은 바로 그 대목에 끼어 있다. 행복한 강변 정자다. 아찔한 강 풍경을 온몸으로 탐닉하니까. 강 둘레의 기암과 푸른 숲을 독점하고 있으니까. 정자 주변에 반서(盤嶼, 하천의 바위섬), 평암(平岩, 평평한 바위), 취벽(翠壁, 푸른 절벽), 층대(層臺, 층층이 쌓인 대), 석지(石池, 돌 연못) 등 아홉 가지 절승이 동거해 구미정이다.

지금의 구미정은 물론 원본은 아니다. 현대에 이르러 해체해 다시 지었다. 정자 마루에 걸터앉아 풍경을 바라본다. 순수한 정경이다. 저토록 참신한 경관은 드문 법이다. 눈이 즐겁다. 산협과 강물과 암벽이 합작한 병풍 산수화다. 자연의 자동기술법이 발현된 절경이자 예술이다.

귀도 즐겁다. 초록 강물이 연주하는 청아한 선율에 심취한다. 간간이 현을 타는 바람 소리의 합주에 도취한다. 저 강물 소리, 저 바람 소리는 지금 어떤 소식을 실어 나르는가. 어떤 향유를 머금었기에 귀가 이렇게 맑아지는가.

골지천을 따라 내려간다. 강물은 점차 깊어진다. 강폭은 넓어진다. 탕탕 흐른다. 흐르고 흐른 골지천은 나전에서 오대천과 혼인해 조양천으로 이름을 바꾼다. 조양천은 동강이 된다. 동강은 다시 남한강으로 진급한 뒤 마침내 한강의 명패를 붙이기에 이른다. 그래, 잘 가거라 순정한 강물이여. 이렇게 하직하고 산간으로 들어간다. 반천리를 거쳐 고양리 상승두골에 닿는다. 첩첩산중의 오지 벽촌이다. 문명사회의 바깥이다.

신기철, 신용철 형제가 편저한 『새 우리말 큰 사전』을 보자. 오지를 이렇게 설명한다. "해안이나 도시에서 멀리 떨어진, 대륙 내

부의 깊숙한 땅"이라고. 그렇다면 상승두골은 오지의 샘플이다. 오지 중의 오지다. 그런데 사전적 해설은 현실과 썩 부합하지는 못하는 것 같다. 지리적 정황만을 읊고 있다. 요즘의 지리적 오지는 일쑤 사전적 개념을 충족시키지 못한다.

보라. 저 이름 있는 오지들에 불어닥친 무차별한 개발 광풍을. 무분별한 관광 토네이도를. 그곳이 아무리 도시와 멀다고 하더라도 돈이 될 만한 건더기가 발견되면 인정사정 볼 것 없다. 상업 자본이 상륙한다. 펜션이 들어선다. 식당이 난립한다. 그곳이 제아무리 험악한 깡촌이라 하더라도 우아한 자연 풍광이 거기에 생존하기만 한다면 별장이 떠억 들어선다. 유복한 전원 생활자들이 입장한다. 약삭빠른 투기꾼들이 땅덩어리를 통째 사들인다.

아무래도 오지를 말하는 사전 설명은 다시 쓰여야 한다. "자본이 노리고 부자들이 염탐하는 마지막 투기장"이라고. 아니다. 그렇게 써서는 안 된다. 광고 효과 외엔 거둘 게 없다. 이렇게 써야 한다. 그나마 남아 있는 오지를 오지답게 건사하기 위해서는 이렇게 적어야 할 것이다. "오지, 그것은 이 시대에 남아 있는 우리 산야의 마지막 허파이자 최후의 순수 성감대"라고.

얼마 남지 않은 지리적, 생태적 오지들을 도굴꾼들이 들쑤시고 다니면 이젠 거덜 난다. 오지라는 순결한 처녀를 난봉꾼들이 기어코 유린하겠다고 덤빈다면 그걸로 종친다. "꾼들은 가라! 겁탈하지 말라!" 이렇게 외쳐야 맞는 일일지도 모르겠다.

울력하는 아낙이 부르는 〈정선아리랑〉

상승두골. 사자성어 같다. "기분이 상승해 두개골이 밝아오는 마을"로 푼다면 제법 그럴싸하다. 상승두골에 접어들자 정말 떠오르는 기분이다. 마을 가득 오지 특유의 야생 산기山氣가 약동한다. 4월 숲의 그윽한 정수가 흐른다. 햇살은 크리스털처럼 투명하고 영롱하다.

하지만 한심한 벽촌이다. 산으로 꽉 막힌 새앙쥐 소굴이다. 여기에 사는 사람들은 웬 유별난 배짱이란 말인가. 운명과 무슨 고약한 계약이라도 맺은 것인가? 화전 시대에 발생한 가옥들은 삭은 느타리버섯처럼 초라하다. 벌건 속살을 드러낸 비탈밭은 척박해 보인다. 이래서야 사람 사는 품위를 어떻게 보장받을 것인가.

그러나 짧은 생각이다. 결례가 되는 편견이다. 상승두골 주민들은 끄떡없다. 무사하다. 안녕하다. 경제의 불리함은 만성이라서 견딜힘이 생겼다. 문화가 허전하지만 자연이 대역을 해 준다. 새소리 공연이 날마다 펼쳐진다. 물소리, 바람 소리의 콘서트도 끊이지 않는다. 주민들은 은연중에 깨닫는다. 자신들의 삶이 자연의 감독과 보호 속에서 그럭저럭 안전하다는 걸. 도시에 없는 깨끗한 공기와 꿀 같은 물이 보약에 다르지 않다는 걸.

이는 어쩌면 오지 사람들의 자위에 불과할 수 있다. 한줄기 자존심의 표현일 수 있다. 하지만 그들은 자족한다. 순응하고 긍정한다. 그럴 수밖에 없으며, 그러다 보니 그게 내면화 되었다. 오지의 팍팍한 삶을 오직 팍팍하게만 바라보는 관점엔 외양 안에 깃든 내심을 깊게 보지 못한 과장이 실려 있기 십상이다.

이 마을 토박이 이철균(52) 씨의 눈빛을 보자. 만족감으로 가만히 빛난다. 맑고 순하다. 노루처럼. 그의 영혼도 그럴까? 요가 수행자처럼 허심한 심혼을 얻었을까? 모를 일이다. 단지 그 고요한 동태로 그가 산처럼 정결한 마음의 임자인 걸 짐작한다. 그 겸손한 언설로 습성이 된 진실성을 알아차린다.

지는요, 말주변이 원캉 없걸랑요.

그 숫기 없는 노루 남자는 이렇게 말문을 연다. 나직나직 오지 산촌의 인생 경영을 들려준다. 일찍 들판에 취직한 그는 지금은 배추 농사로 식구들을 부양한다. 조금 먹고 조금 누니까 뭐 그다지 힘들 게 없다고 한다. 서울은 평생 네댓 번 구경했단다. 제일 즐거운 일상의 나들이는 임계 오일장에 출입하는 거라고 한다.

이만하면 됐죠? 산다는 게 머 말캉 맘먹기 달린 거 아닌감요?

노루 남자는 그렇게 소박하다. 씨익 웃으며 뜬구름을 쳐다본

산기슭 양달에 주민들이 모여 있다. 누군가의 뫼를 다시 쓰는 중이다. 푸짐한 웃음소리가 자꾸 터지는 즐거운 두레다. 전통이 살아 있다는 증거다.

다. 그의 늙어가는 주름 골조차 푸른 산줄기처럼 싱그럽다. 비록 갖가지 간난에 시달릴망정 삶의 어떤 근본적인 감사함에 조용히 옷깃을 여미는 자세엔 무시하기 어려운 광량이 서려 있다.

저기 저 산기슭 양달에 주민들이 모여 있다. 울력이 벌어진 모양이다. 산역이다. 벌초인가 했더니 개장改葬이다. 누군가의 뫼를 다시 쓰는 중이다. 손발이 척척 맞는다. 고인을 회상하고 추념하는 덕담이 쏟아진다. 푸짐한 웃음소리가 자꾸 터진다. 흥겹다. 즐거운 두레다. 전통이 토실토실 살아 있다는 실증이다. '이웃사촌'

의 미풍이 건재하는 현장이다. 오지 산골의 따끈한 인심, 인정, 인덕을 관람할 수 있는 전람회장이다.

문득 구성진 악곡이 들려온다. 〈정선아리랑〉이다. 호미로 뗏장을 투덕거리던 아낙 하나가 〈정선아리랑〉을 부른다.

시아버지 죽고 나니
사랑 널러 좋더니
자리보전 떨어지니
시아버지 생각나네 -

아낙의 작사일까? 아낙은 뫼 속 고인의 며느리다. 매웠던 시집살이가 새삼 사무쳤나 보다. 시아버지를 향한 그리움이 가슴에 여울졌나 보다. 모두들 박수를 치며 앙코르를 청한다. 수줍어하는 아낙이 다시 소리를 한다.

시아버지 돌아가시니
안방 차지 내 차지
보리방애 찧고 보니
시아버지 생각나네 -

아낙의 소리 뒤를 이웃들의 후렴이 받친다. 세마치장단의 느린

호미로 뗏장을 투덕거리던 아낙 하나가 〈정선아리랑〉을 부른다. 매웠던 시집살이가 새삼 사무쳤
는지 아낙의 아라리 가락은 징글맞도록 구성지다.

코러스가 산자락에 울려 퍼진다.

아리랑 아리랑 아라리요 –
아리랑 고개로 나를 넘겨 주오 –

구성진 가락이다. 그 청승맞음이 별미이고 그 애절함이 진국이다. 라이브 〈정선아리랑〉을 듣고 있는 나의 귀는 오늘 넘치는 호사로 즐겁다. 오지 토박이들이 만들어 내는 소리의 흥취. 이를 함께 누리는 나는 아주 값진 선물을 받은 셈이다.

상승두골을 나오면서 머릿속이 개운해진 걸 느낀다. 훼손되지 않은 자연과 구겨지지 않은 사람살이의 모습에 솔바람 세례를 받은 양 마음이 환해진다. 도전리의 내도전마을을 향하면서 산촌 순례의 감흥이 더욱 짙어진다. 절정의 여정으로 치닫는다.

내도전은 상승두와 쌍벽을 이루는 임계면 제일의 오지다. 해발 700미터의 중산간 마을이다. 괘병산, 중봉산, 고적대 같은 고봉들에 둘러싸인 산촌이다. 굽잇길을 뱅뱅 돌아 내도전에 닿는다.

자연에게도 생산의 자궁이 있나 보다. 자연도 옥동자를 분만하나 보다. 내도전이라는 옥동자, 이는 자연이 거둔 쾌거다. 경사다. 골짜기는 깊고 밝아 유현幽玄하다. 계곡은 장부처럼 헌칠하면서 세공처럼 정치精緻하다. 연둣빛 계류는 감로甘露의 다발이다. 나뒹구는 수석은 비단을 두른 듯 부드럽고 미끈하다.

이 기막힐 풍경의 교향악 앞에서 차라리 할 말을 잊는다. 굴복하고 순종하는 심정이 된다. 자연이 낳은 옥동자 내도전의 무사함을 기원하는 일 외에 다른 생각이 들지 않는다. 그 순정한 경관이 고이고이 간수되기만을 염원한다. 해가 지고 어스름이 밀려온다. 하지만 발길이 떼어지질 않는다. 이를 어쩌나.

강원도 정선군 임계면

깊고 푸른 산간 지구인 정선군 일대는 어디나 순수한 자연경관이 펄떡거린다. 그래서 답사 인원도 넘친다. 사시사철 여행자들이 찾아든다. 임계면은 그런 면에서 보자면 좀 뿔 빠진 사각이다. 정선군 내 다른 면 지역에 비해 그럴싸한 관광 요소가 적은 편이니까. 하지만 이 약점은 실상 강점이다. 관광 개발의 때를 거의 타지 않은 바람에 오히려 순수한 자연이 유지되고 있는 것이니.

오늘날 한국의 산간 지대 가운데 임계면처럼 온전한 자연환경이 살아남은 곳은 그리 많지 않다. 임계면에 도착하면 일단 봉산리의 구미정을 탐승한다. 골지천의 경승이 극적으로 고조되는 지점에 있다.

구미정은 조선조 숙종 때 공조참의를 지낸 이자(李慈, 1652~1737) 선생이 지은 정자다. 원래는 구미정사九美精舍라 했다. 이자는 저 난잡한 당쟁에 멀미를 느낀 나머지 이곳에 은거했다. 정사를 지어 후학을 가르쳤다. 시

장날의 주점은 갑론을박이 춤추는 댄스홀

305

회와 강론을 베풀며 노년의 고독을 늘렸다. 풍류를 누렸다. 구미정 동쪽 저편 봉산마을엔 이자의 거처였던 수고당이 남아 있다.

구미정에서 반천리를 거쳐 고양리 하승두를 지나면 상승두마을이 나온 다. 화전 시대의 전래 습속을 더듬을 수 있는 마을이다. 강원도 산골살이 의 원본이라 할 수 있는 오지다.

상승두를 나온 뒤엔 42번 국도를 타고 동해시 방면으로 달려 백봉령의 경치를 감상한다. 멀리 동해시의 전경과 푸른 동해의 파도마저 눈에 들어 온다. 도전리는 매우 아름다운 산촌이다. 외도전에서부터 전개되는 수려 한 풍치가 내도전에서 절정을 본다. 임계 오일장 구경도 산촌 여행의 운 치를 배가시킨다. 매달 5자와 10자 붙은 날에 장이 선다.

영동고속도로 하진부나들목으로 빠진 다음 오대천을 낀 33번 지방도로 를 따른다. 나전굴다리 밑을 통과, 바로 좌회전하여 동해 방향 42번 국도 로 달려 여량을 거쳐 임계면에 도착한다.

메주와 첼리스트

임계면 소재지인 송계리의 노블 레스모텔(☎033-563-2326)이 새 로 생겨 깨끗하다. 역시 송계리 에 있는 신촌식당(☎033-562- 6158)은 산채 백반을, 대동식당 (☎033-563-1252)은 손칼국수를 잘 하는 집으로 알려졌다. 백복 령휴게소의 식당들에서는 감자 옹심이 같은 토속음식을 즐길 수 있다. 가목리에는 매스컴에 의해 널리 알려진 된장 판매 업 체인 메주와 첼리스트(☎033- 562-2710)가 있다.

가 볼 만한 산길

괘병산(掛屏山, 1,201.5m)은 수병산樹屏山이라고도 하는데 울창한 수림으로 유명하다. 일찍이 사람들의 숭배를 받았던 산으로 암벽이 흰색으로 변하면 비가 온다는 이야기가 전해 온다. 정상의 동해 조망이 압권이다. 등산로는 잘 정비되어 있다. 내도전마을을 산행 기점으로 해서 배나무재와 삼거리를 거쳐 정상에 오르는 데에 약 2시간이 걸린다.

장날의 주점은 갑론을박이 춤추는 댄스홀

앞산 소나무와 뒷산 바위는
그들의 사촌

— 충북 보은군 회인면 —

오늘도 봄날의 절정이로군요. 5월의 아찔한 봄 제전이 오르가 슴을 향해 치닫는군요. 나무들은 어언 연둣빛을 벗고 싱그러운 초록 옷을 갈아입었습니다. 벚꽃, 개나리, 진달래들이 마구 흐드러졌던 무대에 이제 이팝나무며 아카시아가 꽃을 피워 올립니다. 샛노란 민들레도 제 한살이의 영일榮日을 뽐냅니다. 흰나비, 노랑나비가 흩날리는 꽃잎처럼 너울너울 허공을 날고, 꿀벌들이 꽃무더기에 내려앉습니다.

만물이 생동하고 약동하는 계절이로군요. 모든 생명마다 신이 내린 본분을 다해 개화하고 발정하고 교미하는 맹렬한 봄날이로군요. 애무의 손길처럼 스쳐 지나는 미풍으로 5월의 대기는 벌써 후끈합니다. 생육하고 번성하는 만물들의 은근하고도 거침없는

앞산 소나무와 뒷산 바위는 그들의 사촌
309

내통으로 온 세상이 질탕합니다. 발랄하고 충만합니다.

그렇기에, 지구 위에 서식하는 미물 가운데 한 종류인 저 역시 문득 깨어납니다. 생기 넘치는 봄날의 합주에 반색합니다. 여장을 꾸리고 길을 나서게 됩니다. 봄날의 민감한 징후들과 만나고 싶어 산골짝으로 들어갑니다. 충북 보은군의 산중 오지인 회인면懷仁面으로 접어듭니다.

저는 피반령이라는 고개를 넘어 회인으로 들어섭니다. 피반령은 제법 가파른 고갯마루. 겨울 폭설엔 여지없이 통금령이 내려지는 비탈길. 옛날에 이 고개를 도보로 넘자면 일쑤 발바닥에 피가 맺히는 '핏발'이 되었다고 해서 얻어진 이름이라지요. 고갯마루 아래 아스라한 저편으론 청주시의 원경이 펼쳐지는군요. 고개턱을 넘어서자 급한 내리막이 이어지고 잠깐 사이에 회인면 소재지에 닿게 되는군요.

회인은 산들로 가득한 산촌입니다. 산 너머에도 산, 산 옆에도 산, 온통 산으로 뒤덮인 벽촌입니다. 내로라하며 번쩍이는 명함을 내미는 고봉은 아니더라도 산의 건아, 산의 충신들이 주름주름 대지를 섭렵하고 있습니다. 노성산(507m), 국사봉(552m), 사자봉(369m), 부수봉(360m) 등이 말갈기 같은 칠칠한 준령을 늘어뜨린 것이지요.

그래서 평야 지대는 상대적으로 협소하기 그지없습니다. 북부의 산지에서 발원한 금강의 소지류가 면내를 관류하는 가운데 발생한 연안의 비좁은 농경지가 그나마 들판 노릇을 하고 있군요. 농민들은 이 궁색한 농토를 두더지처럼 뒤져 소출을 냅니다. 쌀, 고추, 잎담배, 딸기, 오이 같은 작물을 거두어 생계를 도모합니다.

하지만 이게 아주 고역이라고 합니다. 허리 휘어질 들판 노동에도 아랑곳없이 경제의 속내라는 게 매양 싱겁고 팍팍한 것이니까요. 산이 많아 보기에 아름답지만 주민들의 살이는 고달프니 섭섭한 일입니다. 산수 경관을 마냥 즐겁게 음미하기엔 마음에 걸리는 게 많은 벽촌입니다.

그렇지만 회인은 역사의 한 굽이 속에서 자못 번성한 장소였죠. 조선 초기부터 회인懷仁이라는 이름으로 현縣의 명패를 붙이고 있다가 고종 때는 군郡으로써 위신을 세웠던 고장입니다.

이후 일제를 거치면서 그만 일개 면面으로 굴러 떨어졌는데, 거기에 가속도가 붙어 추락에 추락을 거듭한 나머지 오늘날의 영세성을 불러들이게 되었군요. 하지만, 역사의 유서 깊음을 증거하는 일련의 상속물들이 남아 있어 이 허전한 벽지를 덜 허전하게 만듭니다. 어엿한 과거사에서 유래한 자존의 표정이 깃들어 덜 쓸쓸합니다.

산촌 사람들에겐 근본적인 독창성이 있다

면 소재지를 벗어나 한결 외진 산촌을 찾아갑니다. 조선 말의 성리학자 호산 박문호의 연구실이었던 눌곡리 도로 변의 단아한 풍림정사楓林精舍를 둘러본 뒤, 산중 소로를 따라 한참 깊숙이 들어가 막다른 길 끝에 자리한 용곡3리를 만납니다. 다듬잇돌처럼 납작한 민가 여남은 채가 들어앉은 첩첩산중 벽촌이지요.

숲 속의 가수들인 산새들이 우짖고, 들꽃들이 화드득 피어나고, 졸졸졸 냇물이 흐르는 중에 고추 심기 울력이 한창이군요. 주민들이 한데 어울려 고추를 심다가 새참을 먹는 풍경이 펼쳐지고 있군요. 국수 양푼을 제각각 손에 든 아주머니와 할머니들이 키득키득 웃으며 떠들며 훌훌 국숫발을 건져 자시고 있군요.

발걸음이 다람쥐처럼 민첩한 사진가 준식 씨가 부리나케 달려가 찰칵찰칵 사진을 찍습니다. 방금 핀 채송화처럼 야무지고 청순한 기자 혜정 씨는 국수를 얻어먹습니다. 제게는 팥빵이 건네집니다. 호사로군요. 풋풋하고 도타운 산골 인심에 마냥 즐겁습니다. 유쾌합니다. 새참의 흥취 탓일까요. 모두들 표정이 밝습니다. 낯선 객들에게 아무런 경계심을 내보이지 않습니다. 한 아주머니가 자랑합니다.

있잖유, 울마을은 말유, 회인서 젤 인심 좋은 마을여유. 증말여유.

그러자 다른 아주머니가 협찬합니다.

맞아유. 당최 니꺼 내꺼가 따로 읍다니깐유. 호호호!

아무렴, 지당한 말씀일 테지요. 그녀들의 순하고 선한 눈길이 이미 제 마음을 흔들어 놓고 있습니다. 어느 고매한 도덕군자로부터 인심, 인정에 대한 교양 강좌를 경청한 일이 없을지언정, 이 마을 사람들은 뭔가의 저력으로 전래의 본질적인 인성과 인격을 살뜰히 잘 간직한 채 살아가는 걸로 보입니다. 이는 아무래도 자연의 모성 안에 사는 사람들의 특권이거나 이권이 아닐까요. 앞산의 소나무며 뒷산의 너럭바위는 필경 그들의 순수한 이웃사촌일 것입니다.

60여 년째 담배를 입에 물고 살아왔지만 허리 꼿꼿하기가 대나무와도 같은 고귀주(86) 할머니가 누리는 건강 생활도 앞산과 뒷산에 넘치는 야생의 에너지를 평생 포식해 온 덕일 겁니다. 깊은 산촌의 순결한 정기가 보약으로 작용해 온유한 인성을 배양하고 강건한 육신을 허용한 게 아니라면 다른 무엇이 그 이유일 수 있을까요.

잠시 동안의 만남이지만 용곡마을 주민들과 나눈 맛있는 대화들이 즐겁습니다. 하룻밤을 머물며 노인들과 많은 얘기를 나누고 싶어집니다. 삶을 대하는 그들의 온유한 지혜와 눅진한 해학에 귀 기울이고 싶습니다. 그들이 비록 자신의 생각을 조리 있고 분명하게 표현하

60여 년째 담배를 입에 물고 살아왔
지만 허리 꼿꼿하기가 대나무와도 같
은 고귀주 할머니. 할머니의 건강 비
결은 깊은 산촌의 정기를 평생 보약으
로 삼았던 덕분일까?

는 일에 서툴망정 뭔가 특유의 근본적인 독창성이 있을 것입니다.

귀 기울여 듣는 사이 어언 철학의 표정을 머금고 드러나는 그
들의 소박함과 진실함과 정직함을 발견하게 될 것입니다. 그런 그
들과의 교제는 어쩜 현자와의 소통처럼 한결 그윽한 쪽으로 발전
할 수도 있지 않을까요. 반평생을 공부하는 먹물로 살아온 저는
여전히 날건달이지요. 알고 보면 이기적인 살쾡이지요.

이로써 배운 자와 덜 배운 자의 차이라는 게 별반 의미를 가지
지 못한다는 걸 알게 됩니다. 용곡마을 사람들이 보여 준 유순하
고 허심한 삶의 풍정을 마음에 담은 채 다시 길을 나섭니다.

매혹, 세속이 멀어지다

99세 노스님의 특별한 힘

이제 저는 쌍암2리에 도착합니다. 왕벚꽃이 흐드러진 수려한 산촌이로군요. 산수 경관 빼어나고, 마음도 푸근해지고, 몸도 개운 해지는 길지吉地로군요. 여기에 기탄없이 육신을 의탁한 채 만족스 럽고 쾌활한 여생을 누리고 싶어지는 그런 유망한 산골이로군요.

산천경개를 바라보는 사람들의 안목은 대개 비슷한 모양입니 다. 이 마을의 미모와 덕성을 눈치챈 도회 사람들 여럿이 이미 여 기저기에 둥지를 틀었으니 말입니다. 이 마을에 입주하고 싶어 안 달이 난 나머지 차례가 오기를 기다리는 이들이 드물지 않다는 얘 기도 들립니다.

마을의 고로古老 정상옥(76) 씨는 쌍암2리에서 인물이 많이 나왔 다며 긍지 어린 미소를 짓습니다. 예를 들자면 어떤 분들이 그런 분들이냐고 묻자 노인이 답합니다.

거시기유, 면장도 나왔지, 농협장도 나왔지, 에 또, 도의원
도 나왔지, 머 그렇지유.

햐! 제 입이 벌어지며 슬며시 웃음이 나옵니다. 노인의 소탈하 고 소박한 인물 자랑에 공감을 느낍니다. 그 벼슬이 대통령이든 면장이든, 닭 벼슬이든 뜸부기 벼슬이든, 타인의 자랑이 되고 보

람이 되는 인물이라면 그는 영락없이 참된 인물이 아닐까요. 저는 면장만이 아니라 훌륭한 면서기가, 야무진 부녀회장이, 멋진 동네 이장이 우후죽순처럼 배출되기를 기원해 봅니다. 이 마을 출신의 면장과 도의원이 향촌을 위해 맨발로 뛸 것을 빌어 봅니다.

쌍암2리의 위쪽에 있는 쌍암3리에는 장대하고도 기묘한 돌탑들이 있군요. 산속 여기저기에 공들여 쌓은 돌탑 군락이 산재하는 겁니다. 지금은 저승에 머무는 이李 도사라는 이가 쌓았다고 합니다.

이 도사는 예언가이자 도인이자 치료사를 자처했던 인물이었던 것 같습니다. 따르는 무리들을 통솔해 산속 곳곳에 돌탑군群을 조성했는데, 상공에서 내려다보면 탑군의 전체적 형상이 한반도 모습을 하고 있다는 겁니다. 남북통일은 물론 지구의 화평을 기원하는 돌탑이라 합니다.

이 도사는 박정희 암살 사건의 날짜와 시간마저 사전에 정확하게 예언하고 중앙에 진정서를 제출하기도 했다 하는군요. 이게 괘씸죄에 걸려 징역을 살기도 했다지요. 아주 특이하고 불운한 이력을 가진 산림 거사였습니다.

이곳에선 지금도 그의 제자 되는 남자가 혼자 살아가며 날마다 돌탑을 쌓고 있습니다. 이 남자처럼 우리가 모르는 사이에 누군가 지구의 평화를 위해 분발하고 있는 한 지구의 종말은 그리 쉽게 도래하지 못할 것입니다. 이 괴상한 세상이 그럭저럭 무사하게 굴러가는 건 알아주는 이 없어도 그저 돌탑을 쌓아 지성을 다하는

쌍암3리에 있는 돌탑 군락은 장대하고도 기묘하다. '이 도사'라는 사람이 무리들을 통솔해 산속 곳곳에 조성했다는 돌탑은 남북통일은 물론 지구 화평을 기원한다고 한다.

저 남자의 덕분일지도 모릅니다.

다시 산길을 오릅니다. 쌍암의 정겹고 산뜻한 산언덕을 오릅니다. 비탈밭에서 일하는 농사꾼 부부를 바라보며, 바람 소리 , 새소리, 물소리에 마음을 헹구며, 들꽃 향기 , 나무 향기, 숲 향기에 오감을 흠뻑 적시며, 산길을 오르고 휘어지고 굽이돌아 보덕사라는 암자에 들어섭니다.

절집이라지만 추레한 고가 한 채에 법당을 차린 게 전부인 아담한 산문이로군요. 하지만 씽씽한 산기운이 사태처럼 범람하는 군요. 5월 숲의 정수가 농축 가스처럼 뭉치어 생동하는군요. 새삼 마음이 밝아지고, 몸이 맑아집니다.

　이 마음, 이 몸 그대로 푸른 그늘에 큰 대大 자로 누워 오수 삼매에 떨어지면 그게 바로 도솔천일 텐데, 일단은 목을 축이기 위해 샘물가로 다가갑니다. 문짝을 매단 샘물 속을 들여다봅니다.

　그때, 쩌렁! 느닷없는 고함이 터집니다.

　이봐! 문 열지 말어! 당신이 괴기를 묵었는지 멀 묵었는지 어떻게 알겠냔 말여! 부정탄닷!

　에쿠, 벼락 치는 호통에 놀란 저는 궁시렁거립니다. 별일! 웬 사나운 영감님이람! 하고 말이지요. 하지만 그게 아니로군요. 사실상 황공한 일이로군요. 송구한 사태로군요. 저로 말하자면 '괴기'는 물론 별의별 잡동사니를 배 속에 채우며 살아가는 짐승이지요. 별것을 다 먹고 별것을 다 토하는 중생이지요. 그래서 곧바로 머리를 조아립니다.

　대갈일성의 주인공인 주지 허각 스님에게 죄송하다 머리를 조아립니다. 스님은 벌레 씹은 얼굴로 끄응! 마땅찮다는 호흡을 토하더니 차갑게 돌아섭니다. 낫자루를 손에 들고, 탕탕 땅거죽이 울리는 씩씩한 걸음을 걸어 밭으로 들어갑니다.

　이제 절간엔 뒤통수를 긁적이는 저와, 다람쥐처럼 걸음새가 민첩한 준식 씨와, 채송화를 닮은 혜정 씨, 그리고 허각 스님의 아들이라는 청년 하나가 남아 있습니다. 스님에게 아들이? 이게 눈살 찌푸릴 이변 같지만 허각 스님은 대처승입니다.

청년이 마가목차를 내옵니다. 아버지 허각 스님의 역사를 간추려 들려줍니다. 여덟 자손을 생산한 허각 스님의 나이가 올해 99세라는 얘기를 전합니다.

막내를 72세에 생산했다는 소식도 알립니다. 아하! 제 입에서 감탄사가 터집니다. 준식 씨와 혜정 씨도 놀란 눈을 끔벅입니다. 저는 수천년 묵은 희랍의 미라를 본 적이 없듯이, 99세 된 인간의 실물을 한 번도 상면해 본 일이 없는 사람이지요. 겨우 70세쯤으로 보이는 그 정정한 허각 스님이 99세 노령이시라니, 이는 살아 있는 전설처럼 뼈근한 감동이로군요.

허각 스님은 무슨 오묘한 비결을 지닌 것일까요? 잘못 만들어진 신의 피조물일까요? 그게 아니라 신의 특별한 협찬 작품일까요? 그럴 테지요. 부지런히 생육하고 번성하는 숲 새에게 신의 따스한 눈길이 어리듯, 노스님에게도 보호하고 편달하는 신의 시선이 모이는 것일 테지요.

아무렴요. 부처의 실력일 겁니다. 허각 스님 안에 동거하는 부처의 가호 덕분일 겁니다. 한사코 부정不淨을 멀리한 채 나름의 도량을 닦아온 이가 누리는 응분의 지복이겠지요. 선업善業의 결산편이겠지요.

충북 보은군 회인면

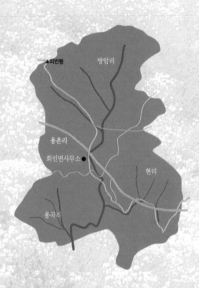

충북 보은군 회인면은 접근이 쉬운 오지 산촌이다. 청주시에서 30분 안짝에 닿을 수 있으며 교통도 편리하다. 이렇게 접근성이 좋지만 회인은 실상 산으로 가득한 이방이다. 이곳의 산중을 순례하는 가운데 도시는 아득히 멀어진다. 도시의 소음과 소동은 물론, 도시에서 배양된 욕망의 구성 분자도 어언 새롭게 조립된다.

산중에 들어 비로소 사람은 사람답게 고귀해지고 신성해진다. 더럽혀지지 않은 산수만큼이나 오염되지 아니한 회인 주민들의 의식 감성 내용도 답사의 여정을 한결 내면적인 것으로 만들어 준다. 부근엔 이름 날린 속리산이 있으니 함께 묶어서 여정을 짜는 것도 실속 있겠다.

용곡리의 골초 할머니 고귀주 씨, 보덕사의 허각 스님과 사교하는 재미도 흐뭇하겠다. 아름다운 산촌의 견본을 관람코자 한다면 쌍암2리에 입장한다.

경부고속도로 청원나들목으로 나온 뒤 청주와 청원, 가덕을 거쳐 회인에 닿는다. 피반령산골가든(☎043-544-6688), 달동네식당(☎043-542-9016)이 있다. 숙소로는 피반령 아래에 그린파크(☎043-543-4283)가 있다.

가 볼 만한 산길

회인면 용곡리 호점산에 있는 호점산성을 산행한다. 최근에 각광받는 코스다. 전설에 따르면 최영 장군의 태가 묻힌 산이라 하며 금으로 만든 칼이 묻혀 있다고 한다. 용곡리의 회룡야영장을 통해 쉽게 오를 수 있다.

앞산 소나무와 뒷산 바위는 그들의 사촌

선율처럼 흐르는 산길, 푸른 산촌의 매혹

— 충남 청양군 대치면 —

하필이면 가는 날이 장날이 아니라 운 좋게도 가는 날이 장날이다. 2자, 7자 붙은 날마다 청양靑陽 읍내에 오일장이 서는데 오늘이 바로 장날인 것이다. 날로 시들고 야위고 까칠해지는 게 시골 장이다. 헬쑥해지고 꺼벙해지다 못해 종국엔 어이없는 임종을 고하기도 하는 게 시골 장의 운명이다.

그러나 장날은 여전히 술렁거린다. 운동회 날처럼 흥겹고 정겹다. 하늘도 은연중에 스폰서 노릇을 맡아 초봄다운 청명한 햇살을 청양의 지상으로 출장 보낸다. 청양 장터는 물론 읍내 전체에 화기가 어린다. 온기가 흐른다. 청양 땅 이 골짝 저 골짝에서 행장을 차리고 허험! 괜스레 헛기침 크게 울리며 출타한 촌로들이 군내버스에 실려 장터거리로 들어선다.

춘삼월의 청양 오일장은 때깔도 참 좋다. 장 보러 나온 사람들은 장보기에만 여념 없는 것이 아니라 오랜만에 만난 동무들과 수다며 너스레를 떠는 일에도 여념이 없다.

나는 지금 시장 안, 사람들로 북적이는 모퉁이의 허름한 선술집에 앉아 창밖 경치를 내다보고 있다. 주모는 하염없이 늙었으나 굳세기가 박달나무 방망이와도 같다. 거의 온 생애를 이곳 시장통 주모로 근무한 나머지 그녀는 청양장의 역사와 풍속에 통달해 버렸다. 그녀의 간증을 요약하자면 이렇다.

좋았던 시절은 진즉에 가 버렸슈!

오일장의 맛이 가 버렸다는 평론이다. 슈퍼니 하이퍼니 마트가 들어서면서 재래시장의 상권이 기도 안 찰 지경으로 졸아붙고 우그러들었다는 얘기다.

하지만 춘삼월의 장날은 이거 참 때깔도 좋다. 그런대로 풍성하고 그럭저럭 옹골차다. 난전 장돌뱅이들은 방금 건진 고등어처럼 쌩쌩하고 차돌처럼 야무지다. 장 보러 나온 사람들은 장보기에만 여념 없는 것이 아니라 오랜만에 만난 동무들과 수다며 너스레를 떠는 일에도 여념이 없다. 시골 사람들에게 장날은 사교와 소통의 길일이다.

대치면大峙面 상갑리에서 오전 10시 30분에 발차한 군내버스를 타고 장터에 등장한 복기성(87) 노인은 사교에는 관심이 없다. 그는 동구 밖의 한 그루 느티나무처럼 조용한 성품의 소유자이기 때문이다. 복 노인은 다소곳이 뒤를 따라 걷는 아내와 함께 지금 소풍을 즐기고 있을 뿐이다.

복작거리는 장날의 산책이 복 노인에겐 매우 우아하고도 거의 유일한 소풍 행사에 해당한다. 그는 평소의 고질인 관절염 진료를 위해 단골로 드나드는 병원에 들렀다가 장터에 들어와 국밥으로 점심을 즐긴 뒤 좀 방정맞지만 어디까지나 만족스럽게 터져 나오는 트림을 끄윽! 토한다.

그리고 얼마 전 경칩 날 땅 속에서 튀어나온 개구리보다도 더 싱싱한 장터 사람들의 훤한 얼굴들을 감상하며 산보를 거듭한다. 그리고 빈손으로 돌아가기가 섭섭한 나머지 어물전에 들러 별다른 흥정도 없이 구입한 생선 몇 토막이 들어 있는 봉지를 덜렁거리며 장터를 빠져나간다.

복 노인의 연약한 어깨 위로 한낮의 햇살이 뭉턱뭉턱 떨어져 내려 치약 거품처럼 부걱거린다. 그는 오늘 무척 만족스러운 일진을 누린 게 분명하다.

이제 나는 칠갑산(七甲山, 561m) 자락으로 접어든다. 청양은 금북정맥이 지나는 산간 고을이며, 칠갑산은 청양의 산들 가운데에 단연 양양하고 창창한 진산鎭山이다. 계룡산, 가야산과 함께 충남의 3대 명산에 꼽히는가 하면 서쪽으로는 오서산, 남쪽으로는 성태산, 북쪽으로는 국사봉이 펼쳐지는 그 한가운데에 자리한 이 산은 멀리 백제 시대로부터 사람들의 섬김과 기림을 받아온 성산聖山이었다.

청양의 옆댕이 부여를 도읍으로 삼았던 백제의 산천 숭배 이데올로기는 각별한 바가 있었다. 명산 대첩을 향한 거국적 제례를 국정의 한 가지 어엿한 테마로 삼았을 지경이었다. 여기에서 칠갑산의 고상하고도 심오한 명패가 유래했다.

천지만물의 생성을 주관한다는 칠원성군七元星君의 칠七 자와 천체 운행의 근간이 되는 육십갑자六十甲子의 핵심인 갑甲 자를 조합해 칠갑산이라 명명했던 게 아닌가. 일곱 명의 장수가 나올 갑자형의 일곱 군데 명당이 있어 칠갑산이라 불렀다는 풍설도 전해진다. 현대에 이르러선 언제부턴가 "충남의 알프스"라는 별명이 붙어 이제까지 널리 유통되기도 한다. 산세가 자못 성성하고 수려하다는 비유일 텐데 좀 어색하게 부풀려진 서구식 별명이라는 느낌을 감추기 어렵긴 하다.

장곡사 대웅전이 두 곳인 이유

개구리는 이미 동면에서 깨어났는데 칠갑산은 언제 봄빛을 머금으려 하는가. 3월 중순의 칠갑산은 둔한 겨울잠의 마지막 터널을 빠져나오고 있다. 혼미하고도 나른한 기지개를 켜며 침상에서 일어날 낌새를 보이고 있다.

부드러운 초봄의 훈풍이 산의 이마를 건드리고, 벌써부터 발정한 봄새들이 쪼르릉! 쪼릉! 싱그러운 노래를 토해 산의 귓전을 쿡 쿡 찔러댄다. 칠갑산 기슭 여기저기에 이제 머잖아 꽃불이 옮아 붙을 것이다. 팝콘 튀기듯 타닥타닥 산 벚꽃이 화사하다 못해 요사한 꽃잎을 피워 올리리라. 폭죽이 터지듯이 연분홍 진달래가 연달아 피어나리라.

칠칠한 칠갑산이 있어 청양은 충남에서 으뜸가는 산간 고을이라는 소리를 듣는다. 칠갑산 한치고개를 도보로 넘어야 했던 과거엔 아찔하고 아득한 오지라는 평판이 자자했다.

이렇게 산이 많고 고개도 높은 바람에 오랫동안 벽촌 대접을 받았던 청양 안에서도 대치면은 후미진 산촌으로 널리 유명했으며, 지금도 유난히 산 깊은 동리로 알려졌다. 칠갑산 자락에 둥지를 튼 덕분에 산도 좋고 물도 좋은 산촌, 그게 바로 대치면이다.

그런데 대치면이 비록 옴팍하고 외진 산촌이라지만 근래에 이르러 새로운 운세를 누리게 되었다. 고대로부터 명성 높은 영산靈山이었던 칠갑산은 오늘날 등산과 관광의 명소로 진화했다. 경관 좋은 곳으로 놀러 다니는 인구가 늘어나면서, 아울러 "콩밭 매는 아낙네야"로 시작되는 〈칠갑산〉이라는 가요가 두루두루 퍼지면서 칠갑산을 알아보거나 마음에 새겨둔 이들이 불어나게 되었고, 마침내 유람 명소로 부상했다.

따라서 대치면을 드나드는 인원도 크게 늘어났다. 청양군 안에 칠갑산 외엔 이렇다 할 명승이나 명소가 드물다는 점도 관광 지구

대치면의 탄탄한 위상에 이바지하고 있다.

칠갑산 남서 기슭의 깊숙한 골짜기에 자리한 장곡사長谷寺는 유서 깊은 고찰이다. 신라 문성왕 때에 보조국사가 창건한 것으로 전해지는 이 절에는 국보 한 점과 보물 넉 점을 비롯해 불교 유산들이 수두룩하다. 그래서 답사와 순례의 발길들이 잦다.

일주문을 들어서 산길 소로를 한동안 걸어 오르자 운학루가 나타난다. 직경 2미터가 넘는 법고와 목어, 그리고 길이 7미터에 이르는 고색창연한 통나무 그릇이 한눈에 들어온다. 밥통 혹은 콩나물 재배 용기였을 것으로 추정되는 거대한 규모의 통나무 용기를 감상하자니 그 옛날 이 절에서 수행했을 스님들의 식사 정경이 상상 속에 떠오른다.

둥! 둥! 둥! 법고를 울리고, 탕! 탕! 탕! 목어를 난타해 정신의 미명과 미혹을 다스리고자 진력했을 옛날 승려들의 간절한 불심을 생각하게 된다. 이 절에서 마침내 한소식 하고서 사바의 고해를 가볍게 넘어선 고승들이 어디 한둘이겠는가. 유서 깊은 고찰의 향취가 이래저래 깊기만 하다.

국내에는 대웅전이 두 개가 있는 절이 하나 있는데 그게 바로 장곡사다. 어느 절에서든 흔히 보게 되는 석탑이 전혀 없는 이색 역시 장곡사의 특징이다. 그렇다면 이 절의 대웅전은 왜 두 개일까.

두 개의 대웅전은 동남향과 서남향으로 좌향을 달리하여 거의 일직선상으로 경사진 비탈의 상부와 하부에 각각 자리했다. 위의

장곡사는 국내에서 유일하게 대웅전이 두 개 있는 절이다. 두 개의 대웅전은 동남향과 서남향으로 경사진 비탈의 상부와 하부에 각각 자리했다.

것을 상대웅전(보물 제 162호), 아래의 것을 하대웅전(보물 제 181호)이라 부른다. 고증할 만한 역사 문건이 없어 상·하 대웅전의 조성 내력을 정확히 알 수는 없다.

하지만 바람에 실려온 설화는 다음처럼 설명한다. 칠갑산 남동쪽 자락에 있던 도림사라는 절이 임진왜란 때 불길에 휩싸였는데 용케 화를 면한 대웅전을 여기 장곡사로 이전하면서 두 개의 대웅전이 동거하게 되었다고.

또 다른 설화의 귀띔도 그럴싸하다. 장곡사는 본시 영명한 기도 효험으로 소문난 약사여래 도량이었다는 것. 기도하는 족족 소원을 이룰 수 있다는 것. 그래서 저자에서 찾아드는 우바이, 우바새들로 늘 북적거렸고, 그 바람에 기도객들을 위한 하대웅전과 스님들의 수행을 위한 상대웅전이 별개로 성립하게 되었다고 한다.

상대웅전은 문자 그대로 문화적 보고다. 국보 제58호로 지정된 철조약사여래좌상부석조대좌鐵造藥師如來坐像附石造臺座와 보물 제174호인 철조비로자나불좌상부석조대좌鐵造毘盧舍那佛坐像附石造臺座가 법당 안에 모셔져 있다. 법당의 바닥에 나무 마룻장 대신 벽돌이 깔려 있다는 점도 이채롭다. 법당 앞뜰에 샘물이 흐르는 것으로 보아 아마 수맥을 고려한 조성이 아닐까 추정하는 사람들이 있지만 확실하진 않다.

상대웅전 영역에서 장곡사 답사는 절정을 이룬다. 천년 고찰의 향기에 젖어들면서 부처의 품에 기댄 듯한 평안을 얻을 수 있다. 내가 알았거나 알고 지내는 모든 이들을 위해 마음을 모아 기도하고 싶어진다. 그를 위해, 그녀를 위해, 부처에게 가만히 기도의 마음을 보낸다. 미약한 나의 기원이 얼마나 효력이 있을까마는 이렇게 모처럼 착한 사람이 된다.

잠깐 동안의 각성일망정 순수하게 열리는 마음을 바라보게 된다. 내 안에도 순결한 마음이라는 쓸모 있는 물건이 들어 있었다는 걸 깨닫게 된다. 그래서, 일천 살에 육박하는 나이를 자셨다는 법당 앞의 느티나무 아래에 서서 남모를 만족과 안도를 누리는데,

그러는 중에도 봄날의 미풍은 자꾸 불어와 등을 떠민다. 부드러운 훈풍이 그 고운 손을 뻗어 내 손을 잡아끌며 갈 길을 다시 가자고 재촉한다.

곳곳에 장승이 있다

청양 땅을 여행하는 길손은 아마 이런 감탄사를 발할 것 같다. 어! 이 고장엔 장승이 유난히도 많구나! 그렇다. 청양은 진절머리 나도록 매운 '청양고추'의 주산지이기 이전에 유명하고도 고명한 장승 고을이다.

산이 많은 청양엔 산신제가 많았던 한편, 산에 사는 나무들을 기리고 섬기는 장승제도 허다하게 펼쳐졌다. 석장승이 아닌 목장승 일색의 장승이 많은 연유가 이와 같다. 음력 정월이면 목장승을 새로 세우는 풍습이 면면히 전승되었으며, 예로부터 전해오는 〈나무 노래〉가 있으니 일테면 다음과 같은 식의 가사로 불려진다.

사시사철 사시나무
십리 절반 오리나무
열의 갑절 스무나무
한 치라도 백자나무

대치면 마을 곳곳에서는 장승들을 쉽게 만날 수 있다. 근래에는 장곡사 가는 길목에 장승공원이 조성되었다.

갈기갈기 가락나무
거짓 없이 참나무 —

이 고장 사람들은 마을 어귀마다 목장승을 세워 수호신의 역할을 맡겼다. 장승의 영묘한 에너지를 받아 풍년과 안녕과 복덕을 얻을 수 있다고 믿었다. 그렇기에 장승을 만드는 일은 성스런 의례였으니, 장승용 나무를 베러 가는 일을 마을 사람들은 "장승을 모시러 간다"고 존칭으로 표현했다.

이런 장승 신앙은 오늘날까지 명맥이 이어지고 있다. 대치면

곳곳의 마을 입구에서 여차하면 장승을 만날 수 있으며, 영업집들
마저 퉁방울눈의 장승을 깎아 세워 인테리어 효과를 거두고 있다.
근래에는 장곡사 가는 길목인 장승리에 장승공원을 조성하기도
했다. 청양 지방의 전통 장승을 비롯하여 시대별, 지역별로 각각
의 장승들을 세움으로써 사라져 가는 토속신앙인 장승문화의 보
존과 홍보를 도모한다.

청양 산수의 대표이사가 칠갑산이라고 한다면 그 상무이사는
지천之川이라는 물줄기다. 칠갑산의 헌칠하고 실팍한 산세와 지천
의 얌전하고 개운한 수세가 자아내는 조화와 합주를 감상하는 데
에 대치 탐승의 진수가 놓여 있는 것이다.

어미 돼지의 젖꼭지에 주렁주렁 매달린 새끼들처럼 칠갑산 자
락 여기저기에 둥지를 튼 이 마을 저 마을의 대지를 적시고 흐르
는 지천이야말로 이 고장 사람들의 유구한 생명줄이라 할 수 있
다. 이 유력하고도 유능한 지천의 냇가에 서서 멀고 가까운 곳의
인가 경치를 바라본다.

모성의 산에 안긴 사람의 마을들은 어디나 안온하다. 발길은
점점 깊어지는 산길로 접어든다. 작천리를 지나 개곡리開谷里로 향
한다. 대치면의 제일 오지이기에 청양의 제일 오지이고, 그래서
충남의 제일 오지에 속할 수밖에 없는 개곡리로 들어선다.

개곡리로 인도하는 산길은 거의 음악이다. 산등성이로 오르는
소로는 리드미컬하고 길가의 풍치는 엘레지처럼 은은하다. 능선

과 능선을 술렁술렁 넘어온 바람은 길 위의 여행자를 위해 부드럽고도 여린 현鉉을 연주한다. 봄날의 영감에 사로잡힌 산중 찻길을 그렇게 흐뭇하게 휘휘 돌아 오르고, 굽이굽이 에돌아 들어가자 마침내 길이 끝난다.

그리고 거기 길 끝에서 개곡리마을이 길손을 보듬어 맞이해 준다. 비록 마을 어귀에서 사람 하나 볼 수가 없지만, 마치 환대 받는 것 같은 기분을 느낀다. 마을의 아늑하고 곱살하고 산뜻한 풍경이 매우 정겹기 때문이다. 밤나무 과수원과 뒷산과 20여 호의 민가가 어우러진 소담하고 천연스런 정취에 마음마저 환해진다.

물이 좋아 사람도 좋은 마을

마을의 참신한 전경을 두 눈으로 온전히 내려다보기 위해 뒷산 언덕배기를 오른다. 거기 언덕 옆댕이 수풀더미 속에서 고라니처럼 순하고 토끼처럼 천진한 할머니 한 분을 만난다.

올해 98세인 이 할머니는 아궁이에 불쏘시개로 집어넣을 솔가지를 긁어모으고 있었다. 엄동은 지났지만 노인의 방은 아직은 불기를 필요로 하는 것이리라. 할머니를 도와 솔가지를 부대에 쑤셔 넣은 뒤 언덕 아래 거처까지 옮겨 드린다. 할머니는 거듭거듭 치하하며 며느리가 집에 있었더라면 막걸리라도 한 잔 대접할 텐데 그걸 못해 미안스럽다고 자꾸 아쉬워하신다.

아드님 내외는 출타하셨나 봅니다.

에그, 우리 아들이 병원에 입원했다우.

어디가 아픈가요?

감나무에 올라갔다가 떨어졌어.

저런! 많이 다쳤나요?

응, 갈비뼈가 똑 부러져서 꼼짝을 못혀.

그래서 할머님이 손수 나무를 하셨군요.

맞어. 그려도 끄떡없어. 도시 사는 아들 손자 며느리들이
장작을 잔뜩 뽀개 놓고 갔거든.

아. 다행입니다.

근데, 워짜? 약주도 한 잔 대접 못혀서……. 누가 오면 그냥
안 보내는디 말유.

다음에 다시 오면 주세요.

그랴, 그럴게. 꼭 다시 와야 혀.

네, 고맙습니다.

꼭 다시 와, 다시 와야 혀.

다시 와야 혀, 다시 와야 혀를 연발하는 할머니를 뒤로하고 마
을 복판으로 들어간다. 고색창연하면서도 말쑥한 골목길. 미풍이

도란거리며 지나는 낮은 처마들. 빨랫방망이를 탕탕 두드리며 빨래를 하는 아낙이 있는 공동 우물터. 뒷산 숲에서 잇달아 들려오는 산새들의 지저귐. 그리고 이 마을의 원천적 질료인 정적과 평온. 눈여겨 바라볼수록 볼 것도 많고 느낄 것도 많은 산촌이다. 산천은 포근하고 마을은 소박하니 이 둘의 어울림이 형제처럼 어엿하다.

비록 집들은 낡고 허름하지만 자존의 빛이 완연하고, 뒷산의 푸름이 어려 마을의 분위기는 정갈하다. 그래서 마치 누가 가져갈세라 서둘러 주머니에 집어넣는 심정으로 풍경을 탐닉한다. 이렇게 되면 길손의 마음에는 새순이 돋는다. 번거로운 마음을 내려놓은 자리에 바람처럼 가벼운 여유가 찾아든다.

하지만 이 마을엔 없는 것이 많아 일상의 불편도 많다. 도시에 넘치는 재화와 문명이 이 산촌엔 극도로 결핍되어 있다. 대신에 가난과 자연이 그 자리를 채운다. 하지만 없어서 좋을 것도 많아 다행하고 다복한 마을이기도 하니, 그 가운데 가장 특별한 것은 범죄라는 품목이다. 도시에 창궐하는 온갖 착취형, 비착취형 범죄가 여기 개곡리에선 도무지 일어나지 않는다.

보라. 황영조의 목에 매달린 올림픽 금메달처럼 이 마을 어귀에 자랑스럽게 걸려 있는 "범죄 없는 마을"이라는 목판 표찰을. 무려 열 개의 표찰이 걸려 있는 것인데, 이는 지난 10년 동안 벌금 5,000원 이상의 벌책을 받게 되는 그 어떤 유형의 사소한 범법도

황영조의 목에 걸린 금메달처럼 마을 어귀에 '범죄 없는 마을' 목판 표찰이 자랑스럽게 걸려 있다. 지난 10년 동안 어떤 범법도 이 마을에서는 일어나지 않았다는 증거물이다.

이 마을에서 일어나지 않았다는 증거물이다.

개곡리에서 태어난 이래 줄곧 붙박이로 살아온 조명환(72) 씨는 이 희귀한 자랑거리에 어깨가 으쓱해진다. 비록 운명처럼 가난을 끼고 살망정 범죄가 없으니 인심이 좋고, 인심이 좋으니 사람살기에 별 불편이 없는 마을이라고 자랑한다.

개곡리에 범죄가 없는 이유가 뭘까요?
그거야 나쁜 사람이 없다는 뜻이죠.

개곡리 조명환 씨는 인심 좋고, 사람 살기에 불편이 없는 이 마을 자랑이 입에서 떠나질 않는다. 햇살이 따사롭게 들이치는 마당에서 조 노인의 일상사를 듣자니 쫄깃쫄깃 귀가 즐겁다.

나쁜 사람이 왜 없을까요?

물이 좋기 때문이죠.

물이라고요?

물이 좋으니 사람도 좋은 거유.

아하! 그렇군요.

사시사철 약수 같은 샘물이 펑펑 쏟아지거든요.

그 유명한 청양고추가 무척 매운 걸로 보자면 청양 사람들

도 좀 독하지 않을까 생각이 드는데요?

어이쿠, 난 청양고추 못 먹어. 겁나게 맵더라고요.

청양고추는 왜 그렇게 매울까요?

그야 종자 자체가 매운 것이죠. 청양 사람이 매운 것이 아니고요.

요즘 어르신의 관심거리는 무엇인지요?

도시서 사는 자식놈들 걱정 외에 다른 건 없슈.

다들 잘 살겠죠?

그렇죠만, 그래도 늘 걱정이 됩니다. 워디 가서 나쁜 짓 하덜 말아라, 쌈박질 말아라, 음주운전 하덜 말아라, 이렇게 충고하고 있슈.

햇살이 따사롭게 들이치는 마당에 앉아 조 노인의 일상사를 듣자니 쫄깃쫄깃 귀가 즐거운데, 그의 아내 이춘희(63) 씨가 차를 내온다. 부부가 뒷산에서 캐온 마 뿌리를 갈아 만든 차다. 차 한 잔에 스민 인정과 정성을 생각하며 목으로 차를 넘긴다.

목으로 흘러든 차는 식도를 거쳐 위장으로 여행할 텐데 그것의 약효는 너무도 빨리 나타나 순식간에 속이 시원해진다. 온몸에 잔잔한 온기가 번지고, 마음 기슭으로 솔바람이 불어온다. 산골 인심의 약발이 이처럼 명백하다.

충남 청양군 대치면

산지보다는 들판이 많은 충남권에서 청양군은 산지 비율이 가장 높은 고장. 교통이 열악했던 과거엔 충남 제일의 오지로 손꼽혔다. 하지만 충남 안에서 최고 높은 고개인 한치에 터널이 뚫린 이래 사통팔달의 교통로를 구비하면서 이젠 어디서나 접근이 어렵지 않게 되었다.

역사가 그 이름을 기려온 칠갑산을 비롯한 야트막한 산들이 많은 바람에 찾아드는 사람이 많아 어언 충남 유수의 휴양 지구, 관광 지구로 승진했다. 칠갑산 자락에 둥지를 튼 대치면은 청양 안에서 단연 산 좋고 물 좋은 산촌이다. 대치 답사는 칠갑산 산행과 병행하는 게 짭짤하다.

장곡사를 통해 칠갑산을 오르거나 반대의 여정을 택하면 좋다. 이른바 기도발 잘 서는 절로 알려지기도 한 장곡사에선 두 개의 대웅전의 이색을 감상하고, 아울러 다수의 성보 문화재들을 관람한다. 장곡사 아래 장곡리의 장승공원에선 전통 장승 신앙의 모든 것을 음미할 수 있다.

장곡리를 나온 뒤엔 까치내 유원지를 비롯, 지천구곡의 아기자기한 승경을 즐긴다. 지천은 칠갑산에서 발원한 여러 골의 물길이 합수한 냇물로 종국에는 부여 백마강으로 흘러든다. 지천에서 잡힌 참게는 예로부터 궁궐에 진상되었는데 요즘에는 양식 참게를 많이 생산한다. 작천리를 지나면 낮은 산들로 병풍을 두른 개곡리에 닿을 수 있다.

청양 최후의 오지가 바로 개곡리다. 꽤 규모 있는 밤나무 과수원을 끼고 들어앉은 이 중산간 마을은 오래된 산촌의 갖가지 구성 요소를 온존하고 있다. 오래된 민가, 오래 산 토박이들, 더 오래된 자연상들이 어울려 산촌 탐승의 별미를 만끽하기에 마땅하다. 마을의 풍치와 풍정에 반해 요즘엔 아예 개곡리로 이주해 사는 도시인들도 나타나고 있다.

대치면 상갑리의 가파마을도 둘러볼 만하다. 메뚜기 잡기, 연날리기 천연염색, 숲 생태 관찰 등 각종 전통문화 체험 프로그램을 마련해 도시인들에게 값진 산촌 체험을 하게 한다.

청양읍 군량리에 있는 고운식물원(☎041-943-6245, www.kohwun.or.kr)은 아이들과 함께 찾으면 좋은 곳. 산 하나를 통째로 일궈 식물원으로 변모시켰다. 이 때문에 다른 식물원들과 달리 인공의 냄새가 덜 난다. 11만여 평의 식물원에는 단풍나무와 침엽수, 자작나무원, 유실수원, 야생 화원, 장미원, 수생식물원 등 20여 개 주제 정원이 있으며 봄부터 가을까지 다양한 꽃과 나무들을 만날 수 있다.

산을 가볍게 오른다는 기분으로 관람로를 따라 천천히 둘러볼 경우 2시간 남짓 걸린다. 5,000종에 가까운 다양한 수목과 꽃들이 자라는 만큼 식물도감을 지참하면 관람의 재미를 두 배로 누릴 수 있을 듯.

서해안고속도로 광천나들목으로 나와 614번 국도와 29번 국도를 따라 청양읍을 거쳐 장곡사로 향한다. 경부고속도로를 이용할 때엔 천안나들목으로 나와 공주를 거쳐 36번 국도를 타고 칠갑산 마치고개를 넘어 장곡사에 도착한다.

대치면 광대리엔 칠갑산자연휴양림(☎041-943-4510)이 있다. 칠갑산휴게소 쪽에 있는 호텔칠갑산샬레(☎041-942-2000)는 알프스 산장풍 호텔이다. 장곡민박산장(☎041-943-0661), 칠갑모텔(☎041-943-5002)도 묵을 만하며 읍내에도 한마음모텔(☎041-943-0057) 외에 깨끗한 모텔이 많이 있다.

민박은 청양농협대치지소(☎041-943-3610)로 문의한다. 대치면의 까치내 주변에는 참게 양식장들이 여럿 있다. 참게 요리는 요즘 청양을 대표하는 먹을거리의 하나. 칠갑산 참게장의 원조격인 충청수산이 운영하는 둥지가든(☎041-943-0008)이 유명하다.

청양은 구기자의 명산지다. 청양의 고품격 구기자의 비결은 그 기후와 토질에 있다고 알려졌다. 청양구기자농협(☎041-943-6998)을 통해 구입한다.

가 볼 만한 산길

칠갑산 등산 기점은 매우 다양하다. 제일 많이 이용하는 기점은 한치고개와 장곡주차장이다. 칠갑산 도립공원 관리사무소(☎041-940-2530)

초록 호수가 있는 오솔길, 그리고 산중락山中樂

— 전남 곡성군 오산면 —

다시 봄이 온다. 겨울이 퇴장한 산천에 봄을 실은 꽃가마가 입장하기 시작한다. 강물 녹는 남도의 나루를 건너, 잔설 으스러지는 영마루를 넘어, 슬금슬금 봄이 진입해 온다. 뱀처럼 소리 없이 스민다. 후끈한 몸을 교태처럼 꼬아대며 산 넘고 물 건너, 봄이 그 얌전하고도 섬세한 버선발을 내딛는다. 그렇다면 동구 밖으로 나아가 봄 마중을 하는 게 마땅한 도리렷다.

나는 골방에 엎어진 나의 몸을 일으켜 세워 길을 나선다. 여행이란 마음이 몸을 데리고 떠나는 출장이다. 겨울 동안 곰팡이처럼 피폐해진 육신을 바랑인 양 마음 잔등에 걸머지고 남도로 향한다. 바람을 길잡이로 앞세우고 보니 마음은 바람난 탕자다.

좀 방종한 기분인 채 휘적휘적 바람의 뒤를 따른다. 그렇게 도착한 곳이 전남 땅 곡성군이다. 곡성은 산 덩어리들로 초만원을 이룬 고장이다. 여지없이 봄빛 어려 산들이 술렁거린다.

예전의 전라도 저잣거리에는 장돌뱅이들이 왝왝 목청을 돋워 부르던 장타령이 있었다. 유명한 노래다.

　방구 퉁퉁 구례장 구린내 나서 못 보고
　아이고 데고 곡성장 시끄러서 못 보고
　뺑뺑 돌아라 돌실장 어지러서 못 보겠네

곡성谷城이라는 지명을 곡성哭聲으로 풀어 노래한 옛사람들의 해학이 유쾌하다. 그런데 '곡소리'는 곡성 땅에 전해진 전설의 창고 속에서도 튀어나온다. 그 옛날 삼기면에서 곡성읍으로 넘어가는 굇재라는 산마루에 정갑산이라는 이름의 털북숭이 산적이 도사려 살았단다.

그런데 이자가 오고가는 애먼 사람들을 닥치는 대로 해치우길 밥 먹듯 했다. 그 바람에 주변 일대에서 곡소리 끊일 날이 없었다는 게 아닌가. 골짜기 곡谷 자를 쓰는 지명이 나타내듯 곡성 땅이 참으로 많은 산들로 이루어진 장소이고 보면 저승사자 같은 산도적도, 그에 따른 빈번한 곡소리도 딱히 허풍으로 버무려진 설화적 과장법만은 아닐 것 같다.

마치 태풍이 몰아치는 날의 해양처럼 온통 세상을 뒤덮고 출렁거리는 곡성의 멧부리들은 이 지역 영토의 75퍼센트를 산지로 분할토록 했다. 평균 해발고도는 500미터가 넘는다.

야무진 산들, 그 현란한 군무가 어지럽다. 산들로 도배질된 곡성 안에서도 자못 컴컴한 산골은 오산면梧山面이다. 헐레벌떡 남행에 남행을 거듭한 나는 지금 오산면에 들어와 있다. 산들의 왁살스런 포옹으로 내 몸에 푸른 물이 밴다.

오산의 면내 거리는 적막하다. 계엄령 내린 점령지처럼 을씨년스럽다. 항아리 속처럼 비좁은 바닥이라서 인구는 빈약하다. 게다가 아직 농한기이므로 여기나 저기나, 사람이나 견공이나, 도통 나와서 돌아다닐 업무가 있을 까닭이 없다. 오로지 사방팔방에서 껑충껑충 널뛰기를 하며 키 자랑을 하고 늘어선 산들이 층층이다.

오솔길 옆 초록 호수

오산면의 원래 이름은 화석면火石面이었다. 그래서인지 툭하면 불이 났다. 산불에 들불이 지글지글 대지를 구웠다. 이에 머리칼을 쥐어뜯으며 고민하던 주민들은 고명한 풍수 작명가의 협찬을 받아야만 했다. 불 화火 자가 들어간 불길한 지명을 반납하고 오산이라 바꿨다.

이 지역은 본래 '오엽락지梧葉落地'라 불렀다. 오동나무가 유난

산과 호수 사이로는 그윽한 옛길이 묵상에 잠겨 있다. 비단 실타래처럼 영롱한 3월의 햇살과 남색 하늘빛이 초록 호수 위로 사뿐히 내려앉는다.

히 많은 고장이기 때문이었다. 여기에서 오동나무 오梧 자를 붙인 오산이라는 지명이 새롭게 생겨났다. 아무튼 오산은 산으로 꽉 막힌 산골짝이다. 그다지 보잘 게 없는 변방이다. 그렇다고 정말 보잘 게 없다고 여긴다면 그건 오산이다.

오산면에서 가장 유력한 명소라 할 수 있는 관음사觀音寺 들머리로 접어든다. 이런! 나의 속에서 환호가 터진다. 맑고 밝은 초록 호수가 여기에 있다. 예이츠의 이니스프리 호수가 혹시 이 호수의 짝퉁일까. 춘정이 어려 화사하고, 서정이 고여 아름답다. 자그마한 호수를 에워싼 야산들은 토실토실 정겹기 그지없다.

산과 호수 사이로는 그윽한 옛길이 묵상에 잠겨 있다. 오솔길 양편에 늘어선 나무들은 사색에 빠져 있다. 그리고 저 남녘 산마루를 넘어온 봄의 꽃가마가 이 그윽하고 잠잠한 풍경 위로 사뿐히 내려앉는다. 비단 실타래처럼 영롱한 3월의 햇살이 다시 봄 꽃가마 위로 하강한다. 이렇게 요정 동산처럼 신비한 경관 위로 다시 남색 하늘빛이 내려앉는다.

나는 초록 호수에 심취한다. 호숫가에 멈춰 서서 두 눈으로 순수한 경치를 탐닉한다. 자연의 조화로운 재주에 경탄한다. 백색 피부를 가진 미인 나무인 은사시나무 그늘에 서서, 호수를 따라 펼쳐지는 오솔길의 고요와 평온을 만끽한다.

호수의 묵연함은 뭔가 그 실체가 불분명한 나의 잃어버린 기억들을 일깨운다. 오솔길은 그렇게 재생된 기억들을 데리고 숲 너머로 사라진다. 나도 몰래 앙금으로 잠복했던 악몽들의 퇴각일까. 호숫가를 걸어드는 나는 방금 전의 나와 조금은 달라진 것 같다. 가벼워 부푸는 의식의 상승감이 자명하다.

이 초록 호수의 이름은 성덕제다. 당신이 만약 세련된 안목을 가진 사람이라면 당신의 아름다운 연인을 이곳으로 초대해야만 할 것이다. 방금 부부 싸움을 치른 당신이 만약 개운하게 화해하기를 바란다면, 아내를 이곳으로 데려와 풍경의 평화에 함께 취함으로써 소기의 성과를 거두게 될 것이다.

혹은, 당신이 살벌하게 날뛰는 빚쟁이에게 시달리는 사람이라 해도 마찬가지다. 인색하고 소심한 빚쟁이와 이곳에 동행함으로써 돈 주고도 못 구할 자연경관의 경이와 관용을 알게 해 모종의 우아한 협상을 도모할 수 있을 것이다.

산중락山中樂이 있는 산사에서

나는 관음사 경내를 거닐고 있다. 부드러운 바람이 등을 쓰다듬는다. 어깨 위로 흐른 햇살 조각이 쟁강쟁강 뜨락으로 떨어져 내린다. 햇살 조각 떨어진 자리마다 해토解土의 습기가 자욱하고, 거기에 푸른 싹눈이 움튼다. 겨우내 얼어붙었던 흙더미를 헤치고 올라온 풀들의 여린 새순이 슬며시 볼을 내민다. 이 애틋하고 순결한

오래된 요사와 근래에 복원한 전각들이 보기 좋게 어우러진 관음사는 삼엄한 수행처지만 여염집처럼 편안하고 푸근하다. 절 식구들은 모두 출타 중인가.

생명들 위로 대웅전 처마에서 날아온 경쇠 소리가 스쳐 지난다.

오래된 요사와 근래에 복원한 전각들이 보기 좋게 어우러진 관음사는 삼엄한 수행처지만 여염집처럼 편안하고 푸근하다. 인자한 미소를 함빡 머금은 늙은 외삼촌이 법당에서 걸어 나올 것만 같다. 이 절을 품에 싸안은 뒤편의 검장산 역시 포실하고 아늑하다.

도량이란 산세에 따라 그 성격이 달라진다. 산기에 따라 스님네들의 수행 가풍이 조성된다. 이로 미루어 관음사의 풍정을 짐작할 수 있다. 절 식구들은 모두 출타 중인가. 스님도 처사도 보이지 않는다. 서걱서걱 뒤란 대숲에서 댓잎 부딪치는 소리가 들린다.

산사에 번지는 모든 소리는 나직하다. 예민하게 귀를 열게 한다. 그렇게 귀가 열리면 이윽고 마음도 열린다. 산중락山中樂이다. 무사無事 속의 열락이다. 말도, 사유도, 행동도 끊어진 자리가 바로 성성적적惺惺寂寂한 본래면목本來面目이라던가.

뜰을 거니는 가운데 생각의 소용돌이들이 잦아든다. 날뛰던 마음 망둥이들이 안선安禪의 순한 여울을 타고 본원으로 회귀한다. 이 마음, 이 기분을 그대로 밀어붙여 나의 안팎에 있는 모든 허상들을 내려놓고 진실을 향해 비상하고 싶다. 바람에 실린 한줄기 향내가 코끝을 스친다. 관음사는 향기로운 절이다.

가뿐한 바람에 편승한 발길은 이제 사리土里마을에 이른다. 검장산의 북쪽 기슭에 달려 있는 산촌이다. 유생들이 많이 나왔다 해서 '선비촌'이라는, 자못 거한 별칭이 붙어 있다. 하지만 지금은 그저 적막한 두메산골일 뿐이다.

구불구불 이어지는 조붓한 언덕길을 따라 오르자 고색창연한 돌담집들이 차례차례 나타난다. 하나같이 낡고 삭고 늙은 가옥들이라서 언뜻 따분하고 고루해 보인다. 그러나 눅진한 정감이 흐르고 살풋한 온기가 넘치는 걸 느낄 수 있다. 세월의 풍화 속에서 연륜과 경륜을 얻은 사물 특유의 품위와 덕성이 오롯하다.

사람의 수준 높은 경지를 말하는 '참다운 노경老境'이라는 게 있는데, 집에게도 그런 게 있지 않을까. 집이라는 사물도 늙어가면서 오히려 향기를 뿜는다. 세월의 무게로 허리가 휘어질수록 집의 집다운 내밀한 정취와 자존의 기미가 뚜렷해진다.

노년의 강가에서 술 한 잔을

노인이 돌담 골목길을 걸어온다. 지게에 나무를 가득 싣고 휘청휘청 집으로 걸어 들어가는 노인을 따라 들어가 인사를 한다. 노인은 스스럼없다. 턱에 수염을 붙이고 느닷없이 나타난 도시의 꺼벙한 나그네에게 처음부터 끝까지 선선한 응대를 한다. 젊어 한때 수려했을 이목구비의 잔영이 여실히 남은 노인의 이름은 김두천(78)이다.

김두천 옹은 열일곱 나이에 정분(77) 할머니와 결혼을 해서 여태껏 오동통한 금실을 누리고 있다. 내외 모두 살갑기가 평양 나막신이다. 하지만 김두천 옹의 한평생은 고단하기 그지없는 것이었다. 여기 깡촌에서 생명을 받은 뒤 일제 때엔 징용으로 끌려갔고, 한국전쟁 판에도 불려가 총알을 맞았다. 이후 고향에 붙박이로 눌러 살며 두더지처럼 땅을 뒤져 2남 3녀 자식들을 야무지게 건사했다.

이제 생의 허무한 석양 녘에 이른 김두천 옹의 유일한 낙은 한 잔 술에 있을 뿐이다.

김두천 옹은 열일곱 나이에 정분 할머니와 결혼해서 여태껏 오동통한 금실을 누리고 있다. 이제 생의 허무한 석양 녘에 이른 그의 유일한 낙은 할머니가 따라 주는 한 잔 술이라고 한다.

막걸리는 도수가 약해서 안 마시고요잉, 머시기 쐬주 중심
으로 쪼께씩 마시제라.

그러니까 김두천 옹은 조석 간에 두어 잔씩 마시는 소주와 더
불어 풍진 세상의 하오를 지나는 것일까? 맨 정신으로는 차마 못
건널 노년의 강가에 앉아 있는 것일까? 나의 아버지이기도 하고
당신의 아버지이기도 한, 우리 모두의 아버지이기도 할 이 노인
의 황혼은 다행스럽게도 무고한 것일까? 김두천 옹은 그렇다고
말한다.

산다는 게 뭐 별것이랍디여? 지내놓고 보니 나쁠 것도 좋을
것도 없는 게 인생입디다. 험한 꼴도 많이 겪었지만 온순히
살다보니 종당엔 별 지장 없이 살아남게 되더랑게요. 그저 조
용한 내 적성대로 조용조용히 살다가 조용히 가는 것이제라.

김두천 옹이 나직나직 인생 평론을 하는 가운데 정분 할머니는
다소곳이 아궁이 앞에 앉아 쇠죽을 끓인다. 외양간엔 암소 한 마
리가 입맛을 다시고 있고, 마당에선 강아지가 공처럼 통통 튀어
오른다. 돌담 가득 하오의 햇살이 내려앉는다. 쪼르릉! 쪼릉! 앞산
뒷산 숲 새들이 합창을 한다.

바람이 불어 재촉하듯 등을 떠민다. 사리마을을 벗어나 다시 두메로 들어간다. 그 역시 소담하고 정갈한 산중 집촌인 꾀꼬리봉 아래의 초현을 거쳐, 제갈공명을 모신 사당인 청단의 부의당을 둘러본 뒤, 매봉산 서편에 들어앉은 가곡리로 향한다.

봉분처럼 낮고 둥근 야산과 야산 사이를 거듭 휘어지고 꺾이는 소로를 따라 느릿느릿 길을 달린다. 가곡리 동구에 이르러 석장승 두 기基를 만난다. 한 분은 갓을 쓴 채 수염 다발을 늘어뜨리셨다. 다른 분은 멋진 족두리 치장이다. 이 두 양반이 언제부터 여기에서 보초 배역을 맡은 것인지 그 내력을 알 수 없으나 비에 씻기고 바람에 시달린 세월의 더께가 두텁다.

시간의 공격으로 부스러지고 으깨어지면서 오히려 더한 위신과 체통을 걸치고 있다. 냇물 가에 조성된 것으로 보자면 뭔가 허술한 수구水口를 보완하기 위한 방책으로 세워졌을 것이다. 불교적 이념이 깃들인 비보용 법수일 수도 있다. 마을의 수호신 노릇도 부여받았을 것이다.

가곡리는 고령 신申씨 집성촌이다. 집현전 학사로 훈민정음 창제에 공을 세운 신숙주 같은 거물을 배출했으니 비록 옹색한 벽촌이지만 꿀릴 게 없는 마을이다. 그 옛날엔 은해사라는 절도 있었다. 지금은 덩그러니 석탑 하나만 남아 있다. 바로 가곡리오층석탑이다. 기단부와 상륜부를 제외한 각 부의 부재가 비교적 원형 그대로 남아 있는 이 헌칠한 석탑은 백제의 양식을 충실히 계승한

옛날에는 가곡리에 은해사라는 절이 있었지만 지금은 가곡리오층석탑만 덩그러니 남아 있다. 이 헌칠한 석탑은 백제의 양식을 충실히 계승한 고려 시대의 유산으로 추정된다.

고려 시대의 유산으로 추정된다.

석탑을 답사하고 산길을 내려오는데 스님 한 분이 인사를 청해 온다. 음료수를 내밀며 어디서 왔는가, 여행은 재미있는가, 소상히 묻는다. 봄바람 따라 멀리서 내려왔다고, 여행은 즐겁다고 답한다.

담양 어딘가의 절집에 머문다는 이 스님은 아까부터 석탑 입구 양달에서 해바라기를 하고 앉아 있었다. 새파랗게 삭발한 둥근 머리가 솔향기처럼 청결하다. 스님 또한 봄날의 소풍이거니 하고 잠

시 나들이를 나온 모양이다. 한 점 석탑으로 남은 폐사지의 우수
에서 생의 이치 한 토막을 어루만진 것인지도 모른다.

어언 햇덩어리가 서산마루로 넘어간다. 봄을 실은 꽃가마 역시
서산을 넘어 숙소를 찾아든다. 초봄의 향훈을 배달한 하루의 여정
을 마치고 산 너머 여인숙에 투숙한다. 스님은 한줄기 여린 빛 조
각이 떨어져 내리는 양달에 사물처럼 조용히 앉아 있다. 나는 저
녁 바람에 등을 떠밀린다. 다시 가슴이 부푼다.

전남 곡성군 오산면

전남 곡성군 오산면은 일부러 찾아드는 이가 드문 오지 벽촌이다. 무슨 화려한 볼거리 놀거리가 거의 없는 탓이다. 그렇기에 오히려 오산 여행의 별미를 누릴 수 있다. 때 묻지 않은 전통 산촌의 순수한 풍정을 만끽할 수 있기 때문이다. 이렇다 할 개발의 땟국에 찌들지 않은 담백하고 소담한 산천경개를 즐길 수 있는 곳. 산촌 사람들의 토착 정서와 인심과 인정을 맛볼 수 있는 곳. 조용하고 호젓하고 다사로운 여정을 흐뭇하게 누릴 수 있는 곳.

오산 여행의 백미는 아무래도 관음사 탐승이다. 관음사는 백제 분서왕 3년(300)에 개창된 고찰古刹이자 명찰名刹이다. 남도 내륙의 중견 관음성지로 숭앙되었던 산문이다. 그러나 지난 한국전쟁 때 모조리 불살라졌다. 인민군을 소탕하기 위해 국군들이 이 절을 해치워 버렸다. 그 바람에 당시까지 국보로 지정되었던 원통전이며 금동관음보살좌상 같은 성보聖寶

초록 호수가 있는 오솔길, 그리고 산중락

359

들이 모두 잿더미로 스러졌다.

관음사는 또한 고대소설 심청전의 원류로 추정되는 '원홍장 설화'를 간직하고 있는 절이다. 요즘 곡성군 당국은 심청이 곡성군 송정리에서 태어난 실존 인물이었다는 주장을 하며 '심청 고을'로서의 유서와 역사성을 널리 홍보하고 있다. 여기 관음사 사적기에 나타나는 원홍장 설화가 그 증빙 재료로 활용되고 있다.

들머리서부터 관음사에 이르는 10리 산중 오솔길은 특히 빼어나다. 그 어느 곳에서도 찾아볼 수 없는 그윽하고 아름다운 경관에 누구나 감흥에 젖게 마련이다. 이 길의 답사만으로도 오산 여행은 충분히 값진 소득을 거두게 되는 것이다.

저 과거 농경사회의 표본적인 산중 마을로는 초현리를 꼽을 수 있다. 마을 복판으로 푸른 계류가 흐르고 돌담집, 토담집이 즐비하다. 오래된 마을을 찾아 사진 찍기를 즐기는 버릇이 있는 사람이라면 회심의 미소를 지을 만한 마을이다.

오산 여행을 마친 뒤엔 곡성 일대의 몇몇 명소를 연계해서 답사한다. 죽곡면 동리산 자락에는 천년 고찰 태안사가 있으며, 곡성읍 동악산 자락엔 도림사가 있다. 4월부터 10월까지는 섬진강미니열차를 탈 수 있다. 전라선 폐선을 활용해 섬진강 변을 달리는 이색 관광 상품이다.

호남고속도로 옥과나들목을 빠져나와 화순 방면으로 뻗은 15번 국도를 타고 오산면에 닿는다.

맛집으로는 오산면 성덕리의 심청이식당(☎061-363-7601), 운곡리의 신촌가든(☎061-362-7911), 연화리의 한우촌(☎061-363-6062) 등을 꼽을 수 있다.

가 볼 만한 산길

곡성군 삼기면과 오곡면에 걸쳐 있는 통명산(765m)은 곡성 제1의 고봉이다. 이 산 정상에 오르면 곡성의 지세는 물론 섬진강과 보성강의 수세를 한눈에 쓸어 담을 수 있다. 유독 많은 명당을 간직한 산으로 알려지기도 했다.

특히 고려의 명장 신숭겸이 통명산 자락에서 태어나 수많은 전설이 서려 있기도 하다. 통명산 정상을 오르는 가장 빠른 코스는 삼기면 금반리에서 시작한다. 그러나 그윽하게 산을 즐기려면 오곡면 구성리 쌍구마을에서 오른다. 쌍구에서 임도를 따라 계곡 길을 거쳐 진둔치에 닿는다. 진둔치에서 정상에 오른 뒤 남봉을 거쳐 장자촌 마을로 내려온다. 약 10km에 이르는 이 코스에 소요되는 시간은 4시간쯤이다.

초록 호수가 있는 오솔길, 그리고 산중락

꽃 핀 봄 나무 아래에 앉으면
당신도 봄꽃나무
— 전북 진안군 정천면 —

봄이 깊어갑니다. 온 산야에 봄꽃들이 흐드러집니다. 번잡한 도시를 벗어나 고속도로를 달리는 가운데, 도로 변 개나리의 샛노란 꽃 빛에 현기증이 일었습니다. 국도로 접어들었을 때에는 폭죽처럼 터지는 벚꽃 팡파르에 몽환처럼 아뜩했습니다.

산과 산 사이 도로 변에 열병閱兵한 벚나무 꽃 세례에 차라리 이승의 바깥을 느꼈습니다. 거기 눈부신 벚꽃 그늘 아래에 뻗은 개구리처럼 큰 대大 자로 사지를 벌리고 누워, 세월아 네월아 여념 없는 몽유夢遊를 누리고 싶었습니다. 몸도 마음도 활활 거침없이 벗어버린 채, 몽정 같은 열락의 한 찰라와 더불어, 영영 소멸하고픈 마음마저 일었습니다.

몸살이겠군요. 보름밤에 하혈하며 한숨을 몰아쉬는 여자의 목

월평리엔 얌전한 월평천이 있다. 푸르고 투명한 물빛 위로 꽃나무 그림자가 어른거린다. 강변 암
자 구암사의 경쇠 소리가 흘러든다.

마른 신열 같은 봄날의 못 말릴 진통이겠군요. 춘정이겠군요. 물 올라 연두 잎사귀 틔우는 수양버들처럼, 제 몸 안 어두운 혈관 속 으로도 미약 같고 독약 같은 봄의 뇌쇄적 성분들이 흘러든 것이겠 군요. 긴박하게 퍼지고 번진 봄의 독소들로써 몸이 뜨거워지고, 맘이 홍역을 앓는 것이겠군요.

그렇기에, 저는 내내 좀 광분된 기분으로 숨을 쌕쌕 몰아쉬며 산길로 접어듭니다. 무진장 칠칠한 산 덩어리들로 만원을 이룬 무 진장(茂鎭長, 전북의 무주, 진안, 장수를 일컫는 약칭) 안에서도 무진장 깊고 후미진 진안땅 정천면程川面의 산중 찻길을 달립니다. 정천의 순하 고 그윽한 봄 풍경을 관람합니다. 궁벽한 오지 산촌에 번진 봄의 제전을 감상합니다. 도발적으로 은밀하고 치명적으로 현란한 봄 의 성찬을 탐식합니다. 불길처럼 너울너울 요요히 타오르는 진달 래 천지에 술 없이 취기를 느낍니다.

월평리엔 얌전한 촌색시 같은 냇물이 살림을 차렸군요. 월평천 이지요. 저기 위쪽 운장산(1,126m)에서 발원한 청명한 물길이지요. 푸르고 투명한 물빛 위로 꽃나무 그림자가 어른거립니다. 강변 암 자 구암사의 경쇠 소리가 흘러듭니다.

봄 소풍 나온 몇몇 사람들이 나무 그늘 아래 조용히 앉아 있습 니다. 봄 나무들은 매순간 분발하고 정진해 꽃을 피워 올리고 잎 사귀를 열어 보입니다. 그래, 온 천지에 꽃향기가 진동합니다. 봄 나무들의 내밀한 합창으로 대기 중엔 소리 없는 음표들이 난무합니다. 봄 숲의 순결한 정수가 술렁거립니다.

온 세상이 예배처럼 신성하고, 통정처럼 황홀합니다. 마취처럼 혼곤하고, 치매인 양 정신이 먹먹해집니다. 무르익어 점차 고조되는 봄의 볼륨에 따라 제 마음 안의 오소리 동굴에도 뭔가 빛살이 들이친 탓인가 봅니다. 흐린 의식이 맑아지고 탁한 기운이 씻기면서 무념에 빠져드나 봅니다. 바라보이는 모든 사물들이 아름답습니다. 저마다 제 존재를 뽐냅니다.

봄꽃 나무 아래에서 행복한 사람들

월평천 냇가 나무그늘에 앉은 사람들은 행복해 보입니다. 꽃 피는 봄 나무 아래 앉은 사람의 경치처럼 참신한 작품이 다시 있을까요. 아름다운 신의 걸작이지요. 당신이나 저나 비록 도시에 복무하며 굶주린 살쾡이처럼 사냥하며 발광하며 쟁투하며 그렇게 살게 마련인 야릇한 운명을 걸머지고 있다지만, 봄날의 완전한 조화를 이룬 자연 속에 이르러선 그 양상이 바뀌는 것이지요.

대자연의 숨결 안에서 비로소 신의 피조물다운 거룩한 태를 얻어 걸치게 되는 것이지요. 당신이 봄꽃나무 아래 앉아 있으면 당신 또한 한 그루 봄꽃나무가 되는 것입니다. 우리가 자연의 신비와 신성에 악! 악! 경이의 탄성을 내지르는 순간, 우리 자신도 경

온 산야에 봄꽃이 흐드러진다. 도로 변 개나리의 샛노란 꽃 빛에 현기증이 일어나고 멀리 보이는 마이산의 풍광이 신비롭다.

이로운 자연의 선물 자체로 진급하는 것입니다.

그렇기에 저는 만족스럽습니다. 봄꽃나무에 깃들인 지구 덩어리의 구단주, 신의 감독과 보호와 지도 편달의 손길을 감지하며 어미의 젖을 빠는 어린 도야지처럼 태연하고 온순합니다. 아무런 탈이 없으며, 별다른 걱정이 없습니다. 애드벌룬처럼 상승하는 의식 안에서 태평합니다. 나뭇가지에 앉았던 새들이 파닥거리며 날아오릅니다. 새가 난 자리마다 꽃이 핍니다. 그게 눈에 부셔 눈꺼풀이 내려 감깁니다.

아! 그러나, 마음 기슭 한 모퉁이엔 뒤엉킨 쑥대밭이 우북합니다. 거기에 생각이 닿자 불 인두로 지진 듯 가슴이 아려옵니다. 며칠 전 저는 정든 벗의 부음을 들었습니다. 간암이라는 흉물에게 기습당한 친구 C가 세상을 조기 졸업한 것입니다. 꽃 피는 이 봄날에 신은 그 흉포한 본성을 내어 선량하고도 성실했던 C를 가차없이 징발해 간 것입니다.

신이 꾸민 무모하고도 무참한 간계이지요. 못 믿을 양반이지요. 수상한 양반이지요. 그렇다고 정녕 못 믿거나 수상한 양반도 아닐 테지요. 신은 C의 품성과 매력을 유독 질투하거나 신임한 나머지 자기 곁에 배치하고 싶었던 것인지도 모를 일이지요. C를 유독 어여삐 여기어 황천길 출장 명령서를 성급히 발송한 것일 테지요.

벗의 부음을 접하고서 저는 그런 생각을 할 수밖에 없었군요. 천 마리, 만 마리의 흰나비, 노랑나비들이 너울거리는 것 같은 봄

꽃 팡파르가 저토록 선정적인 건 C를 간택한 신의 기쁨이 그만큼 오동통한 탓일까요.

마조리는 아주 괜찮은 복지福地

저는 정천의 깊숙한 벽촌인 마조리에 닿습니다. 운장산 남쪽 기슭에 들어앉은 궁색한 산촌이지요. 주로 노장들로 이뤄진 20여 가구가 오순도순 살아가는 한촌閑村이지요. 그 휜한 천연 경관은 언뜻 보면 낙토樂土같지만, 살림살이 속내를 들여다보면 이게 영판 한심한 귀양지 같은 고샅이지요.

하지만 다시 더 깊숙이 속내를 들여다보면 경제의 위협에도 아랑곳없이 사람다운 실팍한 품위를 누리며 살아가는 사람들이 쌩쌩하게 건재하는 복지福地인 걸 알아볼 수 있습니다.

마을 안통에서 아낙을 만납니다. 들일을 나가는 길의 정오순(46) 씨를 만나 한담을 나눕니다. 그녀는 마조리에 '섬김'의 도리가 살아 있다고 과시하는군요. 내놓고 자랑할 게 많은 동네라 자부하는군요.

늘상 어울려 살아가지라. 툭하면 천렵하고요잉, 삼월이라
삼짓날에도, 사월이라 초파일에도, 늘 어른들을 모시고 함

께 지지고 볶아 잔치를 벌이는 것이니께요. 여자로서 말하
자면, 이렇게 노인을 모시고 섬기는 중에 더 정숙해지고 더
참한 여자가 되는 거 같습니다.

산중 고지 마을인 마조리에선 한여름에도 솜이불을 덮고 잔다
합니다. 지금은 사라졌지만 오랫동안 심원사라는 거찰이 있어 절
에서 쌀 씻은 뜨물이 20리 저 아래 봉학리까지 흘러내렸다고도 합
니다. 이 마을에선 또한 더덕, 두릅, 취나물 같은 온갖 봄나물들이
풍성하게 산출되지요. 고로쇠 수액도 받고, 한봉도 무척 많이 치
고, 석청이며 목청 같은 진귀한 꿀도 채취합니다. 가을엔 씨 없는
곶감을 생산하는 것으로 체면을 반듯하게 살려 나가는 마을이지
요. 이래저래 옹골찬 마을입니다.

아낙과 헤어진 뒤 개울가에 앉아 매운탕을 끓이는 마을 남정네
들과 잠시 어울립니다. 시시덕거립니다. 내일이면 도시로 날품 팔
러 나가는 이웃을 위한 송별연이라고 합니다. 권커니 잣거니 술잔
이 빠르게 돌아갑니다. 저도 막걸리 한 사발을 걸칩니다. 개울에
발 담그고 술잔을 목으로 기울입니다.

개울물은 숫제 수정이로군요. 물속의 암반들 역시 세월의 노련
하고 세련된 연마를 받아 공예처럼 말쑥하군요. 하긴 이 마을을
보듬고 흐르는 골짜기의 계류 전체가 절경입니다. 봄의 꽃향기에
휘어 감긴 계곡 경관에 자연히 탄성이 터집니다.

저는 골짜기를 오릅니다. 계곡을 따라 뻗친 산길을 타고 자꾸만 오릅니다. 지프를 몰아 끄덕끄덕 산판 길 험로를 오를수록 풍경은 깊고 묘합니다. 지프는 산정 부근까지 오르고, 차에서 내린 저는 솔 그늘에 누워 하늘을 바라봅니다. 뭉실뭉실 솜구름 흐르는 허공이 반수半睡처럼 나른합니다.

마침내 봄 산이 투여하는 마약에 취해 낮잠에 빠집니다. 물소리, 새소리를 자장가 삼아 오수 삼매에 취합니다. 아무런 근심도 회한도 없이, 한 마리 기절한 풍뎅이처럼 풀썩 엎어져 곤한 낮잠에 잠깁니다.

홍매화 꽃잎을 따서 차를 우리다

저는 이제 정천면 갈룡리 구봉산(990) 남쪽 기슭에 자리한 천황사天皇寺에 도착합니다. 그대는 중상일세! 저는 가끔 이런 소리를 들으며 살아가는 중생입니다. 알쏭달쏭 저를 헷갈리게 만드는 촌평이지요. 그런데 발길은 번번이 절집에 이릅니다. 길의 끝에서, 산 갈피에서 웬일인지 고향집처럼 편해지는 산문을 만나는 게 즐겁습니다.

전생의 어느 한살이 때에 어쩌면 중으로 근무했는지도 모를 일이겠군요. 중질로써 절간의 아까운 밥을 축내며 날라리 수행 시늉으로 한 생애를 허황하게 탕진했을지도 모를 일이겠군요. 제법 야물딱지게 마음을 갈고 닦았다면 요번 세상에 이토록 해괴한 쌀벌레로 발령 받았을 리가 없었겠죠.

사태가 이러한즉, 이번 생에 한결 정색해서 분발하는 게 도리일 텐데, 어쩌다 보니 바람 부는 대로 흔들리며 휘청거리며 보채는 배역에 캐스팅된 게 고작일 뿐이로군요. 그렇다면 다음 세상노릇도 뻔한 것일까요. 그렇더라도 내세엔 기회 되는 대로 보리菩提의 마음을 세차게 내어 탕탕! 우람한 목탁 가락과 더불어 세월강물을 흥겹게 건너볼까 하는 마음을 갖고 있긴 하지요.

수처작주隨處作主 입처개진立處皆眞이라, 가는 곳마다 주인이 된다면 서 있는 지금 이 자리가 바로 진리라는 게 불가의 공리이니, 내세의 희망을 말함은 오직 무지의 증명에 불과한 것일까요. 그럼이 무지한 석두는 무엇으로 깨부술 수 있을까요.

천황사는 신라 헌강왕 원년(875)에 무염선사가 창건한 천년 고찰입니다. 세월의 장난 속에서 부침을 계속하다가 근년의 중창을통해 지금의 아담하면서도 헌칠한 모습을 얻게 되었습니다. 수령800년의 장대한 전나무가 절 입구에 떡 버티어 선 채 천황사의 역사성을 기별해 옵니다. 계류가 도란거리고, 미풍이 대숲을 연주하고, 갖가지 봄 나무들이 투덕투덕 꽃떨기를 피워 올립니다.

영락없는 낙원이로군요. 아름다운 도량이로군요. 산과 물과 하늘과 나무와 바람과 절집이 빈틈없이 어울려 사이좋게 동거하는

신라 헌강왕 원년에 무염선사가 창건한 천년 고찰 천황사. 수령 800년의 장대한 전나무가 절 입구에 떡 버티어 선 채 천황사의 역사를 느끼게 한다.

세속의 이방이로군요. 아늑하고 그윽하기가 양달의 풀숲 같고, 개운하고 화창하기가 씻긴 가인의 화색 같군요.

　법당에 들어 삼배를 한 뒤 무릎 꿇고 앉아 눈을 감습니다. 두 손을 가슴에 모으고 부처의 이름을 속으로 불러봅니다. 사랑으로, 헌신으로, 성심으로 요번 세상을 통과하길 다짐합니다. 저처럼 부족한 중생이 그래봤자 무슨 소용일까마는 인연의 끈을 붙들고 제게 온 사람들, 저를 떠난 사람들, 영영 사라진 사람과 외로운 귀신을 위해 기원하고 축원합니다.

갑자기 이승을 하직한 C는 지금쯤 어느 허공을 여행하고 있을까요? 그는 장지의 화로에 구워져 한줌 유골만을 남기고 지구라는 작은 공을 탈출했습니다. 유골함에 남은 불기운은 생전 그의 온기만큼이나 따스해 애틋했습니다. "아빠! 가지 마! 가지 마!" 아비의 유골함을 끌어안고 오열하는 어린 딸내미의 절규를 차마 떨구지 못해 C는 아직도 이승 강물에 혼을 매어 두고 있을 것만 같습니다. 흐드러진 봄꽃 향기에 취한 채 어느 산모퉁이에서 너울너울 춤을 추고 있을 것만 같습니다.

자비로운 부처시여! 이런 C를 굽어 살피소서. 다시는 사람으로 몸 받지 않게 하소서. 승화하고 산화해 우주의 한 점 먼지로 해방되게 하소서. 뒤에 남은 어린것들에게 더 이상의 슬픔이 없도록 도우소서.

감았던 눈을 뜨고 법당 밖으로 나옵니다. 경내를 거닐며 심호흡을 합니다. 굳은 안면 근육을 실룩여 산사의 맑고 밝은 기운을 살갗으로 음미합니다. 뜰 한편에서 펄떡거리는 개에게 다가갑니다. 개와 장난치며 놀고 싶어집니다.

공양간 아주머니가 다가와서 이 누런 개의 이름이 '황구'라고 알려줍니다. 저는 사자 새끼처럼 툽상하게 생긴 녀석에게 '사동獅童이'라는 이름을 지어 붙입니다. 사동아, 사동아, 너의 장중한 머리통이며 긴 터럭은 사자와도 같고, 너의 짱짱한 다리는 말뚝과도 같으며, 천진하기는 귀여운 동자와도 같구나! 그렇게 떠들며 개와 장난을 쳐 봅니다. 개의 몸에서도 꽃향기가 진동합니다. 주지 응공 스님이 다가와 차를 마시자 청합니다.

스님이 뒤란으로 걸어갑니다. 뒷짐을 지고 휘휘 팔자걸음을 걸어 앞장서 꽃밭으로 들어갑니다. 매화차를 마시자는 겁니다. 이왕이면 직접 홍매화 꽃잎을 따서 차를 우리자는 겁니다. 산승의 가슴에도 주체 못할 춘흥春興이 넘실거리는 탓일까요. 홍매화 꽃잎으로 슬며시 신열을 식히고 싶은 것일까요.

꽃잎을 따는 산승의 손길에 미세한 떨림이 어립니다. 꽃밭을 나섭니다. 홍매화 여린 꽃잎 대여섯 장을 손에 쥐고 스님을 따라 다실로 들어갑니다. 쑥대처럼 뒤엉킨 마음 기슭에 꽃이 벙그러집니다. 홍매화가 핍니다. 잡아 두고 싶은 봄날입니다.

전북 진안군 정천면

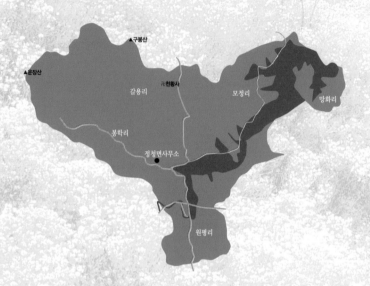

진안군 정천면은 운장산과 구봉산 기슭에 자리한 오지 산촌이다. 사시사철 적막하고 쓸쓸한 고장이다. 맑고 순수한 산바람만 이 골 저 골 마실 다니는 감춰진 벽촌이다. 그렇기에 처녀처럼 순결하고 풋풋하다. 우리 산수의 망가지지 않은 원형이 거기에 그대로 건사되어 있다. 화려하지 않지만 어엿하고 소박하고 수수해서 오히려 깊은 정감을 느끼게 하는 산수를 누릴 수 있다.

천황사는 아름다운 고찰이다. 절에 들어서는 순간 청명한 에너지가 온몸으로 엄습하는 걸 느낄 수 있다. 자연스럽고 조화로운 조경과 구성도 빼어나다. 군더더기가 없다. 이 절의 정갈하고 맵시 있는 장독대만큼이나 전체적으로 그윽하고 단아하다. 바람 소리와 새소리와 물소리와 풍경 소리의 협연에 귀 기울이는 것으로 천황사 답사의 절정을 맛볼 수 있다. 무슨 위엄을 부릴 줄 모르는 웅공 스님과의 기탄없는 담화도 즐겁다. 이웃

집 아저씨처럼 사교할 수 있는 스님이다.

마조리에서는 발을 담그기에 마땅한 계곡물을 즐긴다. 이 세상에서 가장 맑은 청류가 거기에 흐르니까. 마을 뒤편으로 이어지는 계곡을 따라 깊숙이 들어가면 한결 더한 운치를 누릴 수 있다.

마조리는 토종꿀로 이름난 마을이기도 하다. 정오순 씨는 진안군을 통틀어 최대의 한봉 농사를 하는 사람이다. 순도 높은 한봉 꿀을 구입할 수 있다. 정 씨는 언변도 좋아 마을의 이런저런 통신들을 얻어들을 수도 있다. 그녀의 남편 김종원(47) 씨는 석청이나 목청을 채집하는 특별한 재주를 가진 사람이다.

경부고속도로와 호남고속도로를 이용, 전주에 이른 뒤 진안 방면 26번 국도를 따라 부귀면을 경유 정천에 닿는다.

정천면은 아주 작은 고장이다. 최근 용담호가 생기면서 많은 마을들이 수몰되어 면세가 더욱 위축되었다. 그래서 영업집도 드물다. 잠은 진안읍에 가서 자는 게 좋다. 맛집으로는 봉학리의 천지가든(☎063-432-5662)이 있다. 매운탕과 오리요리, 백반 등을 만든다.

가 볼 만한 산길

운장산은 정천면, 부귀면 주천면 등 3개 면에 그 덩치를 드리운 산이다. 그래 6개의 등산로가 있는데, 정천에서 오를 경우엔 마조리를 기점으로 하는 게 일반적이다.

운장산의 한줄기인 구봉산은 뾰족하게 솟구친 아홉 개의 봉우리로 이뤄진 산이다. 천황사를 통해 정상인 장군봉에 오른다. 산행 시간은 왕복 3시간.

꽃핀 봄 나무 아래에 앉으면 당신도 봄꽃나무

377

새우와 고래가 함께 숨 쉬는 바다

산촌 여행의 황홀

지 은 이 ㅣ 박원식
사 　 진 ㅣ 『사람과 산』, 고성미

펴 낸 이 ㅣ 전형배
펴 낸 곳 ㅣ 도서출판 창해
출판등록 ㅣ 제9-281호(1993년 11월 17일)

초판 1쇄 발행 ㅣ 2009년 10월 12일
초판 2쇄 발행 ㅣ 2009년 12월 10일

주 　 소 ㅣ 121-846 서울시 마포구 성산1동 226-4 창해빌딩 2층
전 　 화 ㅣ (02) 333-5678(代), (02) 3142-0057
팩시밀리 ㅣ (02) 322-3333
홈페이지 ㅣ www.changhae.net
E-mail ㅣ chpco@chol.com
* chpco는 Changhae Publishing Co.를 뜻합니다.

ISBN 978-89-7919-936-9 03810

값 17,000원

이 도서의 국립중앙도서관 출판시도서목록(CIP)은 e-CIP 홈페이지
(http://www.ni.go.kr/cip.php)에서 이용하실 수 있습니다.
(CIP제어번호 : CIP2009002967)